GRANDES NOVELISTAS

Sidney Sheldon

PRESENTIMIENTOS

Traducción de Isidora Paolucci y Virginia Tolosa
Revisión de Raquel Albornoz

Sidney Sheldon

PRESENTIMIENTOS

Emecé Editores

820-3(73)   Sheldon, Sidney
SHE   Presentimientos. - 1a ed. - Buenos Aires : Emecé, 2000.
                    320 p. ; 23x15 cm. - (Grandes novelistas)

                    Traducción de: *Isidora Paolucci y Virginia Tolosa*

                    ISBN 950-04-2169-0

                    I. Título - 1.Narrativa Estadounidense

Emecé Editores S.A.
Alsina 2062 - Buenos Aires, Argentina
editorial@emece.com.ar
www.emece.com.ar

Título original: *The Sky is Falling*
Copyright © 2000 by *The Sidney Sheldon Family Limited Partnership*
© *Emecé Editores S.A., 2000*

Diseño de tapa: *Eduardo Ruiz*
Foto de tapa: *Visual Stock*
Fotocromía de tapa: *Moon Patrol S.R.L.*
Primera edición: 70.000 ejemplares
Impreso en Printing Books,
Gral. Díaz 1344, Avellaneda, octubre de 2000

IMPRESO EN LA ARGENTINA / PRINTED IN ARGENTINA
Queda hecho el depósito que previene la ley 11.723
I.S.B.N.: 950-04-2169-0
9.089

Para Alexandra,
el ángel sobre mi hombro

"¡Se cae el cielo!, ¡se cae el cielo!"
Chicken Little

"Muéstrame un héroe y te escribiré una tragedia".
F. Scott Fitzgerald

PRÓLOGO

En el recinto subterráneo, celosamente custodiado, había doce hombres que representaban a doce lejanos países.
Estaban sentados en cómodos sillones dispuestos en seis
filas, a cierta distancia cada uno del otro. Escuchaban con
atención las palabras del orador.

—Me complace informarles que el peligro que nos causaba tanta preocupación está a punto de ser eliminado. No es
necesario que les brinde los detalles en este momento, porque el mundo entero conocerá la historia dentro de las próxi-
mas veinticuatro horas. Quédense tranquilos, pues nada nos
detendrá. Las puertas permanecerán abiertas. Ahora comenzaremos la subasta silenciosa. ¿Hay alguna oferta en la sala?
Sí, mil millones de dólares. ¿Alguna otra? Dos mil millones.
¿Quién da más?

CAPÍTULO 1

Caminaba presurosa por la avenida Pennsylvania, a una cuadra de la Casa Blanca, tiritando a causa del frío viento de diciembre, cuando oyó el sonido agudo y aterrador de las sirenas que alertaban sobre un ataque aéreo y el rugido de un bombardero que sobrevolaba por allí, dispuesto a lanzar su cargamento de muerte. Se quedó petrificada, envuelta en una niebla rojiza y atroz.

De pronto estaba de vuelta en Sarajevo, y oía el silbido penetrante que producían las bombas al caer. Cerró los ojos con fuerza, pero le resultaba imposible abstraerse de lo que ocurría a su alrededor. El cielo estaba en llamas; los disparos de las armas automáticas, el ruido de los aviones y el estallido de las mortales granadas la ensordecían. Los edificios cercanos escupían una lluvia de cemento, ladrillos y polvo. La gente corría aterrorizada en todas las direcciones, intentando escapar de la muerte.

Desde muy lejos, llegó a sus oídos una voz de hombre que decía:

—¿Se siente bien, señorita?

Abrió los ojos con cautela. Estaba nuevamente en la avenida Pennsylvania, bajo el tenue sol del invierno; los sonidos del avión y la sirena de ambulancia que habían despertado sus recuerdos se hacían cada vez más débiles.

—Señorita, *¿se encuentra bien?*

Tuvo que hacer un esfuerzo para regresar al presente.

—Sí, sí, gracias.

El hombre se quedó mirándola.

—¡Un momento! Usted es Dana Evans. Soy un gran admirador suyo. Veo su programa en WTN todas las noches, y no me perdí ni uno de sus informes desde Yugoslavia. —La voz estaba cargada de entusiasmo. —Cubrir esa guerra fue toda una aventura para usted, ¿no?

—Sí, claro. —Dana Evans tenía la garganta seca. "Fue toda una aventura ver cómo la gente se quemaba viva, ver cadáveres de bebés arrojados en pozos, trozos de cuerpo humano flotando a la deriva por un río teñido de rojo".

Una sensación de náuseas la invadió.

—Disculpe. —Dio media vuelta y se alejó lo más rápido posible.

Había vuelto de Yugoslavia hacía sólo tres meses, o sea que sus recuerdos estaban aún muy frescos. Le parecía increíble caminar por la calle en pleno día sin sentir miedo, oír el canto de los pájaros y las risas de la gente. En Sarajevo no había risas; lo único que se oía eran explosiones, y luego gritos angustiados.

"John Donne tenía razón", pensó. "Ningún hombre es una isla. Lo que le pasa a uno nos pasa a todos, porque todos estamos hechos de arcilla y polvo cósmico. Compartimos un mismo tiempo. Y mientras el segundero universal comienza su recorrido inexorable hacia el siguiente minuto":

En Santiago, una niña de diez años es violada por su abuelo...

En Nueva York, dos jóvenes amantes se besan a la luz de las velas...

En Flandes, una adolescente de diecisiete años da a luz a un bebé ya contaminado por la droga...

En Chicago, un bombero arriesga su vida para salvar a un gato en un incendio...

En San Pablo, cientos de personas mueren aplastadas al derrumbarse las tribunas de un estadio de fútbol...

En Pisa, una madre llora de felicidad mientras mira cómo su hijo da los primeros pasos...

"Todo eso y mucho más en el lapso de sesenta segundos",

pensó. "Y el tiempo sigue avanzando hasta que finalmente nos envía a la misma y desconocida eternidad".

Con sus veintisiete años, Dana Evans era una mujer muy atractiva: tenía una figura esbelta, pelo negro como la noche, ojos grises y grandes, de expresión inteligente, una cara con forma de corazón, y una risa cálida y contagiosa. Había pasado su infancia entre militares, ya que era hija de un coronel que viajaba de una base a otra como instructor, y esa clase de vida había estimulado en ella cierto gusto por la aventura. Era una mujer vulnerable e intrépida a la vez, combinación que la hacía irresistible. Durante el año en que había cubierto la guerra en Yugoslavia, los televidentes de todo el mundo se habían quedado hechizados con esa joven hermosa y apasionada que transmitía desde el centro mismo de la batalla, arriesgando su vida para informar sobre los terribles hechos que ocurrían a su alrededor. Ahora, cuando entraba en cualquier lugar, percibía la admiración que despertaba en la gente. Dana Evans se sentía cohibida con tanta popularidad.

Mientras caminaba a paso acelerado por la avenida Pennsylvania, dejando atrás la Casa Blanca, miró la hora y se dijo: "Voy a llegar tarde a la reunión".

El grupo Washington Tribune Enterprises ocupaba una cuadra entera en la calle Seis NW, con cuatro edificios separados: una imprenta, el sector administrativo de un diario, una torre para el personal ejecutivo y un canal de televisión. Los estudios de televisión de WTE ocupaban el quinto piso del edificio número cuatro. Había en el ambiente un constante ajetreo, y sus oficinas rebosaban de empleados que trabajaban afanosamente frente a sus computadoras. Los cables de varias agencias de noticias informaban sobre las novedades del mundo las veinticuatro horas del día. La inmensidad de la labor nunca dejaba de asombrar y entusiasmar a Dana.

Fue allí donde Dana conoció a Jeff Connors. Jeff había

sido lanzador de un equipo de béisbol hasta que se lesionó el brazo en un accidente de esquí, y ahora trabajaba de comentarista deportivo en WTN; también escribía una columna diaria para la agencia periodística del *Washington Tribune*. Era alto y delgado, tenía alrededor de treinta años, aspecto juvenil y un encanto natural que despertaba las simpatías de todo el que lo conocía. Jeff y Dana se enamoraron, y ya hablaban de casarse.

Durante los tres meses transcurridos desde que Dana había regresado de Sarajevo, sucedieron muchas cosas en Washington. Leslie Stewart, el dueño anterior de Washington Tribune Enterprises, había vendido toda su propiedad y desaparecido de la faz de la tierra, y la empresa ahora estaba en manos de Elliot Cromwell, un magnate internacional de los medios de comunicación.

La reunión matutina con Matt Baker y Elliot Cromwell estaba a punto de comenzar. Cuando Dana llegó a la oficina, fue recibida por Abbe Lasmann, la sensual secretaria pelirroja de Matt.

—La están esperando —le dijo Abbe.

—Gracias. —Dana entró en el despacho. —Buen día, Matt... Elliot...

—Llegaste tarde —rezongó Matt Baker.

Baker era un hombre de poco más de cincuenta años, bajo, canoso, un tanto brusco e impaciente, actitud ésta alimentada por una mente brillante e inquieta. Vestía siempre un traje arrugado, como si no se hubiera desvestido para ir a dormir, algo que, según sospechaba Dana, no estaba lejos de la verdad. Era el director del canal de televisión.

Elliot Cromwell era un sexagenario muy cordial, siempre con una sonrisa en la boca. Era multimillonario, pero se corrían no menos de diez historias sobre cómo había adquirido su inmensa fortuna, algunas de ellas nada halagadoras. En el negocio de los medios de comunicación, donde el objetivo es difundir información, Elliot Cromwell era un verdadero enigma.

—Según me cuenta Matt, estamos dejando atrás a la competencia. La audiencia de tu programa sube cada día más.

—La verdad es que me alegro, Elliot.

—Dana, veo muchos noticiarios todas las noches, pero el tuyo es diferente del resto. No sé muy bien cuál es la razón, pero me gusta.

Dana sabía cuál era la razón. Los otros conductores simplemente anunciaban las noticias a una audiencia compuesta por millones de personas. Ella había decidido hablarle al público en forma personal. Una noche se imaginaba que hablaba con una viuda melancólica; la noche siguiente, con una persona encerrada y postrada en una cama; la otra, con un vendedor solitario que estaba lejos de su hogar y su familia. Anunciadas por ella, las noticias parecían parte de una conversación íntima y privada; por eso los televidentes adoraban su programa.

—Tengo entendido que esta noche entrevistarás a un invitado muy importante —dijo Matt Baker.

Ella asintió con la cabeza.

—Gary Winthrop.

Gary Winthrop era la figura más admirada de los Estados Unidos. Miembro de una de las familias más prominentes del país, era joven, atractivo, carismático.

—No le gusta mucho aparecer en los medios —señaló Cromwell—. ¿Cómo hiciste para que aceptara la entrevista?

—Tenemos un pasatiempo en común.

Cromwell arqueó las cejas.

—¿Ah, sí?

—Sí. —Dana sonrió. —A mí me gusta mirar los cuadros de Monet y Van Gogh, a él le gusta comprarlos. Hablando en serio, ya lo entrevisté antes, y tenemos una buena relación. Primero vamos a pasar una grabación de la conferencia de prensa que da esta tarde, y luego le haré la entrevista.

—Magnífico —dijo Cromwell, radiante.

Durante la siguiente hora hablaron del nuevo programa que lanzaría el canal, *Será Justicia,* un espacio dedicado al periodismo de investigación que Dana iba a producir y presentar. El programa tenía dos objetivos: corregir injusticias cometidas, y estimular el interés por resolver crímenes olvidados.

—Hay muchos otros programas de investigación en el aire —advirtió Matt—, así que debemos ofrecer algo mejor. Me gustaría que empezáramos con una primicia absoluta, algo que captara la atención de los televidentes y...

En ese momento, sonó el intercomunicador. Matt Baker oprimió una tecla.

—Te dije que no me pasaras llama...

Desde el otro lado de la línea llegó la voz de Abbe.

—Disculpe, es para la señorita Evans. Llaman de la escuela de Kemal. Parece urgente.

Matt Baker miró a Dana.

—Línea uno.

Dana levantó el tubo con el corazón en la boca.

—Hola... ¿Le pasó algo a Kemal? —Escuchó un momento y después dijo:

"Ah, ya entiendo. Bueno, salgo para allá. —Después, cortó.

—¿Qué pasa? —le preguntó Matt.

—Quieren que vaya a buscar a Kemal a la escuela.

Elliot Cromwell frunció el entrecejo.

—Es el chico que trajiste de Sarajevo, ¿no?

—Sí.

—Ésa sí que fue una historia increíble.

—Sí —asintió ella, de mala gana.

—Lo encontraste en un terreno baldío, ¿verdad?

—Así es.

—¿Tenía alguna enfermedad?

—No —contestó con firmeza. No quería ni acordarse de esos días. —Kemal perdió un brazo por la explosión de una bomba.

—¿Lo adoptaste?

—Legalmente, todavía no, pero está en mis planes. Por el momento, soy su tutora legal.

—Bueno, no te detengo más. Más tarde hablamos de *Será Justicia*.

* * *

20

Cuando Dana llegó a la escuela Theodore Roosevelt, fue directamente a la oficina de la vicedirectora, Vera Kostoff, una cincuentona de aspecto atormentado y pelo prematuramente canoso, que se hallaba sentada a su escritorio. Del otro lado estaba Kemal, un chico delgado y pálido, de cuerpo pequeño para sus doce años, pelo rubio y revuelto, y mentón bien marcado. En el lugar donde debería haber estado su brazo, colgaba una manga vacía. Su cuerpo menudo parecía aún más pequeño dentro de esa habitación.

No bien entró, Dana percibió una atmósfera de tensión.

—Buenos días, señora Kostoff —saludó en tono alegre—. Hola, Kemal.

Kemal no dejaba de mirarse los zapatos.

—¿Hubo algún problema?

—Ya lo creo, señorita Evans. —La mujer le entregó un papel.

Dana lo miró, perpleja. Decía: *Vodja, pizda, zbosti, fukati, nezakonski otrok, umreti, tepec.* Levantó la vista.

—No... no entiendo. Son palabras en serbio, ¿verdad?

—Exacto. Para desgracia de Kemal, yo también soy serbia. Se trata de palabras que suele repetir a menudo en la escuela. —La mujer se había ruborizado. —Le juro que ni los camioneros serbios dirían tantas groserías, y no pienso tolerar semejante lenguaje en boca de este jovencito. Señorita Evans, Kemal me llamó *pizda.*

—¿Pizda?

—Yo sé que hace muy poco que Kemal reside en nuestro país, y hasta ahora he sido indulgente, pero su conducta es pésima. Vive peleándose con sus compañeros, y cuando lo reté esta mañana, me... me insultó. Fue la gota que rebasó el vaso.

—Como usted bien sabe, todo esto es muy difícil para él, señora Kostoff —dijo Dana, tratando de tranquilizarla.

—Le repito que he sido muy comprensiva, pero se me está acabando la paciencia.

—Entiendo. —Dana miró a Kemal, que seguía con la cabeza gacha y un gesto adusto pintado en la cara.

—Espero que sea la última vez —agregó la mujer.

—Yo también. —Dana se levantó.

—Tengo que darle la libreta de calificaciones de Kemal.
—La señora Kostoff abrió un cajón, sacó la libreta y se la entregó.

—Gracias —dijo Dana.

Camino a la casa, Kemal no decía ni una palabra.

—¿Qué voy a hacer contigo? —le preguntó Dana—. ¿Por qué andas siempre buscando pelea, y por qué dices semejantes palabrotas?

—No sabía que ella hablaba serbio.

Cuando llegaron al departamento, dijo Dana:

—Tengo que volver al estudio, Kemal. ¿Vas a portarte bien si te dejo solo?

—Obvio.

La primera vez que Kemal le contestó así, Dana pensó que él no le había entendido, pero pronto descubrió que esa palabra formaba parte de la misteriosa jerga de los chicos. "Obvio" significaba "Sí". Todo era genial, alucinante, horrible o estúpido. Si algo no les gustaba, era "un asco".

Dana sacó de su bolso la libreta de calificaciones que le había dado la señora Kostoff. Mientras la miraba, frunció el entrecejo: Historia, 4; Lengua, 4; Ciencias Naturales, 4; Estudios Sociales, 1; Matemática, 10.

"Dios mío, ¿qué voy a hacer con este chico?", pensó.

—Cuando vuelva vamos a hablar de tus notas —dijo—. Me voy porque llego tarde.

Kemal era un verdadero misterio para Dana. Cuando estaban juntos, se portaba a las mil maravillas. Era un chico cariñoso y simpático. Los fines de semana, ella y Jeff lo llevaban a pasear por toda la ciudad. Habían ido al zoológico a ver su increíble variedad de animales salvajes, entre los cuales resaltaban dos pandas gigantes y exóticos que eran la mayor atracción del lugar. Otro día visitaron el Museo Nacional de la Aeronavegación y el Espacio, donde Kemal vio el primer avión de los hermanos Wright colgado del techo, y luego tocó piedras traídas de la Luna. Fueron también al Centro Kennedy y a un famoso complejo deportivo. Le hicieron conocer la pizza, los tacos mexicanos y la comida típica del sur del país. Kemal disfrutaba enormemente cada una de esas experiencias. Adoraba estar con Dana y Jeff.

Pero cuando Dana se iba a trabajar, se convertía en otra persona. Se volvía hostil y peleador. Nadie quería venir a hacer la limpieza de la casa, y las personas que lo habían cuidado alguna vez contaban historias de terror sobre lo que era pasar una velada con él.

Jeff y Dana intentaban hacerlo entrar en razones, pero sin resultado. "A lo mejor, necesita ayuda profesional", pensó ella, sin tener idea de los terribles miedos que atormentaban a Kemal.

El noticiario de la noche de WTE estaba en el aire. Junto a Dana se hallaban sentados Richard Melton, el apuesto periodista que compartía con ella la conducción, y Jeff Connors.

Dana Evans decía en ese momento:

—...en cuanto a las noticias del ámbito internacional, siguen las polémicas entre Francia y Gran Bretaña en relación con la enfermedad de la vaca loca. Presentamos aquí el informe de René Linaud desde Reims.

En la cabina de control, la directora del noticiario, Anastasia Mann, ordenó:

—Imagen...

En la pantalla de los televisores apareció un plano de la campiña francesa.

En ese momento se abrió la puerta del estudio. Un grupo de hombres se acercó al asiento de Dana.

Todos levantaron la vista. Tom Hawkins, el joven y ambicioso productor del programa, dijo:

—Dana, Gary Winthrop. ¿Ya se conocen, verdad?

—Por supuesto.

En persona, Gary Winthrop era aún más atractivo de lo que parecía en las fotografías. Tenía alrededor de cuarenta años, ojos intensamente azules, sonrisa simpática y un encanto irresistible.

—Un gusto verla otra vez, Dana. Gracias por invitarme.

—Al contrario, gracias por venir.

Dana miró a su alrededor. Media decena de secretarias había descubierto de pronto que tenía motivos urgentes para estar en el estudio. "Seguro que Gary Winthrop está acostumbrado a esta clase de cosas", pensó, divertida.

—Dentro de unos minutos saldrá al aire nuestra entrevista. Mientras tanto, puede sentarse aquí, a mi lado. Le presento a Richard Melton. —Los dos hombres se dieron la mano. —Conoce a Jeff Connors, ¿verdad?

—Por supuesto. En lugar de estar comentando el partido, Jeff, tendría que estar en el campo de juego, lanzando la pelota.

—Ojalá pudiera —respondió él con tristeza.

Cuando terminó la imagen de Francia y pasaron a un corte comercial, Gary Winthrop se sentó y miró el monitor.

Desde la cabina de control, Anastasia Mann pidió:

—Un momento, por favor, que vamos a iniciar la grabación. —Contó silenciosamente con los dedos de la mano. —Tres... dos... uno...

En el monitor apareció una imagen en exteriores del Museo de Arte de Georgetown. Un comentarista sostenía un micrófono en la mano, y se atrevía a enfrentar el viento helado.

—Nos encontramos en la puerta del Museo de Arte de Georgetown. En este momento las autoridades del museo realizan una ceremonia en agradecimiento al señor Gary Winthrop por su donación de cincuenta millones de dólares. Acompáñenme ahora al interior del edificio...

La imagen de la pantalla mostró entonces el espacioso interior del museo. Diversos funcionarios de la ciudad, dignatarios y equipos de televisión estaban reunidos alrededor de Gary Winthrop. El director del museo, Morgan Ormond, en ese momento le hacía entrega de una enorme plaqueta.

—Señor Winthrop, en nombre del museo, de su junta directiva y de los numerosos visitantes que a diario lo recorren, agradezco esta contribución más que generosa.

Por todos lados brillaron los fogonazos de los flashes.

—Espero que esta donación brinde a los artistas jóvenes

de nuestro país una mejor oportunidad, no sólo de expresarse a través del arte sino también de que su talento sea reconocido en el mundo entero —declaró Gary Winthrop.

El público estalló en aplausos.

—Éste fue un informe de Bill Toland, desde el Museo de Arte de Georgetown. Adelante, estudios...

En ese momento se encendió la luz roja de la cámara.

—Gracias, Bill. Tenemos la suerte de contar con la presencia del señor Gary Winthrop en estudios. Con él hablaremos del propósito de su inmensa donación.

La cámara mostró un plano más general del estudio hasta que apareció la figura de Gary Winthrop.

—Señor Winthrop, esta donación de cincuenta millones de dólares, ¿se destinará a comprar nuevos cuadros para el museo?

—No. Es para una nueva sala que se dedicará a los artistas jóvenes de los Estados Unidos que de otra manera no tendrían oportunidad de exhibir su obra. Una parte del dinero se destinará a otorgar becas a niños talentosos de los sectores pobres de la ciudad. Hay demasiados jóvenes que crecen sin saber nada de arte. Tal vez oigan hablar de los grandes maestros del impresionismo francés, pero yo quiero que sean conscientes del patrimonio artístico que han heredado, artistas estadounidenses como Sargent, Homer y Remington. Ese dinero se usará para incentivar el talento de los jóvenes artistas, y para todos los jóvenes que se interesen por el arte.

—Se comenta que piensa presentarse como candidato a senador. ¿Es verdad?

Él sonrió.

—Estoy tanteando el terreno.

—Las encuestas son alentadoras. Les lleva varios puntos de ventaja a todos sus competidores.

Él asintió con la cabeza.

—Mi familia tiene una larga trayectoria en la política. Si puedo ser de utilidad a mi país, haré todo lo que esté a mi alcance.

—Gracias por haber estado con nosotros, señor Winthrop.

—Gracias a ustedes.

Durante el corte comercial, Winthrop saludó a todos y se fue del estudio.

Jeff Connors, que estaba sentado junto a Dana, le dijo:

—Necesitamos más hombres como él en el Congreso.

—Yo pienso exactamente lo mismo.

—A lo mejor podemos clonarlo. Cambiando de tema, ¿cómo está Kemal?

Dana hizo una mueca.

—Jeff, por favor, no hables de Kemal y de clonación al mismo tiempo. Es más de lo que puedo soportar.

—¿Se solucionó el problema que tuvo hoy en la escuela?

—Sí, pero eso fue hoy. Mañana es...

—Volvemos al aire. Tres... dos... uno... —anunció la directora del noticiario.

Se encendió la luz roja. Dana miró el apuntador electrónico.

—Llegó la hora del comentario deportivo a cargo de Jeff Connors.

Jeff miró a la cámara.

—Hoy se notó la ausencia de Merlín el Mago en el partido de los Bullets de Washington. Juwan Howard intentó hacer sus pases mágicos; Gheorghe Muresan y Rasheed Wallace ayudaron a revolver la poción, pero finalmente resultó un trago amargo, y tuvieron que tragárselo junto con su orgullo...

A las dos de la madrugada, en la residencia de Gary Winthrop, ubicada en la elegante zona del noroeste de Washington, dos hombres descolgaban cuadros de las paredes de la sala. Uno de ellos tenía la máscara del Llanero Solitario; el otro, la del Capitán Medianoche. Trabajaban con total tranquilidad, despegaban las pinturas de sus marcos y luego guardaban el botín en grandes bolsas de arpillera.

—¿A qué hora vuelve a pasar la patrulla? —preguntó el Llanero Solitario.

—A las cuatro —le contestó el Capitán Medianoche.

—Qué genial que cumplan siempre un mismo horario, ¿no?

—Sí.

El capitán descolgó un cuadro de la pared y lo arrojó con fuerza al piso de mármol. Los dos hombres se quedaron quietos, con los oídos atentos a cualquier ruido. Silencio total.

—Inténtalo de nuevo con más fuerza —sugirió el Llanero Solitario.

Su compañero sacó otra pintura y la golpeó contra el piso con más fuerza que antes.

—Ahora veamos qué pasa.

El ruido despertó a Gary Winthrop, que dormía en la planta alta. Se sentó en la cama, sobresaltado. ¿Había oído un ruido realmente, o sería un sueño? Aguzó el oído un momento más. Todo estaba en silencio. Se levantó de la cama, vacilante, salió al pasillo y oprimió el interruptor de la luz. El pasillo seguía sumido en la oscuridad.

—¿Quién anda ahí? —No obtuvo ninguna respuesta. Bajó la escalera, y caminó por el corredor hasta llegar a la puerta de la sala. Allí se detuvo y miró a los enmascarados. No podía creer lo que veía.

—¿Qué hacen acá? —los increpó.

El Llanero Solitario se dio vuelta y le dijo:

—Hola, Gary. Perdón por haberte despertado. Ahora sí que vas a descansar en paz. —En su mano apareció una pistola con un silenciador. Apretó el gatillo dos veces, y vio cómo el pecho de Gary Winthrop estallaba en una lluvia de sangre. Ambos enmascarados miraron cómo el cuerpo se desplomaba sobre el piso. Satisfechos, se dieron vuelta y continuaron con su tarea.

CAPÍTULO 2

Dana Evans se despertó con el incesante sonido del teléfono. Se incorporó a medias en la cama, y con la vista nublada miró el reloj de su mesa de luz: las cinco de la mañana. Levantó el tubo.

—¿Hola?

—Dana...

—¿Matt?

—Tienes que venir cuanto antes al estudio.

—¿Qué pasó?

—Cuando llegues te cuento.

—Salgo para allá.

Se vistió con rapidez, y quince minutos más tarde golpeaba a la puerta de los Wharton, sus vecinos del departamento de al lado.

Dorothy Wharton abrió la puerta enfundada en una bata, y miró a Dana con preocupación.

—¿Pasa algo malo? —quiso saber.

—La verdad es que me da vergüenza molestarlos a esta hora, Dorothy, pero me llamaron del canal por una emergencia. ¿Me harías el favor de llevar a Kemal a la escuela?

—Por supuesto; ningún problema.

—Muchas gracias. Tiene que estar a las siete y cuarenta y cinco. ¿Podrías prepararle también el desayuno?

—No te preocupes, yo me encargo de todo.

—Te agradezco muchísimo.

29

*   *   *

Abbe Lasmann ya estaba en la oficina, y la saludó con cara de dormida.

—La está esperando.

Dana entró en la oficina de Matt.

—Tengo una muy mala noticia —dijo él—. Hace unas horas asesinaron a Gary Winthrop.

Se sentó pesadamente en un sillón, sin poder creer lo que oía.

—¿Cómo? ¿Quién...?

—Parece que entraron ladrones en su casa. Cuando los enfrentó, lo mataron.

—¡Ay, no! ¡Era un hombre tan encantador! —Dana recordó la amabilidad y calidez de que hacía gala el apuesto filántropo, y por poco se descompuso.

Matt sacudió la cabeza, incrédulo.

—¡Dios mío! Este asesinato ya sería la quinta tragedia.

Ella lo miró, perpleja.

—¿La quinta tragedia? ¿A qué te refieres?

Él la miró sorprendido, pero pronto comprendió.

—Cierto que estabas en Sarajevo. Es lógico que allí, en medio de una guerra, no se haya sabido lo que les pasó a los Winthrop el año pasado. ¿Oíste hablar de Taylor Winthrop, el padre de Gary?

—Sí. Fue embajador nuestro en Rusia. Él y su esposa murieron en un incendio.

—Exacto. Dos meses después, el hijo mayor, Paul, falleció en un accidente de tránsito. Y seis semanas más tarde, Julie, la hija, en un accidente de esquí. —Matt hizo una pausa. —Y esta mañana asesinaron a Gary, el último miembro de la familia.

Dana no podía salir de su asombro.

—Los Winthrop son una verdadera leyenda. Si este país fuera una monarquía, te juro que los Winthrop serían la familia real. Fueron los inventores del carisma. Eran famosos en el mundo entero por su filantropía y su permanente servicio a la comunidad. Gary pensaba seguir los pasos de su padre y presentarse de candidato a senador, y hubiera ganado por lejos. Todo el mundo lo adoraba. Ahora está muerto. En menos de un año, una de las familias más célebres del mundo ha sido borrada de la faz de la tierra.

—La verdad es que ...no sé qué decir.

—Mejor que pienses en algo —le replicó él—, porque dentro de veinte minutos vas a salir al aire.

La noticia de la muerte de Gary Winthrop conmovió al mundo. Los máximos líderes mundiales aparecieron en todas las pantallas de televisión comentando lo sucedido:

—Parece una tragedia griega...

—Es realmente increíble...

—Una terrible fatalidad...

—El mundo ha perdido a un gran hombre...

—Eran los más brillantes, los mejores, y ahora ya no están...

En todo el mundo no se hablaba de otra cosa. La noticia del asesinato hundió al país en la tristeza, y reavivó el recuerdo de las otras tragedias sufridas por la célebre familia.

—Todavía no lo puedo creer —le dijo Dana a Jeff—. Tiene que haber sido familia maravillosa.

—Claro que sí. Gary era un verdadero fanático del deporte, y siempre lo apoyaba. —Sacudió la cabeza. —Resulta difícil de creer que dos ladronzuelos de poca monta hayan acabado con una persona tan extraordinaria.

A la mañana siguiente, cuando iban en auto hacia el estudio, dijo Jeff:

—Ah, me olvidaba: Rachel está en la ciudad.

"¿Me olvidaba? Me parece una mención demasiado informal. Qué raro", pensó Dana.

Jeff había estado casado con Rachel Stevens, una famosa modelo a quien Dana conocía por los avisos publicitarios y las tapas de revistas. Era una mujer increíblemente hermosa. "Pero seguro que no le funciona ni una sola neurona del cerebro", se dijo. "Aunque por otra parte, con ese cuerpo y esa cara, ¿quién necesita neuronas?"

En algún momento, Dana había hablado sobre el tema con Jeff.

—¿Por qué no anduvo el matrimonio?

—Al principio funcionó a las mil maravillas. Rachel me apoyaba en todo. Aunque odiaba el béisbol, iba a todos los partidos para verme jugar. Además, teníamos muchas cosas en común.

"Ya lo creo".

—Es una mujer increíble, sin el menor egoísmo. Le encantaba cocinar. Cuando tenía un desfile, siempre cocinaba para las demás modelos.

"Una gran forma de deshacerse de la competencia. Seguro que las derribaba como moscas".

—¿Qué dijiste?

—Nada.

—Ésa es la historia. Estuvimos casados cinco años.

—¿Y qué pasó?

—Bueno, se hizo muy famosa. Le llovían los contratos y vivía viajando por todo el mundo: Italia, Inglaterra, Jamaica, Tailandia, Japón, el país que se te ocurra. Mientras tanto, yo recorría el país jugando al béisbol. No nos veíamos muy seguido. Poco a poco, la magia fue desapareciendo.

La siguiente pregunta parecía lógica porque Jeff adoraba a los niños:

—¿Por qué no tuvieron hijos?

Él hizo una mueca de disgusto.

—No era conveniente para su silueta de modelo —respondió Jeff amargamente—. Un día la llamó Roderick Marshall, uno de los más importantes directores de cine, y se fue a Hollywood. —Dudó un instante. —Una semana después, me llamó para pedirme el divorcio. Sentía que nos habíamos alejado demasiado, y tenía razón. Le di el divorcio. Poco tiempo después me fracturé el brazo.

—Y te convertiste en comentarista deportivo. ¿Y ella? ¿No le fue bien en el cine?

—No le interesaba demasiado. Pero sus cosas andan bien.

—¿Y siguen siendo amigos? —Una pregunta crucial.

—Sí. Más aún, cuando me llamó, le hablé de nosotros. Se muere de ganas de conocerte.

Dana frunció las cejas.

—Jeff, no me parece una...

—Es muy simpática. ¿Por qué no almorzamos mañana los tres juntos? Te va a caer bien, amor; ya vas a ver.

—Sí, estoy segura. —"Me va a caer como una piedra", pensó Dana.

Lamentablemente, Rachel era mucho más bella aún de lo que Dana suponía. Era alta y esbelta, tenía el pelo rubio, largo y brilloso, piel bronceada y perfecta, y unos rasgos bellísimos. No bien la vio, Dana la odió con todas sus fuerzas.

—Dana Evans, te presento a Rachel Stevens.

"¿No debió haber dicho: Rachel Stevens, te presento a Dana Evans?"

En ese momento, Rachel decía:

—... tus informes desde Sarajevo siempre que podía. Eran increíbles. Todos sentíamos tu dolor y lo compartíamos.

"¿Cómo se responde a un elogio sincero?"

—Gracias —contestó humildemente.

—¿Dónde les gustaría almorzar? —preguntó Jeff.

—Conozco un restaurante excelente llamado Los Estrechos de Malaya —sugirió Rachel. Después se dio vuelta y le preguntó a Dana: —¿Te gusta la comida tailandesa?

"Como si realmente le importara lo que pienso".

—Sí.

Jeff sonrió.

—De acuerdo, vamos.

—Queda a pocas cuadras de aquí. ¿No tienen ganas de caminar?

"¿Con este frío?"

—Claro —asintió Dana tomando coraje. "Seguro que camina desnuda por la nieve".

Se dirigieron al restaurante. Cada segundo que pasaba, Dana se iba sintiendo más fea, arrepentida de haber aceptado la invitación.

El restaurante estaba repleto, a punto tal que había una decena de personas esperando que les dieran mesa. El maître vino a recibirlos, presuroso.

—Una mesa para tres —dijo Jeff.

—¿Hicieron una reserva?

—No, pero...

—Lo lamento, pero... —El hombre reconoció a Jeff. —Señor Connors, es un placer conocerlo. —Miró a Dana. —Señorita Evans, un verdadero honor. —Hizo una pequeña mueca. —Les pido disculpas, pero va a haber una pequeña demora. —Cuando sus ojos se posaron en Rachel, se le iluminó la cara. —¡Señorita Stevens! Leí en una revista que estaba haciendo una presentación en China.

—Así es, Somchai. Pero ya estoy de vuelta.

—Fantástico. —Se volvió hacia Dana y Jeff. —Por supuesto que hay lugar para ustedes. —Los condujo hacia una mesa en el centro del salón.

"La odio. La odio con alma y vida", pensó Dana.

Cuando se sentaron, dijo Jeff:

—Estás hermosa, Rachel. No sé lo que estás haciendo, pero te sienta muy bien.

"Nos imaginamos perfectamente qué es lo que hace".

—Estuve viajando mucho. Creo que voy a tomarme unos meses de descanso. —Miró a Jeff a los ojos. —¿Te acuerdas de aquella noche en que fuimos...?

Dana levantó la vista del menú.

—¿Qué es *Udang Goreng?*

Rachel la miró.

—Camarones en leche de cocos, un plato delicioso. —Volvió a mirar a Jeff. —¿Esa noche en que decidimos que...?

—¿Qué es *Laksa?*

—Sopa de fideos bien picante —respondió ella con paciencia—. Cuando dijiste que querías...

—¿Y *Poh Pia?*

Rachel clavó los ojos en Dana y le dijo dulcemente:

—Revuelto de jicama con verduras.

—¿Ah, sí? —Dana decidió que era mejor no preguntar qué era jicama.

Pero con el fluir de la conversación, Dana se dio cuenta de que, muy a su pesar, Rachel Stevens empezaba a caerle bien. Tenía una personalidad cálida y encantadora. A diferencia de la mayoría de las modelos internacionales, no se vanagloriaba de su belleza ni se mostraba egocéntrica. Era inteligente, se expresaba con claridad y, cuando hizo el pedido en tailandés, no se dio aires de superioridad. "¿Cómo es posible que Jeff la haya dejado escapar?"

—¿Cuánto tiempo piensas quedarte en Washington? —le preguntó Dana.

—Tengo que irme mañana.

—¿Adónde esta vez? —quiso saber Jeff.

Ella dudó un momento.

—A Hawaii. Pero estoy muy cansada, Jeff. Hasta se me ocurrió la posibilidad de cancelar todo.

—Pero no lo harás —dijo él con seguridad.

—No, claro —reconoció con un suspiro.

—¿Y cuándo vuelves? —se interesó Dana.

Rachel la miró durante un largo rato y luego dijo con suavidad:

—No creo que vuelva a Washington, Dana. Espero que tú y Jeff sean muy felices. —Sus palabras escondían un mensaje.

Cuando salieron del restaurante, Dana dijo:

—Los dejo porque tengo que ir a hacer unas compras.

Rachel la tomó de la mano.

—Fue un placer conocerte.

—Igualmente —respondió Dana y, sorprendida consigo misma, se dio cuenta de que lo decía con sinceridad.

Después, se quedó mirando cómo Jeff y Rachel se alejaban caminando. "Hacen una pareja perfecta", pensó.

Eran los primeros días de diciembre, y la ciudad se preparaba para las fiestas. Las calles estaban decoradas con luces de colores y coronas de muérdago, y en casi todas las esquinas había un Papá Noel haciendo sonar su campana a cambio de unas monedas. Las aceras estaban repletas de gente que enfrentaba el viento helado para hacer sus compras navideñas.

"Ha llegado el momento", se dijo. "Es hora de que empiece a comprar los regalos de Navidad". Pensó en quiénes serían los destinatarios de sus obsequios: su madre, Kemal, Matt, su jefe, y por supuesto, el maravilloso Jeff. Subió a un taxi y se dirigió a una de las tiendas más grandes de Washington. El lugar estaba atestado de gente que celebraba el espíritu navideño abriéndose paso a los codazos entre la multitud.

Al terminar, volvió a su casa a dejar los paquetes. El departamento estaba ubicado en la calle Calvert, en una zona tranquila y residencial. Estaba amueblado con muy buen gusto, y constaba de un dormitorio, living, cocina, baño y un escritorio donde dormía Kemal.

Guardó los regalos en un armario, miró a su alrededor y pensó alegremente: "Cuando Jeff y yo nos casemos tendremos que buscar un lugar más grande". Cuando iba hacia la puerta para volver al canal, sonó el teléfono. "La ley de Murphy". Atendió.

—Hola.

—Dana, querida.

Era su madre.

—Hola, mamá. Estaba a punto de sa...

—Ayer vi el programa con unas amigas. Estuviste muy bien.

—Gracias.

—Aunque nos pareció que sería bueno que le dieran al noticiario un giro más optimista.

—¿Más optimista? —Dana lanzó un suspiro.

—Sí. Hablan todo el tiempo de temas muy deprimentes. ¿No pueden encontrar algo más alegre?

—Te prometo que lo voy a intentar, mamá.

—Sería muy interesante. Ah, y una cosa más: este mes

mis finanzas no andan del todo bien. ¿Me harías el favor de prestarme algo de dinero?

Desde que la madre de Dana se había divorciado y mudado a Las Vegas, parecía que el dinero se le iba de las manos como por arte de magia. La suma mensual que Dana le enviaba nunca le era suficiente.

—Supongo que no gastas el dinero en el casino, ¿verdad, mamá?

—Por supuesto que no —respondió ella indignada—. La vida en Las Vegas es muy cara. A propósito, ¿cuándo vas a venir a visitarme? Me gustaría conocer a Kimbal. ¿Por qué no lo traes?

· —Se llama Kemal, mamá. Por ahora no puedo ir. Tengo mucho trabajo.

Del otro lado se oyó un suspiro.

—¿Mucho trabajo? Todas mis amigas comentan lo afortunada que eres, ya que trabajas sólo una o dos horas por día.

—Sí, la verdad es que tengo mucha suerte.

Como conductora del noticiario, Dana comenzaba su trabajo a las nueve de la mañana, hora en que llegaba al canal. Pasaba la mayor parte del día comunicándose con diferentes partes del mundo para recibir las últimas noticias internacionales, y dedicaba el resto de las horas a reunirse con distintas personas, organizar la información y decidir qué iba a salir al aire y en qué orden. Presentaba los dos noticiarios de la noche.

—Me alegro de que tengas un trabajo tan fácil, tesoro.

—Gracias, mamá.

—Prométeme que vendrás pronto a visitarme.

—Te lo prometo.

—Me muero de ganas de conocer a ese chico.

"A Kemal también le va a encantar conocerla", pensó Dana. "Tendrá una abuela. Y cuando Jeff y yo nos casemos, volverá a tener una verdadera familia".

En el momento en que salió al pasillo de su edificio, se encontró con la señora Wharton.

—Quería agradecerte por cuidar a Kemal ayer a la mañana, Dorothy. Fue muy amable de tu parte.

—Para mí fue un placer.

Hacía un año que Dorothy Wharton y su esposo, Howard, se habían mudado al edificio. Eran dos canadienses de mediana edad, una pareja encantadora. Él era ingeniero y reparaba monumentos.

Una noche que la habían invitado a cenar, él le explicó:

—Washington es la mejor ciudad del mundo para mi clase de trabajo. ¿En qué otro lugar encontraría las oportunidades que tengo acá? —Y él mismo se respondió: —En ningún lado.

—Nos encanta vivir en esta ciudad —agregó su mujer—. No nos iríamos por nada del mundo.

Cuando Dana volvió a su oficina, encontró la última edición del *Washington Tribune* sobre el escritorio. La tapa del diario estaba dedicada a la familia Winthrop, con diferentes artículos y fotografías. Miró largo rato las imágenes, pensando en mil cosas a la vez. "Es increíble. En menos de un año, murieron cinco miembros de la familia".

El llamado se hizo a un teléfono directo, de la torre principal del grupo Washington Tribune Enterprises.

—Acabo de recibir el aviso.

—Bien. Estaban esperando. ¿Qué quieres que hagan con los cuadros?

—Que los quemen.

—¿Todos? Valen millones de dólares.

—Todo salió a la perfección. Ahora no podemos dejar ningún cabo suelto. Que los quemen ya mismo.

La secretaria de Dana, Olivia Watkins, anunció:

—Hay un llamado para usted en la línea tres. Ya llamó dos veces.

—¿Quién es, Olivia?

—El señor Henry.

Thomas Henry era el director de la escuela Theodore Roosevelt.

Dana se frotó la frente con la mano para alejar el dolor de cabeza que estaba a punto de sentir.

—Buenas tardes, señor Henry.

—Buenas tardes, señorita Evans. ¿Podría pasar a verme por la escuela?

—Claro. Puedo ir dentro de una o dos ho...

—Preferiría que fuera ya mismo, si no le molesta.

—No se preocupe; salgo para allá.

CAPÍTULO 3

La escuela era una verdadera pesadilla para Kemal. Era más pequeño que sus compañeros de clase, y lo que más lo avergonzaba era que eso también incluía a las chicas. Lo llamaban "Pulgarcito", "enano" y "renacuajo". En cuanto a los estudios, lo único que le interesaba era matemática y computación, materias en las que siempre sacaba las mejores notas. Una de las actividades optativas era el ajedrez, y Kemal era un excelente jugador. También le encantaba jugar al fútbol, pero cuando intentó entrar en el equipo de la escuela, el entrenador miró su manga vacía y le dijo:

—Disculpa, pero no podemos aceptarte.

Las palabras no fueron dichas con maldad, pero para el niño fue como si le hubieran dado una bofetada.

El mayor enemigo de Kemal se llamaba Ricky Underwood. A la hora del almuerzo, algunos chicos comían en el patio cerrado y otros en el comedor. Ricky Underwood se quedaba esperando para ver adónde iba Kemal, y después lo seguía.

—Hola, huerfanito. ¿Qué espera tu malvada madrastra para mandarte de vuelta a tu país? —le dijo un día.

Kemal se hizo el sordo.

—Te estoy hablando, idiota. No pensarás que va a quedarse contigo, ¿no? Todo el mundo sabe por qué te trajo a vivir con ella, cara de camello. Era una famosa corresponsal de guerra, y si salvaba a un inválido se convertía en una heroína a los ojos de todo el mundo.

—*Fukat!* —gritó Kemal, al tiempo que se abalanzaba sobre Ricky.

El chico le dio un puñetazo en medio del estómago, y luego otro en la cara. Kemal se desplomó sobre el suelo, retorciéndose de dolor.

—Cuando quieras otra paliza, me avisas. Pero que sea rápido, porque me parece que no te queda mucho tiempo aquí.

Kemal vivía atormentado por la duda. No creía en lo que decía Ricky Underwood, pero... ¿Y si era verdad? "¿Y si Dana quiere mandarme de vuelta a mi país? Underwood tiene razón", se dijo. "Dana es una persona maravillosa. ¿Por qué iba a querer vivir con un inválido como yo?".

Creyó que el mundo se le venía abajo cuando sus padres y su hermana murieron en Sarajevo. Lo habían enviado a un hogar de huérfanos que quedaba en las afueras de París, y sufrió enormemente.

Todos los viernes, a las dos de la tarde, los niños del asilo formaban una fila mientras sus posibles padres adoptivos los examinaban y elegían a uno para llevarse a su casa. A medida que se acercaba el día viernes, el nerviosismo y la excitación de los huérfanos crecían hasta alcanzar niveles casi insoportables. Se bañaban y se vestían con sus mejores prendas y, mientras los adultos recorrían las filas, cada uno de ellos rezaba para sus adentros rogando que lo eligieran.

Cuando los visitantes veían a Kemal, susurraban entre sí:

—Mira, le falta un brazo. —Y seguían de largo.

Todos los viernes ocurría lo mismo, pero Kemal seguía abrigando la esperanza de que lo eligieran. Por supuesto, los afortunados siempre eran otros. Kemal no soportaba la humillación de estar ahí parado, de ser rechazado por todos. "Nunca van a elegirme a mí", pensaba con desconsuelo. "Nadie me quiere".

Se moría de ganas de ser parte de una familia, y para lograrlo, utilizaba todos los métodos que se le ocurrían. Un viernes sonreía de oreja a oreja para que los adultos supieran lo bueno y simpático que era. El viernes siguiente simulaba estar ocupado en otra cosa para demostrar que no le importaba en absoluto si lo escogían o no, y que la familia que lo adoptara sería la más afortunada del mundo. En otras ocasiones, miraba a la gente con ojos suplicantes, rogándole en silencio que lo llevara de allí. Pero semana tras semana siempre eran otros chicos los que se iban del orfanato para vivir en una casa maravillosa, con una familia feliz.

Milagrosamente, Dana había cambiado todo eso. Lo había encontrado viviendo solo en las calles de Sarajevo. Después de que la Cruz Roja lo rescató y llevó al asilo de las afueras de París, Kemal le escribió una carta. Para su sorpresa, ella llamó por teléfono al orfanato y dijo que quería llevárselo a vivir a los Estados Unidos. Ése fue el momento más feliz de la vida de Kemal. Su sueño se convirtió en realidad, y su felicidad fue mayor de lo que nunca habría imaginado.

Su vida cambió por completo. Ahora agradecía al cielo que nadie lo hubiera elegido en ese orfanato. Ya no estaba solo en el mundo. Alguien se preocupaba por él. Amaba a Dana con toda su alma, pero en lo más profundo de su ser estaba siempre presente el terrible miedo que Ricky Underwood había creado en él: que algún día Dana cambiara de opinión y lo enviara de vuelta al orfanato, a esa vida infernal de la que había escapado. Tenía un sueño recurrente: estaba de nuevo en el asilo de huérfanos, y era viernes. Una fila de adultos pasaba revista a los chicos, y entre ellos estaba Dana, que lo miraba y decía: "¡Qué niño más horrible! Le falta un brazo". Después seguía de largo y elegía al chico que estaba a su lado. Kemal se despertaba bañado en lágrimas.

Sabía lo mal que se ponía Dana cada vez que él se peleaba en la escuela, y hacía todo lo posible por evitarlo, pero no soportaba que Ricky Underwood o sus amigos la insultaran. Cuando sus compañeros se dieron cuenta de que eso era lo peor que podían hacerle, los insultos aumentaron y, en consecuencia, también las peleas.

Underwood saludaba a Kemal con un "Hola, enano, ¿ya

preparaste tu equipaje? En el noticiario de esta mañana dijeron que la bruja de tu madrastra va a mandarte de vuelta a Yugoslavia".

—*Zbosti!* —respondía él.

Y así empezaba la pelea. Kemal volvía a casa lleno de moretones pero, cuando Dana le preguntaba qué le había pasado, no se animaba a decirle la verdad porque tenía terror de que sucediera lo que tanto temía.

Ahora, mientras esperaba la llegada de Dana en la oficina del director, pensaba: "Cuando se entere de lo que hice esta vez, me va a mandar de vuelta". Se sentía muy angustiado, y el corazón le latía con más fuerza que nunca.

Cuando Dana entró en la dirección, Thomas Henry caminaba de un lado a otro con cara de pocos amigos. Kemal estaba sentado en un extremo del despacho.

—Buenos días, señorita Evans. Siéntese, por favor.

Dana miró a Kemal y se sentó.

El director le mostró un gran cuchillo que había sobre su escritorio.

—Uno de los profesores de Kemal encontró esto en su mochila.

Dana se dio vuelta y miró a Kemal, furiosa.

—¿Se puede saber por qué trajiste esto a la escuela?

—No tenía una pistola —le respondió él, malhumorado.

—¡Kemal!

Ella se volvió hacia el director.

—¿Podemos hablar a solas, señor Henry?

—Por supuesto. —El hombre miró a Kemal con severidad y le ordenó:

—Espera en el pasillo.

Kemal se puso de pie, echó un último vistazo al cuchillo y se marchó.

—Señor Henry, Kemal tiene doce años. Vivió la mayor parte de su vida con el ruido de las bombas resonándole en los oídos, las mismas bombas que mataron a sus padres y su hermana. Por una de esas bombas perdió un brazo. Cuando yo lo encontré en Sarajevo, vivía dentro de una caja de cartón, en un terreno baldío. Allí había miles de otros chicos desamparados, que vivían en la calle como animales. —Recordaba todo el horror que había visto, y trataba de controlar el temblor de su voz.

—Las bombas han dejado de caer, pero los chicos siguen indefensos, viviendo a la intemperie. La única forma que tienen de defenderse de sus enemigos es usar un cuchillo, una piedra o una pistola, si tienen la suerte de encontrar una. —Dana cerró los ojos por un instante y respiró hondo. —Estos chicos están marcados para toda la vida. Kemal también lo está, pero le aseguro que es un buen chico. Pronto se dará cuenta de que aquí se encuentra a salvo, que ninguno de nosotros es su enemigo. Le prometo que esto no se va a volver a repetir.

Hubo un largo silencio.

—Si algún día necesito un abogado, señorita Evans, me gustaría que fuera usted —dijo finalmente el director.

Dana esbozó una sonrisa de alivio.

—Estoy a sus órdenes.

Él suspiró.

—De acuerdo. Hable con Kemal. Si vuelve a hacer una cosa así, no va a quedarme más remedio que...

—Le prometo que voy a hablar con él. Gracias.

Kemal la esperaba en el pasillo.

—Vamos a casa —dijo Dana, cortante.

—¿Se quedó con mi cuchillo?

Ella no se molestó en responderle.

Camino a casa, Kemal dijo:

—No quise causarte problemas, Dana.

—No te preocupes, no hay ningún problema. Estuvieron a punto de expulsarte, nada más. Escucha, Kemal...

—De acuerdo, no más cuchillos, lo prometo.

Cuando llegaron al departamento, Dana anunció:

—Ahora debo volver al canal, pero esta noche vamos a tener una larga charla.

Cuando terminó el programa de la noche, Jeff miró a Dana.

—¿Te pasa algo, amor? Te veo preocupada.

—Sí, es Kemal. No sé qué hacer con él, Jeff. Hoy tuve que ir a la escuela a hablar con el director, y además hizo renunciar a otras dos amas de llaves.

—Es un buen chico. Necesita adaptarse a su nueva vida, nada más.

—Puede ser. ¿Jeff?

—¿Sí?

—Espero no haber cometido un terrible error al traerlo aquí.

Cuando Dana regresó al departamento, el niño la estaba esperando.

—Siéntate, Kemal. Tenemos que hablar. Esto no puede seguir así. Debes empezar a cumplir las reglas, y dejar de pelearte con todo el mundo. Yo sé que tus compañeros te hacen la vida imposible, pero vas a tener que entenderte con ellos. Si sigues comportándote así, te van a expulsar de la escuela.

—¿Y a mí qué me importa?

—¿Cómo que no te importa? Quiero que tengas un gran futuro, y eso no se consigue sin una buena educación. El señor Henry te perdonó por esta vez pero...

—Que se vaya al infierno.

—¡Kemal! —Sin pensarlo dos veces, Dana le cruzó la cara de una bofetada. Se arrepintió de inmediato. Kemal la miró con expresión de incredulidad, se levantó, corrió hacia el escritorio y dio un portazo.

En ese momento sonó el teléfono. Dana atendió. Era Jeff.

—Dana...

—Mi amor... no puedo hablar ahora. Tengo los nervios de punta.

—¿Qué pasó?

—¡Ese chico es imposible!

—Dana...

—¿Sí?

—Trata de ponerte en su lugar.

—¿Qué?

—Piénsalo. Ahora, disculpa pero tengo que cerrar una nota. Hablamos más tarde.

Jeff colgó.

"¿Ponerme en su lugar? Eso no tiene ningún sentido", pensó Dana. "¿Cómo puedo saber lo que siente Kemal? Yo no soy una huérfana de doce años a quien le falta un brazo y ha sufrido lo que ha sufrido él". Se quedó pensando un largo rato. "Ponerme en su lugar". Se encerró en su dormitorio y abrió la puerta del ropero. Antes de que Kemal llegara de Yugoslavia, Jeff pasaba varias noches de la semana en el departamento, y había dejado algo de ropa, como por ejemplo, pantalones, camisas, corbatas, un suéter y una chaqueta deportiva.

Sacó entonces algunas prendas y las puso sobre la cama. Después abrió el cajón de la cómoda y sacó unos pantalones cortos de equitación y unas medias de Jeff. Se desvistió de pies a cabeza. Tomó los pantalones cortos con la mano izquierda y comenzó a ponérselos usando nada más que esa mano. Perdió el equilibrio y se cayó al piso. Logró ponérselos después de otros dos intentos fallidos. Luego tomó una de las camisas de la misma manera. Tardó tres frustrantes minutos en abotonársela. Tuvo que sentarse sobre la cama para ponerse los pantalones largos, y le resultó muy difícil subirse el cierre. Por último, dedicó dos minutos enteros a ponerse el suéter.

Cuando estuvo completamente vestida, se sentó para recobrar el aliento. Ésas eran las penurias que Kemal debía pasar todas las mañanas. Pero no era lo único: además debía bañarse, cepillarse los dientes y peinarse. ¿Y lo que había vivido en el pasado? El horror de la guerra, la muerte de sus padres, su hermana y sus amigos no eran algo que pudiera olvidarse fácilmente.

"Jeff tiene razón", pensó. "Le estoy pidiendo demasiado. Necesita más tiempo para adaptarse a su nueva vida. Yo jamás sería capaz de abandonarlo. Mi madre abandonó a mi padre y yo, en cierta forma, nunca la perdoné. Tendría que existir un undécimo mandamiento: No abandonarás a aquellos que te aman".

Lentamente, mientras se vestía con su propia ropa, recordó la letra de las canciones que Kemal escuchaba una y otra vez, los CD de Britney Spears, los Backstreet Boys, Limp Bizkit: *No quiero perderte, Te necesito esta noche, Si me amas, Sólo quiero estar contigo, Necesito amor.*

Todas las letras hablaban de la soledad y la necesidad de amor.

Tomó la libreta de calificaciones del niño. Si bien era cierto que había reprobado la mayoría de las materias, no había que olvidar que tenía un 10 en matemática. "Ésa es la nota que importa", se dijo. "Ahí es donde se destaca, ahí es donde está su futuro. De las otras calificaciones ya nos ocuparemos".

Cuando abrió la puerta del escritorio, Kemal estaba en la cama, con los ojos cerrados y su cara pálida bañada en lágrimas. Dana lo miró un momento; luego se inclinó y le dio un beso en la mejilla.

—Perdona, Kemal —le susurró—. No quise pegarte.

"Mañana será otro día".

A la mañana siguiente, bien temprano, lo llevó a un renombrado cirujano ortopédico, el doctor William Wilcox. Después del examen físico, el médico y Dana hablaron un rato a solas.

—Señorita Evans, la colocación de una prótesis costaría veinte mil dólares, y además hay un problema. Kemal tiene apenas doce años. Su cuerpo seguirá creciendo hasta que tenga diecisiete o dieciocho. Sería necesario cambiar la prótesis varias veces al año. No resultaría muy práctico desde el punto de vista económico.

A Dana se le fue el alma al piso.

—Entiendo. Muchas gracias, doctor.

Cuando salió, Dana le dijo a Kemal:

—No te preocupes, mi amor. Ya vamos a encontrar una solución.

Después lo dejó en la escuela y se dirigió al canal. Había hecho alrededor de seis cuadras cuando sonó su teléfono celular.

—¿Hola?

—Hola, habla Matt. Al mediodía habrá una conferencia de prensa sobre el asesinato de Winthrop en la central de policía. Quiero que la cubras. Ya mando un equipo para allá. La policía está muy cuestionada. El caso va camino a convertirse en un escándalo, y no hay ni una sola pista.

—No te preocupes, Matt; allí estaré.

El jefe de policía, Dan Burnett, se hallaba hablando por teléfono en su despacho cuando su secretaria lo interrumpió:

—El alcalde por línea dos.

—Dígale que estoy hablando con el gobernador por la línea uno —replicó Burnett, y retomó la conversación telefónica.

—Sí, gobernador. Yo sé que... Sí, señor. Creo... Estoy seguro de que podemos... No bien... Correcto. Hasta luego, señor. —Colgó el teléfono con brusquedad.

—El secretario de prensa de la Casa Blanca en la línea cuatro.

Así transcurrió la mañana.

Al mediodía, el salón de conferencias del centro municipal estaba atestado de periodistas. El jefe de policía, Burnett, entró en el salón y se dirigió al estrado.

—Les pido silencio, por favor. —Esperó hasta que todos se hubieran callado. —Antes de responder a sus preguntas, permítanme hacer una declaración. El brutal asesinato de Gary Winthrop produjo una pérdida irreparable no sólo en nuestra comunidad sino también en el mundo, y nuestra investigación no va a cesar hasta que encontremos a los responsables. Ahora sí, estoy a su disposición.

Un periodista se puso de pie.

—Comisario Burnett, ¿la policía tiene alguna pista sobre quién pudo haber cometido el asesinato?

—A eso de las tres de la madrugada, un testigo vio a dos hombres cargando una camioneta blanca en la puerta de la casa de Winthrop. La conducta de esos hombres le pareció sospechosa, así que anotó el número de matrícula del vehículo. Correspondía a una camioneta robada.

—¿Se sabe qué artículos fueron sustraídos de la casa?

—Falta una decena de cuadros muy valiosos.

—¿Robaron algo más aparte de los cuadros?

—No.

—¿Ni dinero ni joyas?

—Las joyas y el dinero que había en la casa quedaron intactos. Los ladrones buscaban nada más que las pinturas.

—Comisario Burnett, ¿la casa no tenía un sistema de alarma? Y si lo tenía, ¿estaba encendido?

—Según los dichos del mayordomo, por la noche la alarma siempre estaba conectada. Aparentemente los ladrones descubrieron una manera de anularla. Todavía no sabemos cómo.

—¿Cómo hicieron para ingresar en la casa?

El comisario vaciló.

—Es una pregunta interesante. No hay señales de que hayan forzado la entrada. Es un tema que debemos investigar.

—¿Podría haber sido obra de un empleado del señor Winthrop?

—No nos parece probable. El personal tenía muchos años de antigüedad.

—¿El señor Winthrop estaba solo en la casa?

—Todo indica que sí. Los empleados estaban de franco.

—¿Tiene una lista de las obras robadas? —le preguntó Dana.

—Sí. Son muy conocidas. Ya hemos enviado la lista a museos, galerías y coleccionistas de arte. No bien aparezca alguna, el caso quedará resuelto.

Dana se sentó, perpleja. "Seguro que los asesinos lo saben; no creo que se les cruce por la cabeza la idea de vender los cuadros. Entonces, ¿cuál era su intención al robarlos? ¿Y por qué cometer un crimen? ¿Por qué no se llevaron el dinero y las joyas? Hay algo que no cierra en esta historia".

*　　*　　*

Las honras fúnebres de Gary Winthrop se realizaban en la catedral mayor, la sexta más grande del mundo. Las avenidas Wisconsin y Massachusetts estaban cerradas al tránsito. Hombres del Servicio Secreto y de la policía de Washington custodiaban las calles. Dentro del templo, esperando que comenzara la ceremonia, se encontraban el vicepresidente de los Estados Unidos, una decena de senadores y diputados, un juez de la Corte Suprema, dos miembros del gabinete y gran cantidad de dignatarios de todas partes del mundo. Helicópteros de la prensa y de la policía sobrevolaban la zona produciendo un ruido ensordecedor. Frente a la iglesia se habían reunido cientos de personas a despedir los restos de Gary Winthrop o a curiosear, atraídas por las importantes personalidades que asistían al acto. La gente rendía tributo no sólo a Gary, sino también a la desgraciada dinastía Winthrop.

Dana cubría el funeral asistida por dos cámaras. En el interior del templo se había hecho un profundo silencio.

—Los designios de Dios son un misterio para los hombres —decía el sacerdote—. Los Winthrop dedicaban su vida a construir esperanzas. Donaban miles de millones de dólares a escuelas e iglesias, ayudaban a los desamparados y los hambrientos. Pero lo que también es elogiable es que entregaban su tiempo y su talento al prójimo con total abnegación. Gary Winthrop seguía la gran tradición familiar. Por qué razón esta familia, tan meritoria y generosa, nos ha sido arrebatada en forma tan cruel es algo que escapa a nuestra comprensión. Pero no se han ido del todo, porque su legado vivirá por siempre. Lo que han hecho por nosotros siempre nos hará sentir orgullosos...

"Dios no debería permitir que gente como ésa muera de una forma tan horrible", pensó Dana con tristeza.

Más tarde, Dana recibió un llamado telefónico de su madre.

—Vi por la televisión cómo cubriste el funeral, hija. Por un momento, mientras hablabas de la familia Winthrop, pensé que ibas a largarte a llorar.

—Yo también lo pensé, mamá.

* * *

Le resultó difícil conciliar el sueño esa noche. Cuando finalmente logró dormirse, sus sueños fueron un enloquecido caleidoscopio de incendios, accidentes y disparos. En medio de la noche, se despertó sobresaltada. "¿Cinco miembros de la misma familia muertos en menos de un año? Algo me huele mal..."

CAPÍTULO 4

—¿Qué me quieres decir, Dana?

—Que cinco muertes violentas en una misma familia, y en menos de un año, es demasiada coincidencia, Matt, ¿no te parece?

—Si no te conociera como te conozco, probablemente llamaría a un psiquiatra y le diría que tienes un ataque de paranoia. ¿Piensas que se trata de algún tipo de conspiración? ¿Organizada por quién? ¿Fidel Castro, la CIA u Oliver Stone? ¡Por favor! Sabes bien que cada vez que muere una figura importante surgen miles de teorías conspirativas. La semana pasada vino un hombre que pretendía probarme que Lyndon Johnson había matado a Abraham Lincoln. Washington siempre fue un hervidero de teorías conspirativas.

—Matt, estamos a punto de lanzar *Será Justicia*. ¿Quieres empezar con una primicia? Si lo que pienso resulta cierto, te aseguro que el programa va a causar sensación.

Él se quedó mirándola un momento.

—Estás perdiendo el tiempo.

—Gracias, Matt.

El archivo del *Washington Tribune* se encontraba en el sótano del edificio. En ese lugar había miles de grabaciones de viejos noticiarios, todas prolijamente catalogadas.

Laura Lee Hill, una atractiva morena de mediana edad,

estaba sentada frente a su escritorio, catalogando cintas. Cuando Dana entró, levantó la vista.

—Hola, Dana. Vi tu transmisión desde el funeral. Te felicito, estuviste muy bien.

—Gracias.

—¡Qué tragedia tan espantosa!

—Terrible.

—Uno nunca deja de sorprenderse... —agregó en tono sombrío—. Bueno, ¿en qué puedo ayudarte?

—Quiero ver grabaciones de la familia Winthrop.

—¿Alguna en especial?

—No. Es para tener una idea de cómo eran.

—Yo puedo decirte cómo eran. Unos verdaderos santos.

—Eso es lo que dice todo el mundo.

Laura se incorporó.

—Espero que dispongas de tiempo suficiente, porque tenemos muchísimo material sobre ellos.

—No tengo ningún apuro.

Condujo a Dana hasta un escritorio donde había un televisor.

—Ya vuelvo —dijo.

Cinco minutos más tarde regresó cargada de cintas grabadas.

—Puedes empezar con éstas. Después te doy más.

Dana miró la enorme pila de casetes y pensó: "A lo mejor es cierto que estoy un poco paranoica, pero si mis sospechas resultan ciertas...".

Puso un casete, y en la pantalla apareció la imagen de un hombre increíblemente apuesto. Tenía rasgos bien marcados, que parecían esculpidos, abundante cabellera negra, ojos azules y cándidos y un mentón prominente. Junto a él había un chico. Un comentarista decía:

—Taylor Winthrop inaugura hoy un nuevo centro recreativo para niños necesitados, que se suma a otros ya creados por él. Se encuentra aquí también su hijo Paul, listo para participar de la diversión. Éste es el décimo de una serie de centros recreativos que Taylor Winthrop está construyendo. Tiene planeada la creación por lo menos de doce más.

Dana oprimió un botón, y la imagen cambió. Un Taylor Winthrop más avejentado, con mechones de canas, saludaba a un grupo de dignatarios.

—...acaba de confirmar su nombramiento como asesor de la OTAN. Taylor Winthrop parte hacia Bruselas en los próximos días para...

Dana cambió la cinta. La pantalla mostraba el jardín de la Casa Blanca. Taylor Winthrop estaba parado junto al Presidente, que decía:

—...y lo he elegido para dirigir la Agencia Federal de Investigaciones, FRA, que se dedica a ayudar a los países en vías de desarrollo de todo el mundo. No hay nadie mejor calificado que Taylor Winthrop para encabezar esa organización...

En la pantalla apareció la siguiente escena, que mostraba el aeropuerto de Roma, donde Winthrop en ese momento bajaba de un avión.

—Varios jefes de Estado se encuentran aquí para recibir a Taylor Winthrop, enviado por el Presidente para negociar acuerdos comerciales entre Italia y los Estados Unidos. El hecho de que el Presidente lo eligiera para dirigir estas negociaciones demuestra lo importantes que éstas son...

"No le quedó nada por hacer", pensó Dana.

En la siguiente cinta, Taylor Winthrop aparecía en el palacio de gobierno de París, saludando al Presidente de Francia.

—El señor Winthrop acaba de firmar un notable acuerdo comercial con Francia...

Otra cinta. La esposa de Taylor Winthrop, Madeline, se encontraba en un recinto rodeada de niños.

—Madeline Winthrop inauguró esta mañana un nuevo centro de atención para niños víctimas de abusos y...

Luego apareció una grabación de los hijos de la familia Winthrop jugando en el campo de su propiedad en Manchester (Vermont).

Dana puso un nuevo casete. Taylor Winthrop en la Casa Blanca. Detrás estaban su esposa, sus hijos Gary y Paul, muy apuestos, y su hermosa hija, Julie. En ese momento el Presidente lo condecoraba con la Medalla de la Libertad.

—...y para agradecer su desinteresado servicio al país y los grandes aportes que ha efectuado a la comunidad, me complace distinguir al señor Taylor Winthrop con el mayor premio que puede ofrecer nuestra nación, la Medalla de la Libertad.

Había una grabación que mostraba a Julie esquiando, y otra de Gary inaugurando una fundación para ayudar a pintores jóvenes.

Otra vez el Salón Oval, repleto de periodistas. Un Taylor Winthrop canoso, y su esposa, se hallaban parados junto al Presidente.

—A partir de este momento, Taylor Winthrop es nuestro nuevo embajador en Rusia. Sé que todos conocen muy bien los innumerables aportes que Taylor ha hecho a nuestro país, y me complace enormemente que haya aceptado este cargo en lugar de pasar sus días jugando al golf. —Los periodistas rieron con ganas.

—Nunca me ha visto jugar al golf, señor Presidente —siguió la broma Winthrop.

Más risas.

Luego llegó la larga serie de desastres.

En la siguiente cinta apareció la imagen de una casa destruida por el fuego en Aspen (Colorado). Una periodista señalaba la vivienda destruida:

—El jefe de policía de Aspen confirmó que tanto el embajador Winthrop como su esposa, Madeline, perecieron en el terrible incendio. Los bomberos recibieron un llamado alertando sobre el siniestro en las primeras horas de la mañana y llegaron a la casa quince minutos después, pero ya era demasiado tarde para salvarlos. Según el jefe de bomberos, el fuego se produjo debido a un desperfecto eléctrico. El embajador y su señora esposa eran célebres en el mundo entero por su filantropía y su abnegado servicio a la comunidad.

Otra cinta. La escena era en la Riviera francesa. Un periodista decía:

—Ésta es la curva donde el automóvil de Paul Winthrop mordió la banquina y se precipitó por la ladera de la montaña. Según informa el médico forense, el golpe le produjo la muerte instantánea. No llevaba pasajeros. La policía está investigando las causas del accidente. La terrible ironía es que hace dos meses los padres de Paul murieron en un incendio en su casa de Aspen (Colorado).

Una nueva cinta. Una pista de esquí en Juneau (Alaska), y un periodista bien abrigado:

—...ésta es la escena del trágico accidente de esquí ocurrido anoche. Nadie sabe por qué Julie Winthrop, una diestra esquiadora, decidió salir a esquiar sola por la noche en esta pista en particular, que estaba cerrada, pero el caso se está investigando. En septiembre, hace apenas seis semanas, Paul —hermano de Julie— murió en un accidente automovilístico en Francia. En julio de este mismo año, sus padres, el embajador Taylor Winthrop y su mujer, fallecieron en un incendio. El Presidente ha enviado sus condolencias a la familia.

Otro casete. La casa de Gary Winthrop en el sector noroeste de Washington DC. Los periodistas pululaban por los exteriores de la residencia. En la entrada, un comentarista decía:

—En una increíble y trágica sucesión de acontecimientos Gary, el último miembro de la querida familia Winthrop que quedaba con vida, fue asesinado por unos malhechores. En las primeras horas de la mañana un guardia de seguridad advirtió que la luz de la alarma estaba apagada, entró en la casa y encontró el cuerpo del señor Winthrop muerto de dos balazos. Al parecer los ladrones buscaban cuadros de valor y fueron sorprendidos por el difunto. Gary Winthrop era el quinto y último miembro de la familia cuya vida acabó con una muerte violenta este año.

Dana apagó el televisor y se quedó pensando durante largo rato. "¿Quién tendría interés en eliminar a una familia tan maravillosa? ¿Quién? ¿Por qué?"

Dana acordó una cita con el senador Perry Leff en el nuevo edificio del Senado. Leff era un cincuentón serio y vehemente.

Cuando Dana entró, se puso de pie.

—¿En qué puedo servirle, señorita Evans?

—Según tengo entendido, usted trabajaba en estrecha colaboración con el señor Taylor Winthrop, ¿verdad?

—Así es. Fuimos nombrados por el Presidente para integrar varias comisiones en forma conjunta.

—Yo conozco cuál era su imagen pública, senador Leff, pero ¿puede decirme cómo era como persona?

El legislador la miró con atención.

—Me dará un inmenso placer responderle. Taylor Winthrop era uno de los mejores hombres que conocí en mi vida. Lo más notable de su personalidad era la forma en que se relacionaba con la gente. Realmente le importaba lo que sucedía a su alrededor. Hacía lo imposible por hacer de éste un mundo mejor. Lo voy a extrañar mientras viva. Lo que le sucedió a su familia no tiene nombre.

Dana hablaba con Nancy Patchin, una de las secretarias de Taylor Winthrop. Era una mujer de alrededor de sesenta años, rostro surcado de arrugas y ojos de expresión triste.

—¿Hacía mucho que trabajaba para el señor Winthrop?

—Quince años.

—Me imagino que, después de tanto tiempo a su servicio, llegó a conocerlo bien.

—Por supuesto.

—Estoy tratando de hacerme una idea sobre la clase de hombre que era.

—Puedo decirle exactamente cómo era, señorita Evans —la interrumpió la mujer—. Cuando descubrimos que mi hijo tenía esclerosis amiotrópica lateral, el señor Winthrop lo llevó a que lo vieran sus médicos y pagó todos los gastos que debimos afrontar por la enfermedad. Cuando mi hijo murió, se hizo cargo de los gastos del entierro y me envió a Europa a recuperarme. —Sus ojos se llenaron de lágrimas. —Era el hombre más maravilloso, más generoso que conocí en mi vida.

* * *

Dana también concertó una entrevista con el general Victor Booster, el director de FRA —la Agencia Federal de Investigaciones—, anteriormente dirigida por Taylor Winthrop. Al principio Booster se rehusó a hablar con Dana, pero cuando se enteró de qué iba a tratar la conversación, aceptó al instante. A media mañana, Dana se dirigió a la FRA, ubicada cerca de Fort Mead (Maryland). La oficina central se encontraba en un terreno de treinta y dos hectáreas celosamente custodiado. No había nada que indicara la presencia de la multitud de antenas parabólicas detrás de la densa arboleda que rodeaba el lugar.

Dana llegó en su automóvil hasta un cercado de varios metros de altura coronado por alambre de púas. Dio su nombre y mostró su registro de conductor a un guardia armado que le permitió el paso. Un minuto después llegó a un portón electrificado delante del cual había una cámara. Dijo su nombre otra vez y el portón se abrió automáticamente. Siguió el camino de entrada hasta el enorme edificio blanco.

Un hombre vestido de civil la recibió en la puerta.

—La acompaño hasta la oficina del general Booster, señorita Evans.

Subieron cinco pisos en un ascensor privado, y luego caminaron por un largo pasillo hasta llegar a una serie de oficinas.

Entraron en un gran salón de recepción donde había dos secretarias. Una de ellas dijo:

—El general la espera, señorita Evans. Pase, por favor. —Oprimió un botón y se abrió la puerta de la oficina principal.

Dana se encontró en una habitación espaciosa, con techo y paredes acústicos. Fue recibida por un hombre de alrededor de cuarenta años, alto, delgado y atractivo, que le tendió la mano y la saludó afablemente:

—Soy el mayor Jack Stone, asistente del general. —Señaló al hombre sentado a un escritorio. —Le presento al general Booster.

Victor Booster era negro, tenía un rostro de rasgos bien marcados y ojos oscuros, de expresión severa. Su cabeza rapada brillaba bajo las luces del techo.

—Siéntese —le ordenó. Tenía una voz áspera y profunda.
Dana tomó asiento.

—Gracias por recibirme, general.

—Dijo que quería hablar sobre Taylor Winthrop, ¿verdad?

—Sí, mi intención era...

—¿Está escribiendo un artículo sobre él?

—Bueno, yo...

—¡Periodistas de mierda! ¿Por qué no dejan a los muertos en paz? ¡No son más que un montón de buitres ávidos de escándalo!

Dana no podía dar crédito a sus oídos.

Jack Stone parecía incómodo.

—General, le aseguro que no busco ningún escándalo. Conozco la leyenda sobre Taylor Winthrop. Estoy tratando de hacerme una idea de qué clase de hombre era en realidad. Le agradecería que pudiera darme algún dato, por insignificante que sea —respondió Dana, tratando de calmarse.

El general se inclinó hacia adelante.

—No sé qué diablos busca, pero le digo una sola cosa: la leyenda *era* el hombre. Cuando Taylor Winthrop dirigía la FRA, yo trabajaba a sus órdenes. Fue el mejor director que tuvo esta organización. Todo el mundo lo admiraba. Lo que le ocurrió a él y su familia es una tragedia que escapa a mi comprensión. —Su cara se endureció. —Para serle honesto, no me gusta la prensa, señorita Evans. El descaro de los periodistas ya no tiene límites. Vi sus transmisiones desde Sarajevo. Todo ese sentimentalismo de telenovela no nos sirvió absolutamente de nada.

Dana trató de controlar su ira.

—No estaba allí para ayudarlo a usted, general, sino para informar sobre lo que les sucedía a esos inocentes...

—Diga lo que quiera. Para su información, Taylor Winthrop fue uno de los más grandes estadistas de este país. —Le clavó los ojos. —Si intenta profanar su memoria, va a ganarse una multitud de enemigos. Le recomiendo que se mantenga al margen. Buenos días.

Ella lo miró un momento, y luego se levantó.

—Gracias por su colaboración, general. —Salió de la oficina con rapidez.

Jack Stone la siguió.

—Le indico el camino.

Cuando estaban en el pasillo, Dana respiró hondo.

—¿Siempre es así? —le preguntó, enojada.

El mayor suspiró.

—Le ruego que lo disculpe. A veces es un poco brusco, pero no tiene mala intención.

—¿En serio? Me dio la impresión de que sí.

—Bueno, de todos modos le pido disculpas. —Dio media vuelta, dispuesto a regresar a la oficina.

Ella le tocó el brazo.

—Espere. Me gustaría hablar un rato con usted. Son las doce. ¿Podríamos almorzar en algún lugar?

Él miró en dirección al despacho del general.

—De acuerdo. ¿Qué le parece si nos encontramos en la cafetería Sholl's de la calle K dentro de una hora?

—Genial. Gracias.

—No me agradezca antes de tiempo, señorita.

Cuando el mayor Jack Stone llegó a la cafetería casi desierta, Dana lo estaba esperando. Se detuvo un momento en la entrada para asegurarse de que no hubiera nadie conocido, y luego se dirigió a la mesa de Dana.

—Si el general Booster llega a enterarse de que acepté reunirme con usted, me mata. Es un buen hombre. Cumple una función delicada, muy difícil, y es muy eficiente en todo lo que hace. —Dudó un instante. —Los periodistas no le caen muy bien que digamos...

—Ya me di cuenta.

—Quiero dejar algo en claro, señorita Evans. Esta conversación es estrictamente confidencial.

—No se preocupe.

Tomaron unas bandejas y eligieron la comida. Cuando volvieron a sentarse, dijo Jack Stone:

—No quiero que se lleve una impresión equivocada de nuestra organización. Nosotros estamos del lado de los buenos. Por eso trabajamos allí. Nuestro propósito es ayudar a los países en vías de desarrollo.

—Lo sé muy bien.

—¿Qué quiere saber sobre Taylor Winthrop?

—Hasta ahora, toda la gente con la que hablé lo describe como un santo, pero seguramente *algún* defecto tiene que haber tenido.

—Por supuesto —admitió él—. Déjeme empezar por la parte buena. Taylor Winthrop era una persona que realmente se preocupaba por los demás. Nunca en mi vida conocí a alguien como él. Se acordaba siempre de todos los cumpleaños y aniversarios; sus empleados lo adoraban. Tenía una mente brillante, y un talento especial para resolver cualquier problema. Y pese a que sus actividades lo mantenían constantemente ocupado, era un hombre que había nacido para vivir en familia. Amaba a su esposa y sus hijos con toda el alma. —Se quedó callado.

—¿Y lo malo?

—Las mujeres se volvían locas por él. Era carismático, atractivo, rico y poderoso, un hombre irresistible para cualquier mujer. Y una vez cada tanto... cedía a la tentación. Tuvo algunas amantes, pero le aseguro que con ninguna de ellas entabló una relación seria, y además era muy discreto. Jamás hubiera hecho nada que pudiera herir a su familia.

—Mayor Stone, ¿conoce a alguien que tuviera motivos para asesinar a Winthrop y su familia?

Jack Stone dejó el tenedor sobre el plato.

—¿Cómo?

—Una persona tan poderosa inevitablemente se gana enemigos.

—¿Sugiere usted que los Winthrop fueron asesinados?

—Es una pregunta, nada más.

Jack Stone reflexionó un momento. Luego, sacudió la cabeza.

—No; imposible. El señor Winthrop jamás le hizo daño a nadie. Si usted hubiera hablado con cualquiera de sus amigos o colaboradores, nunca habría hecho esa pregunta.

—Permítame decirle lo que sé. Taylor Winthrop era...

Él levantó el brazo.

—Señorita Evans, cuanto menos me diga, mejor. Estoy tratando de mantenerme al margen. Ésa es la mejor manera que tengo de ayudarla, no sé si me entiende.

Dana lo miró perpleja.

—No estoy muy segura.

—Sinceramente le recomiendo que deje de lado todo este asunto. Se lo digo por su bien. Si decide seguir adelante, tenga mucho cuidado. —Se levantó y salió del restaurante.

Dana se quedó pensando en lo que había oído. "Así que Taylor Winthrop no tenía enemigos. A lo mejor estoy mirando las cosas desde un ángulo equivocado. ¿Y si no fue Taylor Winthrop el que se ganó un enemigo mortal? ¿Y si fue uno de sus hijos? ¿O su esposa?"

Más tarde le contó a Jeff sobre su almuerzo con el mayor Jack Stone.

—Interesante. ¿Y ahora qué?

—Quiero hablar con algunas de las personas que conocían a los hijos de Winthrop. Paul se había comprometido con una tal Harriet Berk. Hacía casi un año que estaban juntos.

—Sí, me acuerdo de haber leído algo sobre ellos. —Jeff dudó un momento. —Amor, tú sabes bien que cuentas con todo mi apoyo.

—Por supuesto.

—Pero, ¿qué pasa si tus sospechas resultan infundadas? Los accidentes son cosa de todos los días. ¿Cuánto tiempo piensas dedicarle a esta investigación?

—No mucho más. Hago un par de averiguaciones y me olvido del asunto.

Harriet Berk vivía en un elegante dúplex del noroeste de Washington. Era una mujer de alrededor de treinta años, rubia y delgada, con una sonrisa encantadora que, sin embargo, traslucía cierto nerviosismo.

—Gracias por recibirme.

—La verdad es que no sé muy bien a qué se debe la visita. Me dijo que se trataba de Paul.

—Sí. —Dana eligió las palabras con cuidado. —No tengo ninguna intención de meterme en su vida privada, pero sé que usted y Paul estaban a punto de casarse, por lo cual pienso que es la persona que más lo conocía.

—Sí, y eso me hace muy feliz.

—Me gustaría saber un poco más de él, cómo era en realidad...

Harriet Berk se quedó callada un momento.

—Nunca conocí a un hombre igual. Disfrutaba a pleno de la vida, y era bondadoso y considerado con los demás. A veces era muy gracioso. No se tomaba demasiado en serio. Era muy divertido estar con él. Pensábamos casarnos en octubre —dijo con voz suave. Después hizo una pausa. —Cuando murió en ese accidente... sentí... sentí que mi vida había terminado. Sigo sintiendo lo mismo —agregó en voz baja.

—Lo lamento muchísimo. Disculpe la pregunta pero, ¿sabe si tenía algún enemigo, alguien con motivos para matarlo?

Ella la miró con los ojos bañados en lágrimas.

—¿Matar a Paul? —Su voz se quebró. —Si usted lo hubiera conocido, jamás me habría hecho esa pregunta.

La siguiente entrevista de Dana fue con Steve Rexford, el mayordomo que había trabajado con Julie Winthrop, un inglés de mediana edad y aspecto elegante.

—¿En qué puedo ayudarla, señorita Evans?

—Quería hacerle unas preguntas sobre Julie Winthrop.

—La escucho.

—¿Cuánto tiempo trabajó para ella?

—Cuatro años y nueve meses.

—¿Cómo era como patrona?

El hombre sonrió con un dejo de nostalgia.

—Muy agradable, una dama en todos los sentidos. Cuando me enteré lo del accidente, no... no podía creerlo.

—¿Tenía algún enemigo?

—¿Cómo dice? —preguntó él, con cara de asombro.

—A lo mejor tenía algún pretendiente al que rechazó... O conocía a alguien que quisiera hacerle daño a ella o a su familia...

Él negó con la cabeza.

—La señorita Julie no era esa clase de persona. Era incapaz de hacerle daño a nadie. Se caracterizaba por ser muy generosa con su tiempo y su dinero. Todo el mundo la quería.

Dana lo miró con atención. Ese hombre hablaba en serio. Todas las personas a quienes había entrevistado le respondían del mismo modo. "¿Qué diablos estoy haciendo? Me siento como Don Quijote. Sólo que aquí no hay molinos de viento".

La siguiente entrevista fue con Morgan Ormond, el director del Museo de Arte de Georgetown.

—Me dijeron que quería hacerme unas preguntas sobre Gary Winthrop...

—Sí, quería saber...

—Su muerte fue una terrible pérdida. El arte de nuestro país ha perdido a su más grandioso mecenas.

—Señor Ormond, tengo entendido que en el mundo del arte existe una gran competencia.

—¿Competencia?

—¿No ocurre a veces que varias personas quieren la misma obra y por esa razón entran en...?

—Por supuesto. Pero eso no sucedía nunca con Gary Winthrop. Poseía una colección fabulosa, pero al mismo tiempo era muy generoso con los museos. No sólo con éste, sino también con otros, de todas partes del mundo. Su mayor ambición era que el arte fuese accesible para todos.

—¿Sabe si tenía algún enemigo que...?

—¿Gary Winthrop? No, imposible.

La última entrevista fue con Rosalind López, que había sido asistente personal de Madeline Winthrop durante quince años y ahora trabajaba con el marido en una empresa de su propiedad dedicada a la venta de comidas preparadas.

—Gracias por recibirme, señora. Quería hablar con usted acerca de Madeline Winthrop.

—Pobre mujer. Era... la persona más amable que conocí en mi vida.

"Esto ya parece un disco rayado", pensó Dana.

—¡Murió de una forma tan horrible!

—Sí. Usted trabajó mucho tiempo con ella, ¿verdad?

—Así es.

—¿Alguna vez la vio hacer algo que pudiera haber ofendido a alguien o que le hubiera ganado enemigos?

Rosalind López la miró con expresión de sorpresa.

—¿Enemigos? No, señorita. A ella todo el mundo la quería.

"Decididamente, *es* un disco rayado", se dijo Dana.

En el trayecto de regreso a la oficina, pensó: "Supongo que me equivoqué. Por raro que parezca, todas esas muertes fueron producto del azar".

Se dirigió al despacho de Matt Baker, y fue recibida por Abbe Lasmann.

—Hola, Dana.

—¿Puedo hablar con Matt?

—Sí, pase.

Matt Baker levantó la vista cuando la vio entrar.

—¿Y, Sherlock Holmes? ¿Cómo anda todo?

—Elemental, mi querido Watson. Me equivoqué. No hay ninguna historia oculta en esa familia.

CAPÍTULO 5

El llamado de su madre sorprendió a Dana.

—¡Dana, querida, tengo que darte una gran noticia!

—¿Qué noticia?

—¡Que me caso!

Dana se quedó petrificada.

—¿Qué?

—Tal como lo oyes. Fui a Westport (Connecticut), a visitar a una amiga, y ella me presentó a un hombre encantador...

—Me alegro por ti, mamá; te felicito.

—Ah, él es tan... tan... —Soltó una risita. —No puedo describírtelo con palabras, pero es realmente adorable. Te va a caer muy bien.

—¿Cuánto hace que lo conoces? —le preguntó, con cautela.

—Lo suficiente, querida. Somos tal para cual. La verdad es que me considero muy afortunada.

—¿Trabaja?

—Más que mi hija pareces mi madre. Por supuesto que trabaja. Es vendedor de seguros y le va muy bien. Se llama Peter Tomkins. Tiene una casa hermosa en Westport. Me encantaría que tú y Kimbal vinieran a conocerlo. ¿Van a venir?

—Claro.

—Peter se muere por conocerte personalmente. Ya le contó a todo el mundo que tengo una hija famosa. ¿Seguro que puedes venir?

—No te preocupes. —Dana no trabajaba los fines de se-

67

mana, así que no tendría ningún problema. —Pronto nos tendrás a los dos ahí.

Cuando fue a buscar a Kemal a la escuela, le dijo:

—Vas a conocer a tu abuela. Seremos una verdadera familia, ya lo verás.

—Alucinante.

La respuesta del niño la hizo sonreír.

El sábado a la mañana, Dana y Kemal partieron hacia Connecticut. Dana estaba muy entusiasmada con la visita.

—Va a ser un fin de semana maravilloso para todos —le aseguró a Kemal—. Todos los abuelos necesitan nietos a quienes malcriar. Eso es lo más lindo que tiene el criar niños. Y si quieres puedes quedarte alguna vez a pasar unos días con ellos.

—Pero tú vas a estar ahí, ¿no es cierto? —preguntó él, nervioso.

—Claro que sí —respondió, apretándole la mano para tranquilizarlo.

La casa de Peter Tomkins era una hermosa cabaña con un jardín por el que corría un arroyuelo.

—¡Qué lindo! —exclamó Kemal.

Dana le acarició el pelo.

—Me alegro de que te guste. Vamos a venir seguido.

La puerta de la casa se abrió, y Eileen Evans salió a recibirlos. En su rostro aún quedaban vestigios de belleza, señales de lo que había sido alguna vez; el pasado de amargura había dejado sus huellas, lo cual hacía pensar en el retrato de Dorian Gray. Su belleza había pasado a Dana. Junto a Eileen había un hombre maduro, de rostro amable, que sonreía de oreja a oreja.

Eileen se adelantó enseguida y abrazó a su hija.

—¡Dana, mi amor! ¡Y aquí está Kimbal!

—Mamá...

—Así que tú eres la famosa Dana Evans —la saludó Peter—. Les hablé a todos mis clientes sobre ti. —Se volvió hacia Kemal. —Y éste es el chico que adoptaste. —Advirtió la manga vacía de Kemal. —Ah, no sabía que era lisiado.

A Dana se le fue el alma al piso. Vio cómo Kemal se ponía rojo de vergüenza.

El hombre sacudió la cabeza.

—Si hubiera adquirido un seguro de nuestra empresa antes de perder el brazo, sería un chico millonario. —Se dirigió a la puerta. —Pasen, por favor. Tienen que estar muertos de hambre.

—Lo estábamos —respondió Dana con brusquedad. Después, miró a Eileen. —Disculpa, mamá. Kemal y yo nos volvemos a Washington.

—Lo siento, Dana. Yo...

—Yo también lo siento. Espero que no estés a punto de cometer un gran error. Que tengas una linda boda.

—Dana...

Eileen miró con desesperación cómo Dana y Kemal subían al auto y se marchaban.

Peter Tomkins se quedó atónito.

—¿Dije algo malo?

Ella suspiró.

—No, nada, Peter, nada.

En el viaje de regreso, Kemal no decía ni una palabra. Dana lo miraba de tanto en tanto.

—Lo lamento, amor. Hay mucha gente ignorante en este mundo.

—Él tiene razón. Soy un lisiado —respondió con amargura.

—No eres ningún lisiado. No se juzga a la gente por la cantidad de brazos o piernas que tiene sino por lo que es.

—¿Ah, sí? ¿Y yo qué soy?

—Eres un sobreviviente, y estoy orgullosa de ti. ¿Sabes una cosa? El rey de la simpatía tenía razón en algo: estoy muerta de hambre. No sé si te interesa, pero más adelante veo un MacDonald's...

—Alucinante —repuso el niño con una sonrisa.

Cuando Kemal se fue a dormir, Dana se sentó en el living para pensar con tranquilidad. Encendió el televisor y buscó los canales de noticias. Todos seguían hablando del asesinato de Gary Winthrop:

—... esperanza de que la camioneta robada pueda dar alguna pista sobre la identidad de los asesinos...

—... dos disparos de una pistola marca... La policía está averiguando en las armerías para...

—... y el brutal asesinato de Gary Winthrop en la exclusiva zona del noroeste de la ciudad demuestra que nadie...

A Dana le rondaba una idea en la cabeza, algo que no le cerraba de la historia, pero no sabía bien qué era. Tardó horas en dormirse. A la mañana siguiente, al despertarse, se dio cuenta de lo que era. "El dinero y las joyas estaban al alcance de la mano. ¿Por qué los asesinos no se los habían llevado?".

Se levantó y se preparó un café mientras recordaba las palabras del comisario Burnett.

"¿Tiene una lista de los cuadros robados?".

"Sí. Son muy conocidos. Ya hemos enviado la lista a museos, galerías y coleccionistas de arte. No bien aparezca alguno, el caso quedará resuelto".

Los ladrones sabían que no sería fácil vender las obras, y eso quiere decir que tal vez el robo fue planeado por un coleccionista acaudalado que quería quedarse con esas telas. Pero, ¿por qué razón un hombre como ése iba a ponerse en manos de dos matones tan peligrosos?

El lunes por la mañana, cuando Kemal se levantó, Dana le preparó el desayuno. Después lo llevó a la escuela.

—Que tengas un buen día, amor.

—*Nos vemos.*

Se quedó mirándolo entrar en la escuela, y luego se dirigió a la comisaría de la avenida Indiana.

Estaba nevando de nuevo, y había un viento despiadado que azotaba todo lo que se cruzaba en su camino.

* * *

El detective Phoenix Wilson, que estaba a cargo del caso Gary Winthrop, era un policía experto y misántropo, con varias cicatrices que atestiguaban por qué se había vuelto así. Cuando Dana entró en su oficina, levantó sus ojos.

—No doy entrevistas —gruñó—. Cuando haya alguna información sobre el asesinato, se enterará en la conferencia de prensa junto con todos los demás.

—No vine a preguntarle sobre eso.

—¿Ah, no? —La miró con cierta incredulidad.

—No. Me interesan los cuadros que se robaron esa noche. Usted tiene la lista, ¿verdad?

—Sí, ¿y qué?

—¿Me daría una copia?

—¿Para qué la quiere?

—Quiero saber qué fue lo que se llevaron los asesinos. Puedo hablar del tema en mi programa de televisión.

El detective la miró un momento.

—No es mala idea. Cuanta más publicidad tengan esas obras, menos posibilidad tendrán los asesinos de venderlas. —Se incorporó. —Se llevaron doce pinturas y dejaron muchas más, tal vez porque era demasiado trabajo llevárselas todas. Es difícil encontrar ayudantes competentes en esta época. Bueno, le consigo una copia del informe.

Volvió a los pocos minutos con dos hojas fotocopiadas, que le entregó.

—Aquí tiene una lista de los cuadros. Ésta es la otra lista.

Dana lo miró sin entender.

—¿Qué otra lista?

—Todas las obras que poseía Gary Winthrop incluyendo las que los asesinos no se llevaron.

—Se lo agradezco mucho.

En el pasillo de la comisaría, Dana examinó ambas listas. Lo que vio le resultó confuso. Salió a la calle, donde corría un viento helado, y se dirigió a Christie's, la famosa casa de subastas. La nieve caía con más fuerza que antes, y la gente corría para terminar rápido con sus compras navideñas y regresar al calor de sus casas y oficinas.

Cuando Dana entró en Christie's, el gerente la reconoció de inmediato.

—Es un honor tenerla aquí, señorita Evans. ¿En qué puedo servirle?

—Tengo dos listas de obras pictóricas. Le agradecería que me dijera cuál es su valor.

—Por supuesto, será un placer. Pase por aquí, por favor...

Dos horas después, Dana estaba en la oficina de Matt Baker.

—Aquí sucede algo muy extraño —comenzó a decir.

—¡No me digas que volvimos a la teoría de la conspiración!

—A ver qué opinas de esto. —Le entregó la más larga de las listas. —Éstas son todas las obras de arte que tenía Gary Winthrop en su colección. Acabo de tasarlas en Christie's.

Matt revisó la lista.

—Ah, veo que hay grandes nombres... Vincent Van Gogh, Hals, Matisse, Monet, Picasso, Manet... —Levantó los ojos. —¿Y?

—Ahora, mira esta otra. —Le dio la lista más corta, que enumeraba las pinturas robadas.

Él la leyó en voz alta.

—Camille Pissarro, Marie Laurencin, Paul Klee, Maurice Utrillo, Henry Lebasque. No entiendo. ¿Qué quieres decir?

—Muchos de los cuadros de la primera lista valen más de diez millones cada uno —le explicó ella con lentitud—. La mayoría de los robados, en cambio, valen doscientos mil dólares o menos.

Él pestañeó.

—¿Entonces los ladrones se llevaron las obras menos valiosas?

—Así es. —Dana se inclinó hacia adelante. —Matt, si hubieran sido ladrones profesionales, se habrían llevado también el dinero y las joyas que había en la casa. Se supuso desde un principio que alguien los contrató para robar sólo las telas más valiosas. Pero las listas demuestran que no sabían nada de arte. Entonces, ¿para qué los contrataron realmente? Gary Winthrop no estaba armado. ¿Por qué lo mataron?

—¿Estás sugiriendo que el verdadero móvil de esos hombres no era robar obras pictóricas sino asesinar a Gary Winthrop?

—Es la única explicación que se me ocurre.

Él tragó saliva.

—Analicemos un poco las cosas. Supongamos que Taylor Winthrop tenía un enemigo y que fue asesinado. ¿Por qué iban a querer eliminar a toda la familia?

—No sé. Eso es lo que quiero averiguar.

El doctor Armand Deutsch era uno de los psiquiatras más respetados de Washington, un hombre de alrededor de setenta años, de aspecto imponente, con una frente amplia y ojos azules, escrutadores.

—¿La señorita Evans?

—Sí. Le agradezco que me atienda, doctor. Necesito hablar con usted de algo muy importante.

—Cuénteme. ¿Qué es eso tan importante?

—Seguramente está al tanto de las muertes ocurridas en la familia Winthrop, ¿verdad?

—Por supuesto. Terribles tragedias. Un accidente tras otro.

—¿Y si no hubieran sido accidentes?

—¿Qué? ¿Qué quiere decir?

—Que existe la posibilidad de que todos hayan sido asesinados.

—¿Los Winthrop asesinados? Parecería demasiado improbable, señorita.

—Pero es posible.

—¿Qué le hace pensar que pudieran haber sido asesinados?

—Es... es una corazonada, no más —tuvo que reconocer.

—Ya veo... una corazonada. —El doctor Deutsch la miró

con atención. —Vi sus informes desde Sarajevo. Creo que usted es una excelente periodista.

—Gracias.

Apoyó los codos en la mesa y se inclinó hacia adelante, sus ojos azules clavados en ella.

—Así que, hasta hace muy poco, usted estaba en medio de una terrible guerra, ¿no?

—Sí.

—Informando sobre gente violada y asesinada, bebés agonizantes...

Dana lo escuchaba con atención.

—Evidentemente, vivió momentos de gran tensión.

—Sí.

—¿Cuánto hace que volvió? ¿Cinco, seis meses?

—Tres meses.

Él asintió, satisfecho.

—No es suficiente tiempo para adaptarse nuevamente a la vida normal, ¿verdad? Seguro que tiene pesadillas sobre los terribles asesinatos que presenció, y ahora su inconsciente imagina...

—Doctor, le aseguro que no estoy paranoica —lo interrumpió—. No dispongo de pruebas, pero tengo razones para creer que la muerte de los Winthrop no fue accidental. Vine a verlo porque pensé que podía ayudarme.

—¿Ayudarla? ¿De qué manera?

—Necesito averiguar el móvil. ¿Qué móvil puede tener alguien para eliminar a una familia entera?

El doctor la miró haciendo tamborilear los dedos sobre la mesa.

—Por supuesto, existen precedentes de una agresión tan violenta como ésa. Por ejemplo, una vendetta o venganza. En Italia, la mafia ha asesinado a familias enteras. O también podría tener relación con la droga. Podría ser una venganza por alguna tragedia causada por la familia. O incluso un demente que no tuviera ningún motivo racional para...

—No creo que éste sea el caso.

—Y finalmente tenemos uno de los motivos más antiguos en la historia de la humanidad: el dinero.

"El dinero". Dana ya había pensado en eso.

* * *

Walter Calkin, director de la firma Calkin, Taylor y Anderson Asociados, había sido abogado de la familia Winthrop durante más de veinticinco años. Era un hombre mayor, aquejado de artritis pero, pese a la debilidad de su cuerpo, su mente seguía absolutamente lúcida.

Observó a Dana durante un momento.

—Me dijo mi secretaria que deseaba hacerme unas preguntas sobre las propiedades de los Winthrop.

—Exacto.

El anciano suspiró.

—Todavía no puedo creer lo que le sucedió a esa maravillosa familia. Es increíble.

—Tengo entendido que usted manejaba sus asuntos legales y financieros.

—Así es.

—Doctor Calkin, ¿en el último año hubo alguna irregularidad en esos aspectos?

Él miró a Dana con expresión de curiosidad.

—¿En qué sentido me lo pregunta?

—Suena raro pero, ¿usted se habría dado cuenta si algún miembro de la familia era... era víctima de un chantaje? —preguntó, cautelosa.

El abogado se quedó un momento callado.

—Lo que quiere saber es si yo me habría enterado en caso de que alguno de ellos pagara regularmente a alguien grandes sumas de dinero.

—Exacto.

—Supongo que sí.

—¿Y hubo algo de eso?

—Absolutamente nada. Me imagino que se refiere a algún tipo de juego sucio. Debo decirle que la idea me parece ridícula.

—Pero están todos muertos. Sus propiedades deben de valer miles de millones de dólares. Le agradecería mucho que me dijera quién hereda todos esos bienes.

Vio que el abogado abría un frasco de píldoras, se ponía una en la boca y la tragaba con ayuda de un sorbo de agua.

—Señorita Evans, le aclaro que nosotros jamás hablamos sobre los asuntos de nuestros clientes. —Vaciló un momento. —Sin embargo, en este caso no hay inconvenientes, porque mañana mismo esta información se dará a conocer a la opinión pública.

"Y finalmente tenemos uno de los motivos más antiguos en la historia de la humanidad: el dinero".

Walter Calkin miró a Dana.

—Con la muerte de Gary Winthrop, que era el último sobreviviente de la familia...

—¿Sí? —Dana casi no podía respirar.

—Toda la fortuna de los Winthrop irá a parar a obras de beneficencia.

CAPÍTULO 6

En el canal se preparaban para el noticiario de la noche.

Dana estaba frente a su escritorio en el estudio A, repasando los cambios de último momento. Ya se habían analizado y seleccionado los cables llegados durante todo el día desde las agencias de noticias y las seccionales de policía.

Sentados junto a ella estaban Jeff Connors y Richard Melton. Anastasia Mann comenzó la cuenta descendente con los dedos. Cuando llegó a uno, se encendió la luz roja de la cámara.

El locutor anunció:

—Presentamos ahora el noticiario de las once de la noche de WTN, conducido por Dana Evans... —Dana sonrió a la cámara— y Richard Melton. —Melton saludó a la audiencia inclinando la cabeza. —Jeff Connors en deportes y Marvin Greer con el informe meteorológico. Comenzamos ya.

—Buenas noches. Soy Dana Evans.

—Y yo, Richard Melton.

Dana leyó del apuntador electrónico.

—Empezamos con una noticia de último momento. Un operativo policial concluyó hace unas horas luego de un asalto a mano armada en una tienda de vinos del centro de la ciudad.

—Cinta uno.

En el monitor apareció la imagen del interior de un helicóptero. Al mando del helicóptero de la WTN iba Norman

Bronson, un ex piloto de la infantería de marina, acompañado por Alyce Barker. La cámara cambió de ángulo. Abajo se veían tres patrulleros rodeando un sedán estrellado contra un árbol.

Alyce Baker dijo:

—Todo comenzó cuando dos hombres armados entraron en Haley, un local de la avenida Pennsylvania, e intentaron asaltar al cajero. Éste se resistió y oprimió el botón de alarma para avisar a la policía. Los ladrones huyeron, pero la policía los persiguió varios kilómetros hasta que el automóvil que conducían se estrelló contra un árbol.

La persecución fue cubierta por el helicóptero de la división noticias de la emisora. Dana miró la imagen y pensó: "Lo mejor que ha hecho Matt en la vida fue conseguir que Elliot comprara este nuevo helicóptero. Es imprescindible para poder informar mejor".

Hubo tres segmentos más, y luego la directora pidió un corte.

—Enseguida volvemos —anunció Dana.

Comenzó entonces la tanda publicitaria.

Richard Melton miró a Dana.

—¿Viste el día de perros que hace? ¡Está horrible!

—Sí, tienes razón. Nuestro pobre meteorólogo va a recibir muchos mensajes, y no precisamente de agradecimiento.

Se encendió la luz roja. El apuntador electrónico se quedó un momento en blanco, y luego comenzó a funcionar nuevamente. Dana leyó:

—En vísperas de Año Nuevo querría... —Se detuvo, desconcertada, mientras leía el resto de la frase en silencio: *"...que nos casáramos, así, cada fin de año, tendremos doble motivo para festejar".*

Jeff estaba parado junto al apuntador electrónico, sonriendo de oreja a oreja.

—Ahora vamos... a otro breve corte comercial —atinó a decir Dana. La luz roja se apagó.

Se levantó de su asiento.

—¡Jeff!

Corrieron uno hacia el otro y se abrazaron.

—¿Qué me respondes?

—Acepto —susurró ella mientras lo estrechaba con fuerza.

Sus compañeros de trabajo estallaron en aplausos.

Cuando terminó el programa y se quedaron solos, Jeff le preguntó:

—¿Cómo te gustaría festejar nuestro casamiento, amor? ¿Con una gran fiesta, algo íntimo, algo intermedio?

Dana tenía fantasías sobre su boda desde que era pequeña. Se imaginaba entrando en la iglesia con un hermoso vestido blanco adornado con encajes y una cola muy, pero muy larga. En las películas que había visto, los preparativos para una boda generaban siempre un enorme entusiasmo... hacer la lista de invitados... elegir el salón para la fiesta... los padrinos... la iglesia... Allí estarían todos sus amigos, y también su madre. Iba a ser el día más maravilloso de su vida. Y ahora ese sueño estaba a punto de convertirse en realidad.

—¿Qué dices? —Jeff esperaba una respuesta.

"Si hacemos una fiesta grande, no va a quedarme más remedio que invitar a mamá y su marido. No puedo hacerle eso a Kemal", pensó.

—¿Qué te parece si nos fugamos?

Él asintió, sorprendido.

—Tus deseos son órdenes, mi amor.

Kemal recibió la noticia con gran alegría.

—¿Quiere decir que Jeff va a vivir con nosotros?

—Claro. Vamos a estar todos juntos. Tendrás una verdadera familia, querido. —Durante largo rato conversaron animadamente sobre el futuro, sentados en la cama de Kemal. Los tres iban a vivir juntos, pasar las vacaciones juntos. La palabra mágica: *juntos*.

Cuando Kemal se durmió, Dana fue a su dormitorio y encendió la computadora. "Tengo que buscar un nuevo departamento. Vamos a necesitar dos dormitorios, dos baños, living, cocina, comedor y tal vez un office y un escritorio. No tendría que ser muy difícil encontrarlo". Pensó en la casa de Gary Winthrop, vacía, y por la cabeza comenzaron a rondarle otras ideas. "¿Qué había pasado realmente esa noche? ¿Quién había apagado la alarma? Si no había signos de que se hubiera forzado la entrada de la casa, ¿cómo habían hecho los ladrones para ingresar?" Casi sin darse cuenta, escribió la palabra "Winthrop" en el buscador de Internet. "¿Qué diablos me pasa?", se preguntó. En la pantalla apareció la misma información que había leído unos días antes.

Regiones > Estados de EE.UU. > Washington DC > Gobierno > Política > Agencia Federal de Investigaciones
* Winthrop, Taylor – fue embajador de los Estados Unidos en Rusia y negoció un importante acuerdo comercial con Italia...
* Winthrop, Taylor – multimillonario que triunfó por su propio esfuerzo y se dedicó a servir a su país...
* Winthrop, Taylor – la familia Winthrop creó fondos fiduciarios para subvencionar escuelas, bibliotecas y programas municipales en barrios marginados...

Había cincuenta y cuatro sitios en Internet relacionados con la familia Winthrop. Dana estaba a punto de escribir *departamentos* cuando hubo algo que le llamó la atención:
* Winthrop, Taylor – Demanda. Joan Sinisi, ex secretaria de Taylor Winthrop, presentó una demanda contra su antiguo jefe y la retiró pocos días después.
Dana volvió a leer. "¿Qué clase de demanda sería?", se preguntó.
Entró en otros sitios referidos a los Winthrop, pero en ninguno se hacía mención de una demanda judicial. Luego escribió el nombre "Joan Sinisi", pero no encontró nada.

—¿Ésta es una línea segura?
—Sí.

—Quiero un informe sobre los sitios que visitó la persona.

—Ya mismo se lo enviamos.

A la mañana siguiente, después de dejar a Kemal en la escuela, Dana llegó a la oficina y buscó el nombre "Joan Sinisi" en la guía telefónica de Washington. No encontró nada. Se fijó luego en la guía de Maryland y Virginia, pero tampoco tuvo suerte. "Seguro que esta mujer se mudó a otro lado", pensó.

En ese momento entró Tom Hawkins, el productor del noticiario.

—Anoche volvimos a superar a la competencia.

—Qué bien. —Se quedó pensativa. —Tom, ¿conoces a alguien en la compañía telefónica?

—Claro. ¿Necesitas un teléfono?

—No. Quiero verificar si una persona tiene un número que no aparece en la guía. ¿Podrías preguntar?

—¿Cuál es el nombre?

—Joan Sinisi.

Él frunció el entrecejo.

—No sé por qué, pero me resulta conocido.

—Es una mujer que demandó a Taylor Winthrop.

—Ah, sí, ahora me acuerdo. Fue hace casi un año. Tú estabas en Yugoslavia. Pensé que iba a surgir una historia interesante, pero el asunto se silenció con bastante rapidez. Seguramente está viviendo en algún lugar de Europa, pero voy a tratar de averiguarlo.

Quince minutos después, Olivia Watkins le avisó:

—Tiene un llamado de Tom.

—¿Hola?

—Joan Sinisi sigue viviendo en Washington. Conseguí su número de teléfono, que no figura en guía. ¿Quieres anotarlo?

—Fantástico. —Tomó una lapicera. —Dime.

—555-2690.

—Gracias.

—Prefiero que me lo agradezcas con un almuerzo.

—De acuerdo.

La puerta se abrió y entraron Dean Ulrich, Robert Fenwick y Maria Toboso, tres guionistas que trabajaban en el noticiario.

—El programa de hoy va a tener un tono bastante catastrófico. Hubo dos descarrilamientos, un accidente de aviación y una gran avalancha —anunció Robert Fenwick.

Los cuatro comenzaron a leer los cables que iban llegando al canal. Dos horas después, una vez concluida la reunión, Dana marcó el número de teléfono que había anotado.

Le respondió una voz de mujer.

—Residencia de la señorita Sinisi.

—¿Podría hablar con ella, por favor? Habla Dana Evans.

—Voy a ver si se encuentra. Un momentito.

Dana esperó. Luego oyó la voz suave y vacilante de otra mujer.

—Hola...

—¿Señorita Sinisi?

—¿Sí?

—Le habla Dana Evans. La llamo porque...

—¿Dana Evans? ¿La del noticiario?

—Exacto.

—¡Ah! La veo todas las noches. Soy una gran admiradora suya.

—Gracias, muy amable. ¿Podría dedicarme unos minutos de su tiempo? Me gustaría hablar con usted personalmente.

—¿En serio? —Parecía gratamente sorprendida.

—Sí. ¿Podríamos encontrarnos en alguna parte?

—Por supuesto. ¿Quiere venir a mi casa?

—No hay problema. ¿Cuándo le resulta más conveniente?

La mujer vaciló.

—Cuando quiera. Yo no me muevo de aquí en todo el día.

—¿Qué le parece mañana a eso de las dos de la tarde?

—De acuerdo. —Le dio la dirección.

—Entonces, nos vemos mañana. —Dana cortó. "¿Por qué sigo dándole vueltas a este asunto? Bueno, supongo que con la entrevista de mañana lo doy por terminado".

* * *

A las dos de la tarde del día siguiente, estacionó el auto frente a la inmensa casa de departamentos donde vivía Joan Sinisi. En la puerta había un portero uniformado. Dana observó el imponente edificio y pensó: "¿Cómo hace una secretaria para vivir en un lugar como éste?" Cuando entró en el hall, una recepcionista le preguntó:

—¿En qué puedo ayudarla?

—Soy Dana Evans. Vengo a ver a la señorita Sinisi.

—Sí, la está esperando. Suba por el ascensor hasta el treinta.

—¿Qué departamento?

—No, aquí son todos pisos.

"¿Joan Sinisi vive en un piso?"

Se bajó del ascensor y tocó el timbre. Una criada uniformada le abrió la puerta.

—¿La señorita Evans?

—Sí.

—Pase, por favor.

Joan Sinisi vivía en un piso con incontables habitaciones y una enorme terraza desde la cual podía verse toda la ciudad. La empleada condujo a Dana por un largo pasillo hasta que llegaron a una gran sala pintada de blanco y decorada con muy buen gusto. Una mujer pequeña y delgada estaba sentada en el sofá. Al ver llegar a su invitada, se puso de pie.

La dueña de casa resultó toda una sorpresa. Dana no sabía con qué se iba a encontrar, pero la mujer que se levantó para saludarla distaba mucho de ser lo que Dana suponía. Era menuda, no muy atractiva. Sus ojos marrones e inexpresivos asomaban detrás de un par de gruesos anteojos. Tenía una voz apagada, casi inaudible.

—Es un placer conocerla en persona, señorita Evans.

—Gracias por recibirme. —Se sentó junto a ella en un inmenso sofá blanco ubicado cerca de la terraza.

—Estaba por tomar un té. ¿Quiere una taza?

—Bueno, gracias.

Joan Sinisi se volvió hacia la empleada y le pidió casi con timidez:

—Greta, ¿puedes traer el té?

—Sí, cómo no. Enseguida.

—Muchas gracias.

Todo transmitía cierta sensación de irrealidad. "Joan Sinisi no tiene nada que ver con este lugar", pensó Dana. "¿Cómo se las arregla para vivir aquí? ¿A qué clase de acuerdo habrá llegado con Taylor Winthrop? ¿Y cuál habrá sido el motivo de la demanda?".

—... y nunca me pierdo su programa —decía la mujer con suavidad—. Admiro muchísimo su trabajo.

—Gracias.

—Recuerdo cuando transmitía desde Sarajevo, en medio de esos terribles bombardeos. Me daba mucho miedo de que le pasara algo.

—Para serle honesta, yo también tenía miedo.

—Fue una experiencia horrenda, ¿verdad?

—Sí, en cierto sentido lo fue.

En ese momento entró Greta con una bandeja de té y tortas. La apoyó sobre la mesa, frente a las dos mujeres.

—Yo le sirvo —dijo Joan Sinisi.

Dana esperó mientras ella le servía el té.

—¿Quiere torta?

—No, gracias.

La mujer le entregó a Dana la taza y luego se sirvió ella.

—Como le dije, estoy encantada de conocerla, pero... la verdad es que no me imagino de qué quiere hablar conmigo.

—Quería hacerle unas preguntas sobre Taylor Winthrop.

La mujer dio un respingo y se volcó el té sobre la falda. Estaba pálida como el papel.

—¿Se siente bien?

—Sí, sí... estoy bien. —Se limpió la falda con una servilleta. —No... pensé que quisiera hablar de eso... —dijo con voz temblorosa.

La atmósfera había cambiado por completo.

—Usted fue secretaria de él, ¿verdad?

—Sí, pero abandoné el cargo hace un año. No creo que pueda ayudarla. —Parecía muy nerviosa.

—Me contaron muchas cosas buenas sobre él. Quería saber si usted podía agregar algo... —le dijo Dana, tratando de tranquilizarla.

Ella suspiró aliviada.

—Ah, por supuesto. El señor Winthrop era un gran hombre.

—¿Cuánto tiempo trabajó para él?

—Casi tres años.

Dana sonrió.

—Seguramente fue una experiencia maravillosa.

—Sí, claro, increíble. —Se la notaba mucho más distendida.

—Sin embargo, usted lo demandó.

El temor volvió a apoderarse de Joan Sinisi.

—No. Bueno, en realidad, sí, pero fue un error, ¿entiende? Un error, nada más.

—¿Qué clase de error?

La mujer tragó saliva.

—Juzgué erróneamente algo que el señor Winthrop le dijo a otra persona. Me comporté de la manera más tonta. Ahora me arrepiento de haberlo hecho.

—Lo demandó, pero el caso nunca llegó a juicio, ¿verdad?

—No. Llegamos a un acuerdo. No fue nada grave.

Dana miró a su alrededor.

—Entiendo. ¿Podría decirme en qué consistió ese acuerdo?

—No, lo lamento, señorita Evans, pero es un tema confidencial.

Dana se preguntó qué motivo podría haber tenido esta mujer retraída para presentar una demanda contra un hombre tan poderoso como Taylor Winthrop, y por qué le causaba terror hablar de ello. ¿De qué tenía miedo?

Hubo un largo silencio. Joan Sinisi la miraba fijamente, y Dana tenía la sensación de que quería decirle algo.

—Señorita Sinisi...

La mujer se levantó.

—Lamento no poder ayudarla... Si no necesita nada más...

—Entiendo.

"Entiendo cada vez menos".

El hombre puso el casete en el radiograbador y escuchó:

—Juzgué erróneamente algo que el señor Winthrop

lc dijo a otra persona. Me comporté de la manera más tonta. Ahora me arrepiento de haberlo hecho.

—Lo demandó pero el caso nunca llegó a juicio, ¿verdad?

—No. Llegamos a un acuerdo. No fue nada grave.

—Entiendo. ¿Podría decirme en qué consistió ese acuerdo?

—No, lo lamento, señorita Evans, pero es un tema confidencial. Lamento no poder ayudarla... Si no necesita nada más...

—Entiendo.

Fin de la grabación

Todo había comenzado.

Dana había quedado en encontrarse con un agente inmobiliario que le mostraría departamentos, pero fue una mañana perdida. Juntos recorrieron Georgetown, Dupont Circle y la zona de Adams-Morgan. Los departamentos eran siempre demasiado pequeños, o demasiado grandes o demasiado caros. Al mediodía se dio por vencida.

—No se preocupe —la tranquilizó el agente inmobiliario—. Le prometo que encontraré exactamente lo que anda buscando.

—Eso espero. —"Y que sea pronto", pensó ella.

No podía sacarse a Joan Sinisi de la cabeza. La información que esa mujer tenía sobre Taylor Winthrop tenía que ser muy importante para que él recompensara su silencio con un piso, y quién sabe cuántas cosas más. "Estoy segura de que quería decirme algo. Tengo que volver a hablar con ella".

Llamó entonces al departamento de la señorita Sinisi.

—Buenas tardes —le respondió Greta.

—Hola, Greta, habla Dana Evans. ¿Me puede comunicar con la señorita Sinisi, por favor?

—Lo lamento. La señorita me pidió que no le pasara ninguna llamada.

—Por favor, dígale que habla Dana Evans, y necesito...

—Lo siento, pero la señorita Sinisi no puede atenderla.

—Greta colgó el teléfono.

A la mañana siguiente, llevó a Kemal a la escuela. Unos débiles rayos de sol trataban de filtrarse entre las nubes de un cielo congelado. Por toda la ciudad había en las esquinas hombres disfrazados de Papá Noel que hacían sonar sus campanillas.

"Tengo que encontrar un departamento para los tres antes de fin de año", pensó Dana.

Fue al canal y pasó la mañana reunida con sus compañeros del noticiario, discutiendo qué notas saldrían al aire y en qué lugares necesitaban grabar. Una de las historias del día tenía que ver con un brutal asesinato que aún no había sido resuelto, y Dana pensó en los Winthrop.

Volvió a llamar por teléfono a la casa de Joan Sinisi.

—Buenas tardes.

—Greta, necesito hablar con la señorita Sinisi. Es muy importante. Por favor, dígale que Dana Evans...

—La señorita Sinisi no quiere hablar con usted. —Dicho esto, la mujer cortó.

"Aquí sucede algo muy raro", se dijo Dana.

Se dirigió a la oficina de Matt Baker.

—¡Felicitaciones! Me enteré de que ya puso fecha de casamiento —le dijo Abbe Lasmann.

—Sí —respondió Dana, con una sonrisa.

Abbe suspiró.

—¡Se lo propuso de una manera tan romántica!

—Así es mi amorcito.

—Nuestra columnista de "Consejos para los corazones que sufren" le recomienda que después de la boda compre varias bolsas de comida enlatada y las guarde en el baúl de su auto.

—¿Para qué diablos...?

—Según ella, le servirán cuando algún día decida pasar un rato de diversión por su cuenta y vuelva tarde a su casa.

Cuando Jeff le pregunte dónde estuvo, le muestra las bolsas y le contesta que se fue de compras. Él ni...

—Gracias por el consejo, Abbe. ¿Matt está ocupado?

—Enseguida le aviso que llegó usted.

Un momento después, Dana entraba en la oficina de Matt Baker.

—Siéntate. Tengo buenas noticias. Acaban de llegar las últimas mediciones de audiencia. Anoche sacamos varios puntos de ventaja sobre los demás canales.

—Qué bien. Matt, hablé con una ex secretaria de Taylor Winthrop...

Él sonrió.

—Ustedes los de Virgo nunca se dan por vencidos, ¿eh? Me dijiste que no...

—Ya sé, pero escucha esto. Cuando esa mujer trabajaba para Taylor Winthrop lo demandó judicialmente. El caso nunca llegó a juicio porque él quiso conciliar. Ella ahora vive en un inmenso piso que jamás podría haber comprado con su sueldo de secretaria, lo cual demuestra que el arreglo al que llegaron fue por una gruesa suma de dinero. Cuando le mencioné el nombre Winthrop, casi se desmaya. Estaba totalmente aterrorizada. Me pareció que temía por su vida.

—¿Ella dijo que temía por su vida? —le preguntó Matt con paciencia.

—No.

—¿Te dijo que le tenía miedo a Taylor Winthrop?

—No, pero...

—¿Entonces, qué es lo que sabes? Tal vez lo que le da miedo son las palizas que le da el novio o los ladrones que están escondidos bajo su cama. No tienes ninguna pista firme para seguir con la investigación, ¿no?

—Bueno, yo... —Dana vio la expresión en el rostro de Matt. —No, nada concreto.

—Correcto. Como te decía, las mediciones de audiencia...

Joan Sinisi miraba el noticiario de la noche en WTN. En ese momento, Dana decía:

—...en cuanto a las noticias del ámbito nacional, el índice

de criminalidad ha descendido el veintisiete por ciento el último año. Las ciudades en donde ha habido una mayor disminución del número de delitos son Los Angeles, San Francisco y Detroit...

La mujer estudiaba el rostro de Dana, miraba sus ojos e intentaba tomar una decisión. Cuando terminó el noticiario, ya sabía lo que iba a hacer.

CAPÍTULO 7

A la mañana siguiente, cuando Dana llegó a su oficina, Olivia le dijo:

—Buenos días. Recibió tres llamados de una mujer que no quiso decir su nombre.

—¿No dejó un número de teléfono?

—No. Dijo que llamaría más tarde.

Media hora después, le anunció Olivia:

—Está en línea la misma mujer que habló antes. ¿Quiere atenderla?

—Sí.

—Hola, habla Dana Evans. ¿Quién...?

—Soy Joan Sinisi.

—Ho...hola... —A Dana se le aceleró el pulso.

—¿Aún quiere hablar conmigo? —le preguntó la mujer, nerviosa.

—Por supuesto.

—Entonces, acepto.

—Puedo llegar a su casa en...

—¡No! —exclamó la señorita Sinisi, entrando en pánico—. Tenemos que encontrarnos en otro lugar. Creo... creo que alguien me vigila.

—Como usted desee. ¿Dónde...?

—El sector de las aves en el zoológico del parque. ¿Puede estar ahí dentro de una hora?

—Perfecto.

* * *

El parque estaba casi desierto. El viento helado de diciembre que azotaba la ciudad acobardaba a las multitudes que lo visitaban diariamente. Dana esperó largo rato frente al sector de las aves, temblando de frío. Cuando miró el reloj, se dio cuenta de que hacía más de una hora que estaba ahí. "Espero un cuarto de hora más", pensó.

Quince minutos después, se prometió a sí misma: "Media hora más y me voy". Transcurridos treinta minutos, pensó: "¡Qué mala suerte! Seguro que se arrepintió".

Regresó a la oficina mojada y muerta de frío.

—¿Hubo algún llamado? —le preguntó a Olivia. Guardaba la esperanza de que Joan Sinisi le hubiera dejado algún mensaje.

—Sí, seis. Se los dejé anotados sobre el escritorio.

Dana miró la lista de llamados, pero el nombre de Joan Sinisi no figuraba entre ellos. Marcó el número de la mujer, y dejó sonar el teléfono más de diez veces antes de cortar. "A lo mejor vuelve a cambiar de opinión". Intentó dos veces más, sin resultado. Se le cruzó por la cabeza la idea de ir a verla al departamento, pero decidió que no era conveniente. "No me queda más remedio que esperar hasta que ella quiera hablar conmigo".

Pero Joan Sinisi no volvió a llamar.

A las seis de la mañana del día siguiente, Dana miraba el noticiario mientras se vestía:

—... se ha agravado la situación en Chechenia. Se han hallado más cadáveres de ciudadanos rusos y, pese a que el gobierno de ese país asegura que las tropas rebeldes han sido derrotadas, las luchas continúan... En cuanto a las noticias nacionales, una mujer falleció al caer desde el piso treinta de un edificio. La víctima, Joan Sinisi, había sido secretaria del embajador Taylor Winthrop. La policía intenta esclarecer las causas del accidente.

Se quedó petrificada frente al televisor.

—Matt, ¿te acuerdas de la mujer que fui a ver, Joan Sinisi, la ex secretaria de Taylor Winthrop?

—Sí. ¿Qué pasa con ella?

—Apareció en el noticiario de esta mañana. Murió.

—¿Qué?

—Ayer a la mañana me llamó. Necesitaba verme con urgencia. Dijo que tenía algo muy importante que decirme. La esperé más de una hora en el zoológico pero faltó a la cita.

Matt la miró con atención.

—Creía que alguien la estaba vigilando.

Él se rascó la barbilla, pensativo.

—Dios mío. Aquí pasa algo raro...

—Yo pienso lo mismo. Quiero hablar con la empleada de esa mujer.

—Dana...

—¿Sí?

—Ten mucho cuidado.

Cuando entró en la recepción del edificio donde vivía Joan Sinisi, vio que había un portero distinto del anterior.

—¿En qué puedo ayudarla?

—Soy Dana Evans. Vengo a averiguar unos datos sobre la muerte de la señorita Sinisi. Fue una tragedia terrible, ¿no?

El hombre la miró con expresión de tristeza.

—Sí, una verdadera desgracia. Era una mujer encantadora, muy tranquila y reservada.

—¿Recibía a mucha gente en su casa? —le preguntó como al pasar.

—No. Llevaba una vida bastante solitaria.

—¿Usted estaba trabajando aquí cuando sucedió el... el accidente? —Estuvo a punto de decir otra palabra.

—No, señorita.

—Así que no sabe si ella estaba con alguien, ¿no?

—No.

—Pero supongo que alguien habrá estado aquí, en la recepción, ¿no es cierto?

—Sí, claro. Dennis. La policía ya lo interrogó. Había salido a hacer un trámite cuando cayó la pobre señorita Sinisi.

—Me gustaría hablar con Greta, la empleada.

—No va a ser posible.

—¿Por qué no?

—Porque se fue.

—¿Adónde?

—Dijo que se volvía a su casa. Estaba muy angustiada.

—¿No sabe dónde vive?

—No, ni idea.

—¿Hay alguien en el departamento ahora?

—No.

Dana pensó con rapidez.

—Mi jefe me pidió que hiciera una nota sobre la muerte de la señorita Sinisi para WTN. ¿Podría ver el departamento? Estuve aquí hace unos días.

Él se quedó pensando un momento; luego se encogió de hombros.

—No creo que haya problema. Claro que tendré que subir con usted.

—De acuerdo.

Subieron en silencio hasta el departamento de Joan Sinisi. Cuando llegaron al piso treinta, el hombre sacó una llave maestra y abrió la puerta.

Dana entró. Todo estaba exactamente igual, salvo que faltaba la dueña.

—¿Quería ver algo en particular, señorita Evans?

—No —mintió ella—. Refrescar mi memoria, nada más.

Caminó por el pasillo hasta el living y luego se encaminó a la terraza.

—Desde ahí fue donde cayó la pobre mujer.

Salió a la enorme terraza y se acercó al borde. El lugar estaba bordeado por un muro de más de dos metros de altura. Imposible que alguien hubiese caído desde allí en forma accidental.

Miró la calle repleta de automóviles. "¿Quién puede ser tan cruel como para hacer una cosa así?". Se estremeció.

El portero estaba junto a ella.

—¿Se encuentra bien?

Ella respiró hondo.

—Sí, sí, gracias.

—¿Quería ver algo más?

—No. Ya he visto lo suficiente.

El salón central de la comisaría del centro estaba atestado de rateros, borrachos, prostitutas y turistas desesperados cuyas billeteras habían desaparecido misteriosamente.

—Busco al detective Abrams —le dijo Dana al sargento que la atendió.

—Tercera puerta a la derecha.

—Gracias. —Avanzó por el corredor.

La puerta del detective Abrams estaba abierta.

—¿El detective Abrams?

Abrams, un hombre robusto, de vientre abultado y ojos castaños de expresión cansada, estaba buscando algo en un fichero.

—¿Sí? —Miró a Dana y la reconoció de inmediato. —Dana Evans. ¿En qué puedo servirla?

—Me dijeron que usted está a cargo de la investigación del... accidente de Joan Sinisi. —Otra vez esa palabra.

—Así es.

—¿Puede darme alguna información sobre el caso?

El policía llevó una pila de papeles hasta el escritorio y luego se sentó.

—No hay demasiada información que dar. Si no fue un accidente, fue un suicidio. Tome asiento, por favor.

—¿Había alguien con ella cuando ocurrió el hecho?

—La empleada doméstica, que en ese momento estaba en la cocina. Según declaró, no había nadie más.

—¿Tiene idea de dónde puedo encontrar a esa mujer?

Él pensó un momento.

—Va a aparecer en el noticiario de hoy, ¿verdad?

Dana sonrió.

—Exacto.

Buscó entonces en el fichero y sacó un papel.

—Aquí está. Greta Miller, avenida Connecticut 1180. ¿Con eso le basta?

—Sí, gracias.

Veinte minutos después, Dana recorría en su auto la avenida Connecticut y miraba los números de las casas: 1170... 1172... 1174... 1176... 1178.

En el 1180 había una playa de estacionamiento.

—¿Realmente crees que a esa mujer la tiraron de la terraza?

—Jeff, una persona no llama para arreglar una cita con urgencia si tiene pensado suicidarse. Alguien quiso impedir que me contara lo que sabía. Me resulta muy frustrante. Parece la historia de *El sabueso de los Baskerville*. Nadie oyó ladrar al perro. Nadie sabe nada.

—Esto se está tornando peligroso. No sé si conviene que sigas adelante.

—Ahora no puedo volverme atrás. Debo descubrir la verdad.

—Si es cierto lo que piensas, quiere decir que seis personas han sido asesinadas.

Ella tragó saliva.

—Ya lo sé.

—... y la empleada doméstica le dio a la policía una dirección falsa y desapareció —le decía Dana a Matt Baker—. Cuando hablé con Joan Sinisi, me pareció que estaba nerviosa, pero no me dio la impresión de que pensara suicidarse. Alguien la hizo caer.

—No tenemos pruebas.

—No, pero estoy convencida de que no me equivoco. La primera vez que la vi, la mujer estuvo tranquila hasta que mencioné el nombre de Taylor Winthrop. En ese momento entró en pánico. Por primera vez encuentro un punto oscuro en la maravillosa leyenda construida por Taylor Winthrop. Un hombre como él no despide a una secretaria de esa manera a menos que ella sepa algo muy importante sobre su persona. Seguro que había un chantaje de por medio. Aquí pasa algo raro. ¿Conoces a alguien que haya trabajado con Winthrop, alguien que pueda haber tenido algún problema con él y no sienta miedo de hablar?

Matt se quedó pensando un momento.

—Podrías probar con Roger Hudson.

El nombre le resultaba conocido, pero no sabía de dónde.

—Hudson fue el jefe de la bancada mayoritaria en el Senado antes de retirarse de la política, y trabajó con Winthrop en una o dos comisiones. Tal vez sepa algo. Es un hombre que no le tiene miedo a nada.

—¿Podrías conseguirme una entrevista con él?

—Lo voy a intentar.

Una hora después Matt la llamó por teléfono.

—Roger Hudson te recibe el jueves al mediodía en su casa de Georgetown.

—Muchas gracias, Matt.

—Escucha, tengo que hacerte una advertencia...

—¿Sí?

—Hudson es un cascarrabias.

—Trataré de no hacerlo enojar.

Matt estaba a punto de salir cuando Elliot Cromwell entró en su oficina.

—Quiero hablar contigo acerca de Dana.

—¿Algún problema?

—No, y no quiero que surja ninguno, Matt. Esta investigación que está haciendo sobre Taylor Winthrop...

—¿Sí?

—Está poniendo nerviosa a alguna gente. Además creo que pierde el tiempo. Yo conocía bien a Taylor Winthrop y su familia, y te aseguro que eran personas maravillosas.

—¿Qué daño puede hacer, entonces, que Dana siga con la investigación?

Elliot Cromwell lo miró un momento, y luego se encogió de hombros.

—Tenme al tanto.

—¿Podemos hablar por esta línea?

—Sí, señor.

—Bien. ¿Seguro que la información proveniente de WTN es confiable? Es muy importante para nosotros.

—Sí, seguro. Viene directamente de la torre principal.

CAPÍTULO 8

El miércoles por la mañana, mientras preparaba el desayuno, Dana oyó ruidos fuertes en la calle. Miró por la ventana y se sorprendió al ver un camión de mudanzas frente al edificio, y unos hombres cargando muebles.

"¿Quién se estará mudando?". Todos los departamentos estaban alquilados por gente que vivía allí desde hacía mucho tiempo.

Estaba sirviendo los cereales cuando oyó que alguien golpeaba a la puerta. Era Dorothy Wharton.

—Tengo una noticia para darte —le dijo con voz alegre—. Howard y yo nos mudamos hoy a Roma.

Dana la miró desconcertada.

—¿A Roma? ¿Hoy?

—¿No es increíble? La semana pasada un hombre vino a ver a Howard. Fue todo muy confidencial. Howard me dijo que no podíamos contárselo a nadie. Bueno, anoche este hombre llamó por teléfono y le ofreció un puesto en su empresa italiana. Le pagará el triple de su sueldo actual. —Dorothy no cabía en sí de gozo.

—La verdad que es una noticia fantástica. Los vamos a extrañar.

—Nosotros también.

En ese momento apareció Howard.

—Supongo que ya te contaron la novedad, ¿no?

—Sí. Me alegro mucho por ustedes. Pero pensé que ya estaban radicados aquí para siempre.

Él siguió hablando como si no la hubiera oído.

—No puedo creerlo. Fue todo muy inesperado. Nada menos que Italiano Ripristino, uno de los grupos empresarios más importantes de Italia. Tienen una empresa dedicada a la restauración de ruinas. No sé cómo me ubicaron, pero enviaron a un hombre hasta aquí sólo para proponerme el trabajo. En Roma hay muchos monumentos que necesitan reparación. Incluso se ofrecieron a pagarnos el resto del alquiler durante este año, así podemos recuperar el depósito. La única condición es que nos presentemos en Roma mañana mismo. Eso significa que hoy tenemos que dejar el departamento.

—Es un poco raro, ¿no les parece? —comentó Dana.

—Supongo que tienen mucha prisa.

—¿Necesitan ayuda para armar el equipaje?

Dorothy negó con la cabeza.

—No. Nos quedamos levantados toda la noche. Vamos a regalar la mayor parte de las cosas. Con el nuevo sueldo de Howard, tendremos una vida mucho más holgada.

Dana se rió.

—Manténgase en contacto.

Una hora después los Wharton habían dejado el departamento y viajaban rumbo a Roma.

—¿Podría verificar los datos de una empresa? —le preguntó Dana a Olivia no bien llegó al canal.

—Claro.

—Se llama Italiano Ripristino. Creo que la sede central queda en Roma.

—Ya mismo lo averiguo.

Media hora después, Olivia le entregó un papel.

—Aquí está. Es una de las empresas más grandes de Europa.

Dana suspiró aliviada.

—Qué bien. Me alegra saberlo.

—Averigüé algo más: no es una empresa privada.

—¿Ah, no?

—No. Pertenece al Estado italiano.

* * *

Cuando esa tarde Dana llevó a Kemal a la casa después de la escuela, un hombre maduro, de anteojos, se estaba mudando al departamento de los Wharton.

El jueves —el día previsto para la cita de Dana con Roger Hudson— no pudo empezar peor.

En la primera reunión de la mañana, Robert Fenwick anunció:

—Parece que tenemos problemas con el programa de esta noche.

—Te escucho —dijo ella.

—¿Recuerdas los periodistas que enviamos a Irlanda? Hoy íbamos a sacar al aire su informe...

—¿Y?

—Los detuvieron, y les confiscaron todos los equipos.

—¿Hablas en serio?

—Nunca hago bromas con los irlandeses. —Le entregó una hoja de papel. —Ésta es la nota principal de la edición de hoy, el caso del banquero de Washington acusado de fraude.

—El tema es interesante. Además, la tenemos en exclusiva.

—El departamento jurídico acaba de descartarla de plano.

—¿Qué?

—Los abogados tienen miedo de que nos demanden.

—Maravilloso —dijo ella con amargura.

—Pero eso no es todo. El testigo en el caso de homicidio que programamos para la entrevista en vivo de esta noche...

—¿Qué ocurrió?

—Cambió de idea. No quiere aparecer por televisión.

Dana lanzó un gemido. No eran ni siquiera las diez de la mañana. Lo único sobre lo que abrigaba ciertas esperanzas ese día era su entrevista con Roger Hudson.

* * *

Cuando regresó de la reunión, Olivia le dijo:

—Ya son las once, señorita Evans. Con el tiempo que hace, le conviene salir ya mismo para la reunión con el señor Hudson.

—Gracias. Calculo que dentro de dos o tres horas estoy de vuelta. —Miró por la ventana. Empezaba a nevar de nuevo. Se puso el abrigo y la bufanda, y se dirigió a la puerta. En ese momento sonó el teléfono.

—Señorita Evans...

Dana dio media vuelta.

—Hay un llamado para usted por línea tres.

—Ahora no puedo atender. Tengo que irme.

—Es de la escuela de Kemal.

—¿Qué? —Corrió a su escritorio. —Hola...

—¿Con la señorita Evans?

—Sí.

—Habla Thomas Henry.

—Ah, cómo le va, señor Henry. ¿Kemal está bien?

—Realmente no sé cómo responderle. Lamento mucho decirle esto, pero decidimos expulsarlo.

Quedó estupefacta.

—¿Expulsarlo? ¿Por qué? ¿Qué hizo?

—Quiero que lo hablemos personalmente. Le agradecería que pasara a retirarlo.

—Señor Henry...

—Cuando venga, le explico todo. Gracias.

Colgó el teléfono, desconcertada. "¿Qué diablos habría pasado?".

—¿Algún problema? —le preguntó Olivia.

—No, todo anda a las mil maravillas...

—¿Puedo ayudarla en algo?

—Sí, rece por mí.

Esa misma mañana, a primera hora, Dana había dejado a Kemal en la escuela. Lo saludó con la mano y luego partió en su auto. Ricky Underwood observó toda la escena.

—Ahí viene el héroe de guerra —dijo cuando Kemal pasó

a su lado—. Tu mamá debe de sentirse muy frustrada. Tienes nada más que un brazo, así que cuando juegas de noche con ella...

Kemal se movió con una rapidez increíble. Le pegó a Underwood una terrible patada en la ingle y, mientras el chico gritaba y se retorcía, levantó la rodilla y le partió la nariz de un golpe. La sangre comenzó a brotar a borbotones.

Después se inclinó sobre su víctima, que aullaba de dolor.

—La próxima vez, te mato.

Dana condujo a toda velocidad, preguntándose qué habría pasado. "Sea lo que fuere, tengo que convencer a Henry de que no eche a Kemal de la escuela".

El director la esperaba en su oficina. Kemal estaba sentado en un sillón, frente a él. Cuando ella entró, tuvo una sensación de *déjà vu*.

—Señorita Evans.

—¿Qué pasó?

—Su hijo le partió la nariz a un compañero. Tuvimos que llamar a una ambulancia para que lo llevara a una sala de primeros auxilios.

Ella lo miró con expresión de incredulidad.

—¿Cómo... cómo pudo Kemal hacer eso? Tiene un solo brazo.

—Es cierto —contestó él con sequedad—. Pero tiene dos piernas. Le partió la nariz de un rodillazo.

Kemal estaba muy ocupado mirando el techo.

Dana se volvió hacia él.

—¿Cómo pudiste hacer eso?

El niño bajó la vista.

—Fue fácil.

—Se da cuenta de lo que quiero decir, señorita Evans. La actitud de este chico es... no sé cómo describirla. Lo lamento mucho, pero no podemos seguir tolerando esta clase de conducta. Le recomiendo que lo ponga en una escuela más adecuada para él.

—Señor Henry, Kemal no es de buscar pelea. Si se peleó, tiene que haber habido una buena razón, estoy segura. Usted no puede...

—La decisión está tomada —dijo el director con firmeza. Era evidente que no dejaba abierta ninguna posibilidad.

Dana respiró hondo.

—De acuerdo. Buscaremos una escuela más comprensiva. Vamos, Kemal.

El niño se levantó, miró al señor Henry con furia y siguió a Dana. Salieron a la calle en silencio. Ella miró la hora. Iba a llegar tarde a la cita, y no podía dejar a Kemal en ningún lado. "No me queda más remedio que llevarlo conmigo".

—Bueno, te escucho. ¿Qué fue lo que pasó? —le preguntó cuando subieron al auto.

Él no podía contarle lo que había dicho Ricky Underwood.

—Perdóname, Dana. Fue culpa mía.

"Alucinante", pensó Dana.

La finca de los Hudson ocupaba varias hectáreas de terreno en una zona exclusiva de Georgetown. La familia vivía en una mansión de tres pisos de estilo georgiano construida sobre la cima de una colina. La casa, que era imposible ver desde la calle, estaba pintada de blanco y tenía un largo y sinuoso camino de entrada que llegaba hasta la puerta principal.

Dana estacionó y miró a Kemal.

—Tú vienes conmigo.

—¿Por qué?

—Porque aquí afuera hace mucho frío. Vamos.

Se encaminó a la puerta de la casa, y el chico la siguió de mala gana.

—Kemal, tengo que hacer una entrevista muy importante. Quiero que te portes bien y seas amable. ¿Me lo prometes?

—Sí.

Tocó el timbre. Abrió la puerta un hombre gigantesco de expresión bondadosa, vestido con uniforme de mayordomo.

—¿La señorita Evans?

—Sí.

—Soy Cesar. El señor Hudson la está esperando. —Miró a Kemal, y luego otra vez a Dana. —¿Quieren darme sus abrigos? —Tomó los abrigos y los colgó en el armario del vestíbulo. Kemal no le quitaba los ojos de encima.

—¿Cuánto mide usted?

—¡Kemal! —lo reprendió Dana—. No seas maleducado.

—Ah, no se preocupe, señorita Evans. Estoy acostumbrado.

—¿Es más alto que Michael Jordan? —quiso saber el niño.

—Creo que sí —respondió el mayordomo—. Mido dos metros diez. Vengan por aquí, por favor.

El vestíbulo —un largo corredor con piso de madera, espejos antiguos y mesas de mármol— era inmenso. En las paredes había repisas con valiosas estatuillas de la dinastía Ming y figuras de finísimo cristal.

Siguieron a Cesar por el largo corredor hasta llegar a un living en desnivel, con paredes pintadas en un tono amarillo pálido y molduras de madera blanca. La habitación estaba amueblada con cómodos sofás, mesitas estilo reina Ana y sillones Sheraton tapizados en seda, en la misma gama de amarillo.

El senador Roger Hudson y su esposa, Pamela, se hallaban sentados a una mesa de backgammon. Ambos se levantaron cuando oyeron que el mayordomo anunciaba a Dana y Kemal.

Roger Hudson era un hombre de alrededor de cincuenta años. Tenía rostro severo, ojos grises y fríos y una sonrisa cautelosa. Parecía mirar con desconfianza, guardando siempre las distancias.

Su esposa era una mujer muy bella, algo más joven que él. Tenía todo el aspecto de ser una persona cálida, sincera y práctica. Su pelo era rubio ceniza, con unos mechones canosos que no se molestaba en ocultar.

—Perdone que hayamos llegado tarde —se disculpó Dana—. Soy Dana Evans. Les presento a mi hijo, Kemal.

—Roger Hudson. Ésta es mi esposa, Pamela.

Dana había buscado información sobre el senador en Internet. Su padre era dueño de una pequeña empresa siderúrgica, Hudson Industries, que él había convertido en un grupo empresario ramificado por el mundo entero. Era multimillonario, había sido jefe de la bancada mayoritaria en el Senado y presidido la Comisión de Armamentos. Jubilado desde hacía unos años, se desempeñaba ahora como asesor político de la Casa Blanca. Veinticinco años atrás se había casado con una belleza de la alta sociedad, Pamela Donnelly. Ambos ocupaban una posición prominente en los altos círculos de Washington y tenían mucha influencia en el ámbito político.

—Kemal, te presento al señor Hudson y su señora. Disculpen por haberlo traído conmigo pero...

—No hay ningún problema —dijo la anfitriona—. Hemos oído hablar mucho de Kemal.

Dana la miró sorprendida.

—¿En serio?

—Claro. Se ha escrito mucho sobre usted, señorita Evans. Rescató a Kemal de Sarajevo. Fue una acción admirable.

El senador no decía ni una palabra.

—¿Desean tomar algo?

—Por mí no se preocupe, gracias.

La señora miró a Kemal, y éste hizo gestos de negación con la cabeza.

—Tomen asiento, por favor. —El matrimonio se sentó en el sofá; Dana y Kemal, en los sillones ubicados frente a ellos.

—No sé muy bien a qué se debe su presencia, señorita Evans —le dijo el senador con frialdad—. Matt Baker me pidió que la recibiera. ¿En qué puedo ayudarla?

—Quería hablar sobre Taylor Winthrop.

Él arqueó las cejas.

—¿Qué quiere saber?

—Tengo entendido que usted lo conocía.

—Sí. Lo conocí cuando él era nuestro embajador en Rusia. En esa época yo estaba al frente de la Comisión de Armamentos. Viajé a Rusia con el objetivo de evaluar la capacidad nuclear de ese país. Taylor trabajó dos o tres días en nuestra comisión.

106

—¿Qué le parecía como persona?

Hudson se quedó pensativo.

—Para serle sincero, su famoso carisma no me impresionaba demasiado. Pero debo admitir que era un hombre muy capaz.

Aburrido, Kemal miró a su alrededor, se levantó y fue a explorar la habitación contigua.

—¿Sabe si el embajador Winthrop tuvo algún problema cuando estaba en Rusia?

El senador la miró con perplejidad.

—No sé si le entiendo. ¿A qué clase de problema se refiere?

—Algo... algo que le hubiera creado enemigos. Enemigos mortales.

El hombre movió la cabeza con lentitud.

—Señorita, si algo de eso hubiera sucedido, el mundo entero se habría enterado, no sólo yo. Taylor Winthrop tenía vida pública, era una figura mundialmente conocida. ¿Puedo preguntarle adónde quiere llegar?

—Se me ocurrió que a lo mejor Winthrop le hizo algo malo a alguien, y ése fue el motivo por el cual lo asesinaron a él y a su familia —explicó, sintiéndose algo incómoda.

Los Hudson le clavaron la mirada.

—Sé que parece improbable, pero me resulta difícil de creer que todos hayan muerto en forma violenta, y en menos de un año haya desaparecido una familia entera.

—Señorita Evans —dijo Hudson con brusquedad—, he vivido lo suficiente para saber que todo es posible, pero... ¿en qué se basa para afirmar semejante cosa?

—Si se refiere a alguna prueba concreta, no tengo ninguna.

—No me sorprende. —Titubeó. —Me contaron que... —Su voz fue apagándose. —No, no importa.

Las dos mujeres lo miraban, pero fue Pamela quien habló, en tono suave.

—No puedes dejar así a la señorita Evans, querido. ¿Qué estabas por decir?

Hudson se encogió de hombros.

—No tiene importancia. —Miró a Dana. —Cuando yo estaba en Moscú se corría el rumor de que Winthrop había hecho ciertas negociaciones privadas con los rusos, pero yo no me dejo guiar por rumores, y estoy seguro de que usted tampoco. —Su tono era casi de reproche.

Antes de que Dana pudiera responder, se oyó un estrépito en la biblioteca contigua. La dueña de casa se levantó y fue a ver qué había ocurrido. Roger y Dana la siguieron. Los tres se detuvieron en la puerta y vieron que un florero azul de la dinastía Ming se había hecho trizas contra el suelo. Kemal estaba parado junto a él.

—Ay, Dios mío —exclamó Dana, horrorizada—. Les pido disculpas. Kemal, ¿cómo pudiste...?

—Fue un accidente.

Dana miró a los Hudson con la cara roja de vergüenza.

—Por favor, disculpen. Se lo pagaré, por supuesto.

—No se preocupe —la tranquilizó amablemente la señora—. Los perros de la casa hacen cosas peores.

Su esposo tenía un gesto adusto. Empezó a decir algo pero se detuvo al ver la expresión en la cara de su esposa.

Dana miró los restos del florero. "Debía de valer varios sueldos míos", pensó.

—¿Por qué no volvemos al living? —sugirió la mujer.

Dana siguió al matrimonio llevando a Kemal de la mano.

—Ahora te quedas quieto —le susurró, furiosa. Volvieron a sentarse.

Roger Hudson miró al chico.

—¿Cómo fue que perdiste el brazo, hijo?

A Dana le sorprendió la brutalidad de la pregunta, pero Kemal respondió con rapidez:

—Una bomba.

—Ya veo. ¿Y tus padres?

—Murieron en un bombardeo junto con mi hermana.

—Malditas guerras —masculló el senador.

En ese momento, Cesar entró en la habitación.

—El almuerzo está servido.

La comida estaba deliciosa. Pamela era una mujer cálida y encantadora, todo lo contrario de su esposo, que era muy reservado.

—¿Tiene algún otro proyecto de trabajo? —le preguntó la mujer.

—Sí. Estamos por lanzar un nuevo programa llamado *Será Justicia*. Pensamos denunciar casos de personas que cometieron crímenes pero se salvaron de la cárcel, y ayudar a inocentes que están entre rejas.

—Washington es un buen lugar para empezar. Los puestos ejecutivos del gobierno están llenos de farsantes que se hacen los santos y cometen impunemente todo tipo de delitos —dijo Hudson.

—Roger es miembro de varias comisiones dedicadas a la reforma del gobierno —señaló su esposa con orgullo.

—Mucho no hemos logrado hasta ahora —masculló él—. Ya nadie conoce la diferencia entre el bien y el mal, cosa que debería enseñarse en el hogar. En las escuelas ya no se enseña nada.

Pamela miró a Dana.

—Cambiando de tema, Roger y yo organizamos una cena para este sábado a la noche. ¿Le gustaría venir?

Dana sonrió.

—Le agradezco la invitación. Sí, me encantaría.

—¿Tiene pareja?

—Sí. Jeff Connors.

—¿El comentarista deportivo del noticiario? —preguntó el senador.

—Exacto.

—Hace un buen trabajo. A veces lo veo. Me gustaría conocerlo.

—Estoy segura de que a Jeff le agradará la idea.

Cuando Dana y Kemal ya se estaban por retirar, Hudson llevó a Dana a un costado.

—Con toda sinceridad, señorita Evans —dijo—, su teoría conspirativa relacionada con los Winthrop me parece fantasiosa, pero por Matt Baker estoy dispuesto a practicar una indagación y ver si encuentro motivos que la sustenten.

—Gracias.

—Con toda sinceridad, señorita Evans, su teoría conspirativa relacionada con los Winthrop me parece fantasiosa, pero por Matt Baker estoy dispuesto a practicar
una indagación y ver si encuentro motivos que la sustenten.

—Gracias.

Fin de la grabación.

CAPÍTULO 9

Dana estaba en el salón de conferencias con varios periodistas e investigadores que colaboraban en la preparación del programa *Será Justicia*.

Olivia asomó la cabeza.

—El señor Baker quiere verla.

—Dígale que voy en un minuto.

—El jefe la espera.

—Gracias, Abbe. La noto contenta.

—Sí, por suerte anoche descansé bien. Hacía varios...

—¿Dana? Pasa, por favor —gritó Matt desde su oficina.

—Continuará... —dijo Abbe.

—¿Cómo te fue en la entrevista con Roger Hudson? —le preguntó Matt no bien entró.

—Me parece que no le interesó demasiado el tema. Cree que mi teoría es absurda.

—Te dije que no se caracteriza precisamente por su simpatía.

—Hay que darle tiempo. Su esposa es un encanto. Te aseguro que sus opiniones sobre la locura de la sociedad de Washington no tienen desperdicio.

—Sí, es una gran mujer.

* * *

Dana se encontró con Elliot Cromwell en el comedor principal.

—Ven, siéntate conmigo —la invitó.

—Gracias —dijo, y se sentó.

—¿Cómo está Kemal?

Dudó antes de responder.

—En este momento, con un grave problema.

—¿En serio? ¿Qué clase de problema?

—Lo expulsaron de la escuela.

—¿Por qué?

—Se peleó con un compañero y tuvieron que llevar al niño al hospital.

—Es un buen motivo.

—Sé positivamente que no fue culpa suya —lo defendió—. Los chicos viven molestándolo porque le falta un brazo.

—Todo se le hace muy difícil, ¿no es cierto?

—Sí. Estoy tratando de conseguirle una prótesis, pero parece que hay inconvenientes.

—¿En qué grado está?

—En séptimo.

Él se quedó pensativo por un momento.

—¿Has oído hablar del colegio Lincoln?

—Sí. Pero tengo entendido que sólo aceptan alumnos con un promedio alto. Y las calificaciones de Kemal no son muy buenas que digamos.

—Tengo varios contactos ahí. ¿No quieres que haga un intento?

—Es muy amable de su parte.

—Será un placer.

Un rato más tarde, Elliot Cromwell la convocó a su despacho.

—Tengo que darte una buena noticia. Hablé con la directora del colegio Lincoln, y aceptó inscribir a Kemal. Lo van a tener a prueba durante un tiempo. ¿Puedes llevarlo mañana temprano?

—Por supuesto. Yo... —Demoró unos instantes en comprender cabalmente la importancia de la noticia. —¡Ah, es fantástico! ¡Maravilloso! Se lo agradezco de todo corazón, Elliot.

—Quiero que sepas que valoro mucho lo que hiciste, Dana. Demostraste una gran sensibilidad al traer a Kemal a este país. Eres una persona muy especial.

—Gra... gracias.

Cuando salió de la oficina, Dana pensó: "Se nota que es una persona influyente... y muy generosa".

El colegio Lincoln era un imponente complejo que incluía un inmenso edificio estilo Rey Eduardo, tres anexos más pequeños, un parque inmenso y muy bien cuidado, y varios campos de deportes de gran extensión.

—Kemal, ésta es la mejor escuela de Washington. Aquí puedes aprender mucho pero deberás tener una actitud positiva. ¿Entiendes?

—Obvio.

—Y no quiero que busques pelea con nadie.

Él se quedó callado.

Un empleado los condujo a la dirección. La directora, Rowana Trott, era una mujer atractiva y muy amable.

—Bienvenidos. —Se volvió hacia Kemal. —Oí hablar mucho de ti, jovencito. Estamos muy contentos de tenerte en nuestra escuela.

Dana esperó que Kemal dijera algo, pero no pronunció palabra.

—Él también está muy contento —aseguró.

—Bien. Creo que aquí vas a hacer muy buenos amigos.

Kemal seguía mirándola en silencio.

En ese momento entró una mujer mayor.

—Les presento a Becky. Becky, él es Kemal. ¿Por qué no lo llevas a recorrer un poco la escuela? Así conoce a algunos de sus nuevos maestros.

—Claro. Ven conmigo, Kemal.

El chico miró a Dana con ojos suplicantes, luego dio media vuelta y se fue con Becky.

—Permítame explicarle algunas cosas sobre Kemal —empezó a decir Dana—. Él...

113

—No es necesario, señorita Evans. El señor Cromwell me puso al tanto de la situación y también me habló del entorno en que creció Kemal. Sé que ha sufrido más de lo que ningún chico debería sufrir, y vamos a tener mucha paciencia con él.

—Gracias.

—Tengo una copia de las calificaciones que obtuvo en la escuela Theodore Roosevelt. Veremos qué se puede hacer para que mejore.

Dana asintió con la cabeza.

—Kemal es un chico muy inteligente.

—Estoy segura. Las notas de matemática lo demuestran. Intentaremos incentivarlo para que se destaque también en las demás materias.

—Tener un solo brazo le resulta muy traumático. Espero poder resolver ese problema.

—Entiendo.

Cuando Kemal terminó su recorrido por la escuela, Dana y él volvieron al auto.

—Estoy segura de que esta escuela te va a gustar mucho.

Él no abrió la boca.

—Es una linda escuela, ¿no te parece?

—No, es un asco.

—¿Por qué dices eso?

—Tiene canchas de tenis y de fútbol, y yo no puedo... —dijo con voz ahogada. Tenía los ojos llenos de lágrimas.

Ella lo abrazó con fuerza.

—No llores, mi amor.

"Tengo que hacer algo para resolver este problema".

La cena en la mansión de los Hudson el sábado a la noche fue un acontecimiento social de gran importancia, de rigurosa etiqueta. En los magníficos salones se encontraban algunas de las figuras más influyentes del gobierno, incluso el ministro de Defensa, varios miembros del Congreso, el director de la Reserva Federal y el embajador de Alemania.

Cuando Dana y Jeff llegaron, Roger y Pamela estaban en

114

la puerta, recibiendo a los invitados. Dana les presentó a Jeff.

—Me gustan mucho los artículos que escribe y sus comentarios deportivos en el noticiario —le dijo Roger.

—Gracias.

—Vengan conmigo, que les presento a algunos de los invitados —dijo Pamela.

Muchas de las caras les resultaban conocidas, y todo el mundo los saludó con cordialidad. Parecía que la mayoría de los invitados eran admiradores de alguno de los dos, o de ambos a la vez.

Cuando se quedaron solos un momento, dijo Dana:

—Dios mío. La lista de invitados a esta fiesta es un compendio de celebridades.

Jeff la tomó de la mano.

—Aquí la mayor celebridad eres *tú,* querida.

—Eso no es cierto. No soy más que...

En ese momento, vio que el general Victor Booster y Jack Stone se les acercaban.

—Buenas noches, general —lo saludó.

—¿Qué diablos hace usted aquí? —reaccionó él con brusquedad.

Ella se sonrojó.

—Ésta es una reunión social. No sabía que estaba invitado el periodismo.

Jeff lo miró indignado.

—Si me permite, nosotros tenemos tanto derecho como usted...

El general hizo como si no lo oyera, y se acercó más a Dana.

—No se busque problemas. ¿Recuerda lo que le dije que le sucedería si lo hace? —Dicho esto, se marchó.

Jeff se quedó atónito.

—Dios mío. ¿Qué le ocurre a ese hombre?

Jack Stone los miró avergonzado.

—Lo... lo lamento mucho. El general tiene un carácter muy especial. A veces es demasiado impulsivo.

—Sí, nos dimos cuenta —le respondió Jeff, lleno de fastidio.

* * *

La cena fue fantástica. Frente a cada pareja había un primoroso menú escrito a mano:

Panqueques de caviar con queso crema y vodka

Caldo de faisán con esencia de trufas blancas
y espárragos verdes

Pâté de foie gras. Bismarck con lechuga,
granos de pimienta y salsa de vinagre Xeres

Langosta de Maine glaseada
con salsa a base de champagne de Mornay

Filete de carne Wellington con papas asadas
y verduras salteadas

Soufflé de chocolate tibio con licor de naranjas
y salsa nougat.

Fue un banquete realmente espléndido.

Dana se llevó una sorpresa cuando descubrió que el lugar que le habían asignado era junto a Roger Hudson. "Esto es obra de Pamela", pensó.

—Pamela me contó que Kemal está a punto de ingresar en el colegio Lincoln.

Ella sonrió.

—Sí. Elliot Cromwell consiguió que lo aceptaran. Es un hombre notable.

—Sí, eso dicen. —Vaciló antes de proseguir. —Esto que le voy a decir tal vez no signifique nada, pero poco antes de que Winthrop fuera nombrado embajador ante Rusia, les comentó a unos amigos que se había retirado definitivamente de la vida pública.

Dana frunció las cejas.

—¿Y después aceptó el cargo de embajador?

—Sí.

Qué raro.

*   *   *

Cuando regresaban a casa, Jeff le preguntó:

—¿Qué hiciste para que el general Booster te tuviera tanto aprecio?

—No quiere que investigue las muertes de los Winthrop.

—¿Por qué no?

—Ya viste cómo es. No da ninguna explicación; lo único que hace es ladrar.

—Me parece que en su caso, y contradiciendo el dicho, perro que ladra sí muerde. No te conviene tenerlo de enemigo, Dana.

Lo miró con expresión de curiosidad.

—¿Por qué lo dices?

—Es el director de la Agencia Federal de Investigaciones, FRA.

—Ya sé. El organismo que crea nuevas tecnologías para que los países en vías de desarrollo puedan contar con una producción moderna y...

—Sí, claro. Y también vas a decirme que Papá Noel existe, ¿verdad? —la interrumpió él con sequedad.

Se quedó atónita.

—Realmente no te entiendo.

—Lo que acabas de decir es la versión oficial de cuáles son los objetivos de la FRA, pero su verdadera función es espiar a los organismos de inteligencia extranjeros e interceptar sus comunicaciones. Lo irónico es que "Frater" significa "hermano" en latín. No caben dudas de que éste es el Gran Hermano, y ten por seguro que el Gran Hermano nos vigila a todos. Sus archivos son más confidenciales que los de la CIA.

—Qué interesante. Taylor Winthrop en una época fue director de la FRA.

—Te recomiendo que te mantengas lo más lejos posible del general Booster.

—Te lo prometo.

—Sé que esta noche tienes que volver temprano porque se quedó una mujer cuidando a Kemal, así que...

Dana se acurrucó contra él.

—Ni lo pienses. La mujer puede esperar, yo no. Vamos a tu casa.

Jeff sonrió, satisfecho.

—Estaba esperando que me lo dijeras.

Jeff vivía en un edificio de cuatro pisos, en la calle Madison. No bien llegaron a su departamento, llevó a Dana al dormitorio.

—No veo la hora de que nos mudemos a un departamento más grande... Kemal tendrá su propio dormitorio. ¿Por qué no...?

—¿Por qué no dejamos de hablar? —le sugirió ella.

La rodeó con sus brazos.

—Muy buena idea. —Deslizó las manos por la espalda femenina hasta llegar a las caderas, acariciándola con suavidad. Después empezó a desvestirla.

—¿Sabes que tienes un cuerpo espectacular?

—Todos los hombres me dicen lo mismo. En la ciudad no se habla de otra cosa. ¿Piensas desvestirte en algún momento?

—Lo estoy meditando.

Dana acercó su cuerpo y comenzó a desabrocharle la camisa.

—¿Te das cuenta de que me estás acosando?

—Por supuesto —respondió ella, sonriendo.

Cuando Jeff terminó de desvestirse vio que ella lo esperaba en la cama, lista para recibir la calidez de su abrazo. Jeff era un amante excepcional, muy sensual y cariñoso.

—Te amo, querido.

—Yo también, mi vida.

En el preciso instante en que él se acercaba, sonó un teléfono celular.

—¿Es el mío o el tuyo?

Los dos lanzaron una carcajada. El teléfono volvió a sonar.

—Es el mío —dijo Jeff—, pero no pienso atender.

—A lo mejor es algo importante.

Se incorporó, entonces, malhumorado, y tomó el teléfono.

—Hola... —Su tono de voz cambió al instante. —No, no hay problema... Te escucho... Por supuesto... No puede ser nada grave. Seguramente nervios, no más.

La conversación prosiguió durante cinco minutos.

—De acuerdo... No te preocupes... Está bien... Hasta mañana, Rachel. —Apagó el teléfono.

"¿Y a esta hora de la noche se le ocurre llamarlo?".

—¿Pasa algo malo, amor?

—No, nada. Rachel ha estado haciendo muchas cosas. Necesita descansar; eso es todo. Se pondrá bien. —La estrechó entre sus brazos y le dijo en un susurro:

—¿Dónde estábamos? —Acercó su cuerpo desnudo, y la magia comenzó.

Ella se olvidó rápidamente de todos sus problemas: de los Winthrop, de Joan Sinisi, de los generales, de las empleadas domésticas, de Kemal y la escuela. La vida se convirtió en una celebración gozosa y apasionada.

Más tarde, dijo sin muchas ganas:

—Mi amor, creo que es hora de que Cenicienta vuelva a transformarse en calabaza.

—¡Y qué calabaza! Ya mismo te preparo el carruaje.

Ella bajó la vista.

—Creo que ya está listo. ¿Me llevas a dar otra vuelta?

Cuando llegó a su casa, la mujer encargada de cuidar a Kemal aguardaba con impaciencia.

—Es la una y media —dijo en tono acusador.

—Disculpe. Se me hizo tarde. —Le dio un dinero adicional. —Tómese un taxi. Es peligroso caminar a esta hora. Nos vemos mañana.

—Señorita Evans, tengo que decirle algo...

—¿Sí?

—Kemal se pasó toda la noche preguntando a qué hora volvía usted. Ese chico se siente muy inseguro.

—Gracias. Buenas noches.

Entró en el cuarto de Kemal, que estaba despierto, jugando con la computadora.

—Hola, Dana.

—¿Qué haces levantado a esta ahora, tesoro?

—Te estaba esperando. ¿Lo pasaste bien?

—Sí, muy bien, pero te extrañé.

Él apagó la computadora.

—¿Vas a salir todas las noches?

Dana pensó en todas las emociones que se escondían tras esa pregunta.

—Te prometo que vamos a pasar más tiempo juntos.

CAPÍTULO 10

El lunes por la mañana recibió un llamado que no esperaba.

—¿La señorita Dana Evans?

—Sí.

—Habla el doctor Joel Hirshberg, de la Fundación para la Protección de la Infancia.

—¿Qué desea? —le preguntó, intrigada.

—Elliot Cromwell me comentó que usted tiene dificultades para conseguir un brazo ortopédico para su hijo.

Se quedó un instante pensativa.

—Sí, se lo mencioné alguna vez.

—Él me puso al tanto de la situación. El propósito del organismo que presido es ayudar a niños de países asolados por la guerra. Por lo que me dijo el señor Cromwell, su hijo entra perfectamente en esa categoría. Si desea, puede traérmelo para que lo vea.

—Sí, sí... por supuesto. —Acordaron una hora para reunirse ese mismo día.

Cuando Kemal volvió de la escuela, Dana le contó la novedad.

—Mañana vamos a ver a un médico que a lo mejor te consigue un brazo ortopédico —le dijo, entusiasmada—. ¿Te gustaría?

Él se quedó pensando.

—No sé... No va a ser un brazo de verdad.

—Trataremos de que sea lo más parecido posible. ¿Qué te parece?

—Alucinante.

El doctor Joel Hirshberg era un cuarentón atractivo, de aspecto serio. Daba la impresión de ser una persona muy eficiente, y nada pretenciosa.

Después de los saludos iniciales, dijo Dana:

—Doctor, en primer lugar quiero aclararle que tendremos que llegar a algún tipo de acuerdo económico porque me dijeron que, debido a que Kemal está creciendo, necesitaría un brazo nuevo cada...

—Como le adelanté por teléfono —la interrumpió él—, la fundación fue creada especialmente para ayudar a los niños de países en guerra. Los gastos corren por nuestra cuenta.

Suspiró aliviada.

—Eso es fantástico. —Rezó una plegaria para sus adentros. "Dios bendiga a Elliot Cromwell".

El médico miró a Kemal.

—Ahora, vamos a examinar a este jovencito.

"Creo que podremos solucionar el problema casi a la perfección —dijo media hora después, y señaló un diagrama que había en la pared—. Existen dos clases de prótesis, las mioeléctricas, que son el último adelanto de la tecnología, y las que funcionan mediante un cable. Como pueden ver aquí, el brazo mioeléctrico está hecho de material plástico y cubierto por un guante en forma de mano. Parece tan real como el original, ¿no te parece? —Miró a Kemal con una sonrisa.

—¿Se mueve?

—¿Alguna vez piensas en mover la mano? Me refiero a la que perdiste.

—Sí.

El doctor se inclinó hacia él.

—Bueno, ahora, cada vez que pienses en la mano que ya no está, los músculos que trabajaban en esa zona se contraerán y generarán automáticamente una señal mioeléctrica. En una palabra, podrás abrir y cerrar la mano con sólo pensarlo.

A Kemal se le iluminó la cara.

—¿En serio? ¿Y cómo... cómo hago para ponerme y sacarme el brazo?

—Es muy simple. Para sacarlo, tiras de él y listo. Funciona con un efecto de succión. El brazo está cubierto por una delgada capa de nailon. No podrás nadar, pero podrás hacer muchas otras cosas. Es como un par de zapatos. Te lo sacas de noche y te lo pones por la mañana.

—¿Cuánto pesa? —preguntó Dana.

—Menos de medio kilo.

Ella miró a Kemal.

—¿Qué opinas, mi vida? ¿Probamos?

Kemal intentaba esconder su entusiasmo.

—¿Parece un brazo de verdad?

El doctor sonrió.

—Sí, parece de verdad.

—Alucinante.

—Por fuerza te convertiste en zurdo, pero tendrás que volver a acostumbrarte a usar el brazo derecho. Eso te llevará un tiempo. Podemos colocarte la prótesis de inmediato, pero será necesario que hagas un tratamiento para que aprendas a usar el brazo ortopédico como si fuera parte de tu cuerpo, y puedas controlar las señales mioeléctricas.

—No hay problema. —Respiró hondo.

Dana lo abrazó con fuerza.

—Va a ser maravilloso. —Tuvo que hacer un gran esfuerzo para contener las lágrimas.

El doctor Hirshberg los miró un momento; luego sonrió.

—Bueno, manos a la obra.

Cuando Dana volvió al canal, fue derecho al despacho de Elliot Cromwell.

—Elliot, vengo de ver al doctor Hirshberg. Llevé a Kemal para que lo examinara.

—Qué bien. Espero que pueda ayudarlo.

—Parece que va a solucionar el problema. La verdad es que no tengo palabras para agradecerle.

—No hay nada que agradecer. Me alegra poder ayudarte. Lo único que te pido es que me tengas al tanto.

—Se lo prometo. —"Dios lo bendiga".

Olivia entró en la oficina de Dana con un gran ramo de flores.

—¡Qué hermosas! —exclamó Dana.

Abrió el sobre y leyó la tarjeta. *Estimada señorita Evans: Recuerde que en el caso de nuestro amigo, "perro que ladra no muerde". Espero que le gusten las flores. Jack Stone.*

Se quedó pensativa un momento. "Qué interesante. Jeff, en cambio, comentando sobre el general, dijo que perro que ladra sí muerde. ¿Cuál de los dos tendrá razón?" Le daba la impresión de que Jack Stone odiaba su trabajo. Y también a su jefe. "Lo tendré en cuenta".

Lo llamó por teléfono a la FRA.

—¿Señor Stone? Quería agradecerle el hermoso...

—¿Está en su oficina?

—Sí. Yo...

—La llamo enseguida.

Llamó tres minutos después.

—Señorita Evans, sería mejor para los dos que nuestro amigo mutuo no se enterara de que seguimos en contacto. Traté de hacerlo cambiar de actitud, pero es un hombre muy terco. Si me necesita y se trata de algo *muy urgente,* puede llamarme al celular. Ahí me encontrará a toda hora. ¿Quiere anotar el número?

—Gracias.

—Ah, y una cosa más...

—¿Sí?

—No, no importa. Tenga cuidado.

Esa mañana, cuando Jack Stone llegó a su trabajo, el general Booster lo estaba esperando.

—Jack, me parece que esa bruja de Dana Evans nos va a traer problemas. Quiero que la investigues y me tengas informado sobre sus movimientos.

—No se preocupe. —"Lo voy a tener bien desinformado". Después le envió flores a Dana.

Dana y Jeff estaban en el comedor del canal, hablando sobre el brazo ortopédico de Kemal.

—Estoy muy contenta, amor. A partir de ahora las cosas van a ser muy distintas para él. Toda esa agresividad se debía a que se siente inferior a los demás. Estoy segura de que, con la prótesis, su actitud va a ser muy distinta.

—Me imagino lo contento que estará. Yo, por mi parte, me alegro muchísimo.

—Y lo maravilloso es que la fundación se hace cargo de todos los gastos. Si podemos...

En ese momento sonó el celular de Jeff.

—Disculpa, mi vida. —Oprimió una tecla y atendió la llamada. —Hola... Ah... —Miró a Dana. —No... No hay problema... Te escucho...

Dana hizo un esfuerzo por no prestar atención.

—Sí... Entiendo... Claro... Seguro que no es nada grave, pero lo mejor es que veas a un médico. ¿Dónde estás ahora? ¿En Brasil? Ahí hay buenos profesionales. Por supuesto... Sí, te entiendo. No... —La conversación no terminaba nunca. Finalmente, Jeff dijo: —Cuídate. Adiós. —Después cortó.

—¿Era Rachel?

—Sí. Anda con ciertos problemas físicos. Acaba de cancelar una grabación en Río, lo cual es atípico, porque nunca dejó de hacer un trabajo en su vida.

—¿Y por qué te llama a ti?

—Porque no tiene a nadie, amor. Está sola en el mundo.

—Adiós, Jeff.

Rachel colgó de mala gana, pues hubiera deseado que la conversación no terminara nunca. Miró por la ventana y vio el Pan de Azúcar a la distancia, y la playa de Ipanema a sus pies. Entró en el dormitorio y se acostó, agotada, mientras las imágenes del día transcurrido se sucedían vertiginosamente ante sus ojos. Todo había empezado bien. A la mañana había estado en la playa grabando una publicidad para American Express.

Cuando llegó el mediodía, dijo el director:

—La última toma salió genial, Rachel. Hagamos una más.

Ella quiso contestar que no había problema, pero se oyó a sí misma decir:

—Disculpa, no puedo. No doy más.

Él la miró sorprendido.

—¿Qué?

—Estoy muy cansada. Te pido mil perdones. —Se dio vuelta y corrió hacia el hotel. Atravesó el hall de entrada y se refugió en su habitación. Temblaba de pies a cabeza, y sentía náuseas. "¿Qué me pasa?". Se tocó la frente. Tenía fiebre.

Tomó el teléfono y llamó a Jeff. No bien oyó su voz, se sintió mejor. "Siempre está cuando lo necesito; es mi salvador". Después de cortar se quedó en la cama, pensando. "Tuvimos buenos momentos. Era siempre muy divertido... Disfrutábamos con las mismas cosas y nos encantaba compartirlas. ¿Cómo pude abandonarlo?". Recordó los hechos que habían precipitado el divorcio.

Un llamado telefónico fue el inicio del desastre.

—¿Rachel Stevens?

—¿Sí?

—El señor Roderick Marshall desea hablar con usted. "Uno de los directores más importantes de Hollywood".

Un momento después, él estaba en la línea.

—¿Con la señorita Stevens?

—Sí.

—Habla Roderick Marshall. ¿Oyó hablar de mí?

Rachel había visto varias de sus películas.

—Por supuesto, señor Marshall.

—Vi unas fotografías suyas. La necesitamos en Fox. ¿Está dispuesta a venir a Hollywood a realizar una prueba de cámara?

Rachel dudó un momento.

—No sé. Quiero decir... no sé si tengo dotes actorales. Yo nunca...

—No se preocupe. De eso me ocupo yo. Pagaremos todos sus gastos, desde luego. Yo mismo le haré la prueba. ¿Cuándo podría venir?

Pensó en los trabajos que tenía programados.

—Dentro de tres semanas.

—De acuerdo. El estudio se encargará de todos los preparativos.

Cuando colgó, se dio cuenta de que no había consultado a Jeff. "No creo que le moleste", pensó. "Igual, no nos vemos nunca".

—¿A Hollywood? —repitió él.

—Sí. Va a ser espectacular, Jeff.

Él asintió con la cabeza.

—Si eso es lo que quieres... Seguro que te conviertes en estrella.

—¿No puedes venir conmigo?

—Imposible, mi amor. El lunes jugamos en Cleveland; después vamos a Washington y Chicago. Faltan muchas fechas para el final de la temporada. Soy el principal lanzador del equipo y no puedo abandonarlo de un día para el otro.

—Qué mala suerte. Parece que vivimos en dos mundos distintos, ¿no, Jeff? —Trató de no mostrarse afectada.

—Sí, dos mundos que se alejan cada vez más.

Ella quiso decir algo más, pero pensó: "No es el momento oportuno".

En el aeropuerto de Los Angeles la esperaba una inmensa limusina conducida por un empleado del estudio.

—Me llamo Henry Ford —dijo el hombre lanzando una carcajada—, pero no soy pariente del otro Ford. Todos me dicen Hank.

Ya en el trayecto, el chofer hablaba sin parar.

—¿Es la primera vez que viene a Hollywood, señorita Stevens?

—No. He estado muchas veces. La última fue hace dos años.

—Ah, pero la ciudad cambió muchísimo. Está más grande y linda que nunca. Si le gusta el *glamour,* se va a sentir como en su casa.

"Si es que me gusta el *glamour*".

—El estudio le reservó habitación en el Château Marmont, el mismo donde se hospedan todas las estrellas.

—¿En serio? —dijo, haciéndose la sorprendida.

—Sí. Ahí murió John Belushi después de la sobredosis, ¿recuerda?

—Dios mío.

—Gable solía hospedarse ahí. También Paul Newman, Marilyn Monroe... —La lista era interminable. Rachel dejó de oírla al instante.

El Château Marmont parecía un castillo salido de algún set de filmación.

—A las dos la paso a buscar para llevarla al estudio. Ahí conocerá a Roderick Marshall.

—A esa hora voy a estar lista.

Dos horas más tarde estaba en la oficina de Roderick Marshall, un hombre de alrededor de cuarenta años, pequeño y macizo, con una energía arrolladora.

—Me alegra que hayas venido. Voy a convertirte en una gran estrella. Mañana mismo hacemos la prueba de cámara. Uno de mis asistentes te llevará al vestuario para elegirte algo elegante. Te voy a dar una escena de una de nuestras grandes películas, *Final de un sueño.* Mañana a las siete tienes que estar en la sala de maquillaje y peinado. Supongo que eso no te resultará una novedad...

—No, claro —respondió con voz apagada.

—¿Viajaste sola?

—Sí.

—Te invito a cenar esta noche.

Ella pensó un momento.

—Acepto.

—Entonces, paso a buscarte a las diez.

Lo que empezó como cena terminó siendo una agitada noche en la ciudad.

—Si uno sabe adónde ir... y consigue entrar —le dijo Roderick Marshall—, te aseguro que Los Angeles tiene algunos de los mejores bares del mundo.

El recorrido comenzó en un bar, restaurante y hotel de moda ubicado en el bulevar Sunset. Cuando cruzaron la recepción, Rachel se detuvo. Junto al mostrador, detrás de una vitrina con vidrio esmerilado, había una estatua viviente, una modelo totalmente desnuda.

—¿No es espectacular?

—Increíble.

Había infinidad de bares atestados y ruidosos, y al concluir la velada, Rachel se sentía agotada.

Roderick Marshall la dejó en el hotel.

—Que duermas bien. A partir de mañana va a cambiar tu vida.

Al día siguiente, a las siete, Rachel ya se encontraba en la sala de maquillaje. Bob Van Dusen, el maquillador, le lanzó una mirada admirativa.

—¿Y van a pagarme por no hacer nada? No necesitas mucho retoque. La naturaleza fue generosa contigo.

Ella se rió.

—Gracias.

Cuando estuvo lista, una vestuarista la ayudó a ponerse el vestido que le habían elegido especialmente la tarde anterior. El asistente de dirección la condujo al enorme estudio.

Roderick Marshall y su equipo la estaban esperando. El director la miró un momento y dijo:

—Estás perfecta. La prueba se divide en dos partes, Rachel. Primero vas a sentarte en ese sillón y yo te hago unas preguntas fuera de cámara.

—De acuerdo. ¿Y la segunda?

—Es la breve escena que te mencioné ayer.

Rachel se sentó, y el camarógrafo ajustó el foco. El director se quedó parado fuera de cámara.

—¿Lista?

—Sí.

—Muy bien. Tú, tranquila. Va a salir todo fantástico, ya verás. Cámara... Acción... Buenos días.

—Buenos días.

—Me dijeron que eres modelo.

Ella sonrió.

—Así es.

—¿Cómo fue que te iniciaste en la profesión?

—Tenía quince años. El dueño de una agencia de modelos me vio en un restaurante con mi madre, se acercó a hablar con ella, y unos días después ya me había convertido en modelo.

Durante los quince minutos que duró la entrevista, Rachel hizo gala de aplomo e inteligencia.

—¡Corten! ¡Genial! —Luego el director le entregó el guión de una breve escena. —Vamos a tomarnos un descanso. Lee bien este libreto. Cuando estés lista, me avisas y grabamos. Eres una futura estrella, Rachel.

El texto trataba sobre una mujer que le pedía el divorcio a su marido. Lo leyó una vez más.

—Estoy lista.

Le presentaron a Kevin Webster, el actor que iba a hacer el papel del esposo, un muchacho apuesto, típico de Hollywood.

—Vamos a filmar. Cámara... Acción.

Rachel miró a Kevin.

—Esta mañana hablé con un abogado. Quiero el divorcio, Cliff.

—Sí, me lo imaginaba. ¿No tendrías que haber hablado conmigo primero?

—Esto ya lo hemos conversado. Te lo estuve diciendo todo el año pasado. Lo nuestro ya no es un verdadero matrimonio, pero no quisiste escucharme, Jeff.

—Corten —interrumpió Roderick—. Rachel, tu esposo se llama Cliff.

—Disculpa —dijo ella, avergonzada.

—Vamos de nuevo. Toma dos.

"La escena es el fiel reflejo de lo que nos pasa a Jeff y a mí", se dijo. "Ya no somos una verdadera pareja. ¿Cómo vamos a serlo, si llevamos vidas separadas? No nos vemos casi nunca. Cada uno por su lado conoce a gente interesante, y no podemos empezar una nueva relación por culpa de un contrato que ya no significa absolutamente nada".

—¡Rachel!

—Perdón.

La escena comenzó de nuevo.

Cuando terminó la prueba, ya tenía dos decisiones tomadas: La primera, que Hollywood no era para ella. Y la segunda, que quería divorciarse de Jeff.

Ahora, sin embargo, sintiéndose enferma y extenuada en su hotel de Río, pensó: "Me equivoqué. Jamás tendría que haberme divorciado de Jeff".

El martes, después de la escuela, Dana llevó a Kemal al médico que lo estaba ayudando en el proceso de adaptación a la prótesis. El brazo ortopédico parecía verdadero y funcionaba a la perfección, pero al chico le resultaba difícil acostumbrarse a usarlo. Era una cuestión física y también psicológica.

—Primero sentirá que está unido a un objeto extraño a él —le explicó el médico a Dana—. Nuestro objetivo es lograr que acepte ese brazo como parte de su propio cuerpo. Tendrá que habituarse a ser ambidiestro otra vez. El período de adaptación suele durar de dos a tres meses. Debo advertirle que el proceso puede hacerse difícil.

—No hay problema. Todo va a salir bien.

* * *

Pero no fue fácil. A la mañana siguiente, Kemal salió de su cuarto sin la prótesis.

—Vamos.

Dana lo miró, sorprendida.

—¿Dónde está tu brazo?

El chico levantó el brazo izquierdo en actitud desafiante.

—¿Y esto qué es?

—Sabes muy bien a cuál me refiero. ¿Dónde está la prótesis?

—Es horrible. No la voy a usar más.

—Ya te vas a acostumbrar, mi amor. Te lo prometo. Tienes que darte la oportunidad. Yo voy a ayudarte a...

—Nadie puede ayudarme. Soy un *fukati* lisiado...

Dana fue a ver de nuevo al detective Marcus Abrams. Cuando llegó, lo encontró muy atareado redactando informes.

El hombre levantó la vista y la miró con expresión ceñuda.

—¿Sabe lo que odio de este trabajo de porquería? —Señaló la pila de papeles que había sobre su escritorio. —Esto. Pensar que podría estar divirtiéndome en la calle, asustando un poco a la gente. Ah, me olvidaba, usted es periodista, ¿no? No cite mis palabras, por favor.

—Se acordó demasiado tarde.

—¿En qué puedo ayudarla hoy, señorita Evans?

—Vine a preguntarle sobre el caso Sinisi. ¿Se hizo la autopsia?

—Como mera formalidad. —Sacó unos papeles del cajón de su escritorio.

—¿Encontraron algo sospechoso?

El detective leyó el papel.

—Nada de alcohol... ningún rastro de drogas... No. —Levantó la vista. —Parece que la mujer estaba deprimida y decidió poner fin a su vida. ¿Algo más quiere saber?

—No, gracias.

El siguiente destino fue el despacho del detective Phoenix Wilson.

—Buenos días, detective.

—¿Qué la trae por mi humilde oficina?

—Quería saber si había alguna novedad sobre el asesinato de Gary Winthrop.

El policía lanzó un suspiro y se rascó la nariz.

—Ni la más mínima. Yo supuse que, tarde o temprano, alguno de esos cuadros iba a aparecer.

Ella se moría de ganas de decirle: "Fue un gran error", pero se contuvo.

—Así que no tienen ninguna pista.

—Ni una. Esos hijos de puta se salieron con la suya. Los robos de obras de arte no son muy frecuentes, pero el modus operandi es siempre el mismo. Eso es lo que más me sorprende.

—¿Por qué lo dice?

—Porque este caso es... diferente.

—¿Diferente? ¿En qué sentido?

—Los ladrones de obras de arte no matan a personas desarmadas, y esos tipos no tenían ninguna razón para asesinar a Gary Winthrop a sangre fría. —Hizo una pausa. —¿Usted tiene algún interés especial por este caso?

—No —mintió Dana—. En absoluto. Es curiosidad de periodista, nada más.

—Bien. Manténgase en contacto.

Al término de una reunión en la apartada sede central de la FRA, el general Booster se volvió hacia Jack Stone y le preguntó:

—¿Qué noticias tienes de esa tal Evans?

—Anda por ahí haciendo preguntas, pero creo que es inofensiva. No va a llegar a ningún lado.

—Se está metiendo donde no la llaman. Quiero que apliques el código tres.

—¿Cuándo comienzo?

—Ya mismo.

* * *

Dana se preparaba para salir al aire cuando Matt Baker entró en su oficina y se dejó caer pesadamente en un sillón.

—Acabo de recibir un llamado en relación contigo.

—Mis admiradores mueren de amor por mí, ¿no? —respondió en tono de broma.

—Éste no demostró mucho amor que digamos.

—¿Ah, no?

—Era alguien de la FRA. Quieren que dejes de investigar a Taylor Winthrop. No es un reclamo oficial sino "una sugerencia amistosa", según sus propias palabras. Se ve que no les gusta mucho que metas las narices donde no te importa.

—Eso parece, ¿no? —Clavó la vista en Matt. —Todo esto es bastante sospechoso, ¿no crees? No pienso abandonar la investigación para acatar el capricho de un organismo oficial. Todo empezó en Aspen, donde Taylor Winthrop y su mujer murieron en el incendio. Voy a viajar allá. Y si descubro algo, comenzaremos *Será Justicia* con una gran historia.

—¿Cuánto tiempo necesitas?

—No creo que me lleve más de uno o dos días.

—De acuerdo.

CAPÍTULO 11

A Rachel le costaba un gran esfuerzo moverse. El solo hecho de caminar de una habitación a otra, en su casa de Florida, la dejaba sin aliento. No recordaba haber sentido semejante cansancio en toda su vida. "Seguro que me contagié una gripe", pensó. "Jeff tiene razón: debo ir al médico. Un baño caliente me hará sentir mucho mejor...".

Mientras estaba sumergida en el agua tibia y relajante de la bañera, se llevó la mano al pecho y tocó un bulto.

Su primera reacción fue de espanto; luego vino la negación. "No es nada. No puede ser cáncer. Vivo haciendo gimnasia, y cuido mucho mi cuerpo. No hay antecedentes de cáncer en mi familia. Estoy bien. Voy a ir a que me revise un médico, pero seguro que no es cáncer".

Salió del agua, se secó y decidió hacer una llamada.

—Agencia de modelos Betty Richman. Buenos días.

—Con la señora Betty Richman, por favor. Dígale que habla Rachel Stevens.

Un momento después, Betty atendió el teléfono.

—¡Rachel! Qué suerte que me llamaste. ¿Estás bien?

—Por supuesto. ¿Por qué me lo preguntas?

—Bueno... interrumpiste la filmación en Río, y pensé que tal vez...

Ella se rió.

—No, no. Fue cansancio, no más. Estoy ansiosa por volver al trabajo.

—Ah, qué gran noticia. Todo el mundo te estaba buscando.

—Estoy lista. ¿Qué proyecto hay en la agenda?

—A ver un momentito.

Un minuto después, volvió Betty.

—Va a haber una sesión de fotos en Aruba a partir de la semana que viene, así que tienes tiempo suficiente para prepararte. El cliente estuvo preguntando por ti.

—Me encanta Aruba. Cuenta conmigo.

—De acuerdo. Me alegra mucho que te sientas mejor.

—Sí, me siento espléndida.

—Te hago llegar todos los detalles.

Al día siguiente, a las dos de la tarde, Rachel tenía reservado un turno con el doctor Graham Elgin.

—Buenas tardes, doctor.

—¿Qué la trae por aquí?

—Tengo un pequeño quiste en el pecho derecho y...

—Ah, entonces ya consultó a un médico...

—No, pero estoy segura de que no es más que un quistecito. Conozco mi cuerpo. Me gustaría que me lo extirpara con microcirugía. —Sonrió. —Soy modelo, y no puedo tener cicatrices. Si la marca es pequeña, puedo cubrirla con maquillaje. Además, me voy a Aruba la semana que viene. ¿Puede programar la operación para mañana o pasado?

El doctor la miraba fijamente. Teniendo en cuenta la gravedad posible de la situación, la notaba demasiado tranquila.

—Permítame examinarla. Luego tendré que hacerle una biopsia. Si no hay ningún problema, podemos programar la operación para esta semana.

Ella estaba radiante.

—Fantástico.

El médico se puso de pie.

—¿Pasamos a la otra sala? La enfermera le traerá una bata.

Quince minutos más tarde, el doctor Elgin le palpaba el bulto del pecho.

—Le dije, doctor, que no era más que un quiste.

—Para estar del todo seguro, me gustaría hacerle la biopsia. Se la puedo hacer aquí mismo.

Rachel trató de conservar la calma mientras el doctor le introducía una aguja delgada en la mama para extraerle tejido.

—Ya está. No fue tan terrible, ¿verdad?

—No. ¿Cuándo va a estar el...?

—Ya mismo lo envío al laboratorio, y mañana a la mañana tendré un informe citológico preliminar.

Ella sonrió.

—Entonces me voy a preparar el equipaje.

Cuando llegó a su casa, lo primero que hizo fue sacar dos valijas y apoyarlas sobre la cama. Después abrió el ropero y comenzó a elegir las prendas que llevaría a Aruba.

Jeanette Rhodes, la mujer que le hacía la limpieza, entró en la habitación.

—Señorita Stevens, ¿se va de nuevo de viaje?

—Sí.

—¿Adónde esta vez?

—A Aruba.

—¿Y eso dónde queda?

—Es una hermosa isla del Caribe, justo al norte de Venezuela. Es un paraíso: playas magníficas, hoteles lujosos y comida exquisita.

—Qué bien.

—Ah, Jeanette, mientras yo no esté, me gustaría que viniera tres veces por semana.

—Sí, cómo no.

Al día siguiente, a las nueve de la mañana, sonó el teléfono.

—¿Con la señorita Stevens?

—Sí.

—Habla el doctor Elgin.

—Ah, cómo le va, doctor. ¿Pudo programar la operación?

—Acabo de recibir el informe citológico. Me gustaría que viniera a mi consultorio para que...

—No. Dígamelo ya, doctor.

Hubo una breve pausa.

—No me gusta conversar este tipo de temas por teléfono, pero lamentablemente el informe preliminar indica que usted tiene cáncer.

Jeff estaba escribiendo la columna de deportes cuando sonó su teléfono celular.

—Hola...

—Jeff... —logró articular ella entre lágrimas.

—Rachel, ¿eres tú? ¿Qué te pasa? ¿Pasa algo malo?

—Te... tengo cáncer de mama.

—Ay, Dios mío. ¿Es muy grave?

—Todavía no lo sé. Tienen que hacerme una mamografía. Jeff, no puedo enfrentar esto sola. Sé que te pido demasiado pero, ¿no podrías venir aquí conmigo?

—Me vas a tener que disculpar, pero...

—Es por un día, nada más. Hasta que... me lo confirmen. —Rompió a llorar.

—No te preocupes, voy a tratar de ir. Te llamo después —contestó él, conmovido.

Tanto lloraba ella que no pudo pronunciar ni una palabra más.

Cuando Dana regresó de una reunión de producción, le dijo a Olivia:

—¿Puede reservarme un lugar en el primer vuelo de mañana a Aspen (Colorado)? Ah, y búsqueme también un hotel. Y un auto de alquiler.

—De acuerdo. El señor Connors la espera en la oficina.

—Gracias. —Cuando entró, vio que Jeff estaba mirando por la ventana. —Hola, mi amor.

Él dio media vuelta.

—Hola, Dana.

Como le notó una expresión rara en la cara, lo miró con preocupación.

—¿Estás bien?

—Es una pregunta con doble respuesta —contestó él con pesar—. Sí y no.

—Siéntate. —Ella se sentó frente a él. —¿Qué pasa?

Jeff lanzó un profundo suspiro.

—Rachel tiene cáncer de mama.

Dana no podía dar crédito a sus oídos.

—Ah, lo lamento mucho... Va a recuperarse, ¿no?

—Me llamó esta mañana. Todavía no le informaron la gravedad del caso. Tiene mucho miedo. Me pidió que viajara a Florida y la acompañara al médico, pero antes yo quería consultarlo contigo.

Dana se acercó y lo abrazó con fuerza.

—Tienes que ir, mi amor. —Recordó el almuerzo con Rachel y lo amable que ella había sido.

—Dentro de uno o dos días estoy de vuelta.

Jeff se dirigió a la oficina de Matt.

—Tengo un problema personal, Matt. Necesito tomarme un par de días.

—¿Te encuentras bien?

—Sí. Es por Rachel.

—¿Tu ex?

—Sí. Acaba de enterarse de que tiene cáncer.

—Lo siento.

—Necesita un poco de apoyo. Por eso quiero viajar a Florida esta misma tarde.

—No te preocupes; le pido a Maury Falstein que te reemplace. Tenme al tanto.

—Sí, por supuesto. Gracias, Matt.

Dos horas más tarde volaba ya a Miami.

* * *

El problema más inmediato de Dana era Kemal. "No puedo irme a Aspen si no consigo a una persona confiable que lo cuide. ¿Pero quién es capaz de encargarse al mismo tiempo de la limpieza de la casa y del chico más terco del mundo?".

Llamó por teléfono a Pamela Hudson.

—Disculpe la molestia, Pamela, pero tengo que irme de viaje unos días y necesito que alguien se quede con Kemal. ¿Por casualidad no conoce a alguna mujer que pueda ser una buena ama de llaves y tenga la paciencia de un santo?

Hubo un momento de silencio.

—Sí, claro, casualmente conozco a una. Se llama Mary Rowane Daley; trabajó en casa hace unos años. Es una joya. Si quiere, le pido que se comunique con usted.

—Gracias.

Una hora después, Olivia le avisó:

—Dana, llama una tal Mary Daley para hablar con usted.

Dana atendió.

—¿La señora Daley?

—Ella habla. —La voz era cálida, y con un fuerte acento irlandés. —La señora de Hudson me comentó que necesita a alguien que cuide a su hijo.

—Así es. Tengo que irme de viaje uno o dos días. ¿Podría pasar por casa mañana, a eso de las siete, así conversamos?

—Desde luego. Por suerte, en este momento estoy libre.

Dana le dio la dirección.

—Nos vemos mañana, señorita Evans.

A la mañana siguiente, Mary Daley llegó puntualmente a casa de Dana. Era una cincuentona regordeta, sonriente y jovial. Saludó a Dana con un apretón de manos.

—Encantada de conocerla, señorita Evans. Veo su programa cuando el trabajo me lo permite.

—Gracias.

—¿Y dónde está el niño de la casa?

Dana llamó a Kemal.

Un momento más tarde, Kemal salió de su cuarto. Miró a la señora Daley, y en sus ojos se leyó: "Qué bicho".

La mujer le sonrió.

—¿Te llamas Kemal? Es la primera vez que oigo ese nombre. ¡Tienes una cara de travieso...! —Se acercó a él. —Acuérdate de decirme cuáles son tus comidas predilectas. Yo cocino muy bien. Vamos a divertirnos mucho, ya verás.

"Eso espero", pensó Dana, y rogó al cielo que fuera cierto.

—¿Podrá quedarse con él mientras yo esté de viaje?

—No hay ningún problema.

—Fantástico —dijo Dana, agradecida—. El único inconveniente es que no hay demasiado espacio. No sé si dormirá cómoda...

La mujer sonrió.

—No se preocupe. Con el sofá-cama me arreglaré perfectamente.

Dana suspiró aliviada. Miró la hora.

—Ahora voy a llevar a Kemal a la escuela. ¿Por qué no me acompaña? Después puede pasar a buscarlo usted a las dos menos cuarto.

—De acuerdo.

Kemal miró a Dana.

—Vas a volver, ¿no?

Ella lo abrazó.

—Por supuesto que voy a volver, mi amor.

—¿Cuándo?

—En un par de días. "Y con algunas respuestas".

Cuando llegó a la oficina, descubrió que sobre su escritorio había un precioso paquete. Lo miró con curiosidad, y lo abrió. Adentro había una hermosa lapicera dorada. La tarjeta decía: "Querida Dana, que tengas un buen viaje. Firmado: La Pandilla".

"Qué lindo gesto", se dijo, y la guardó en su bolso.

En el preciso instante en que Dana estaba subiendo al avión, un hombre vestido de overol tocaba el timbre en el departamento donde anteriormente vivían los Wharton. La puerta se abrió, y el nuevo inquilino lo miró, asintió con la cabeza y cerró la puerta. El hombre se dirigió entonces al departamento de Dana y tocó el timbre.

La señora Daley abrió la puerta.

—¿Sí?

—La señorita Evans me envió a reparar el televisor.

—Pase.

La mujer vio cómo el hombre se dirigía hacia el televisor y comenzaba a trabajar.

CAPÍTULO 12

Rachel Stevens estaba esperando la llegada de Jeff en el aeropuerto internacional de Miami.

"Dios mío, qué hermosa es", pensó él cuando la vio. "No puedo creer que esté enferma".

Ella lo estrechó entre sus brazos.

—¡Hola, Jeff! Gracias por venir.

—¡Estás preciosa!

Una limusina los esperaba a la salida del aeropuerto.

—Todo va a salir bien; ya verás.

—Por supuesto.

En el camino, Rachel le preguntó:

—¿Cómo está Dana?

Jeff vaciló. No quería exhibir su propia felicidad delante de una mujer enferma.

—Está bien.

—Tienes suerte de haberla encontrado. ¿Sabes que la próxima semana tengo previsto grabar una publicidad en Aruba?

—¿Aruba?

—Sí. ¿Y sabes por qué acepté el trabajo? Porque ahí fue donde pasamos nuestra luna de miel. ¿Cómo se llamaba el hotel donde nos alojamos?

—El Oranjestad.

—Era muy lindo, ¿recuerdas? ¿Y cómo se llamaba esa montaña que escalamos?

—El monte Hooiberg.

Ella sonrió y dijo con voz suave:

—Veo que te acuerdas de todo.

—La gente no suele olvidarse de su luna de miel, Rachel.

Ella le apoyó la mano en el brazo.

—El paisaje era celestial, ¿verdad? Nunca vi unas playas tan increíblemente blancas.

Él sonrió.

—Y tú, como tenías miedo de broncearte, te envolviste de pies a cabeza. Parecías una momia.

Hubo un momento de silencio.

—Eso es lo que más lamento.

La miró sin comprender.

—¿Qué cosa?

—Que no hayamos tenido... bueno, no importa. Esos días que pasamos juntos en Aruba fueron inolvidables.

—Es un lugar increíble —contestó él, evasivo—. Se puede pescar, hacer surf, bucear, jugar al tenis, al golf o...

—Y no nos dimos tiempo para hacer ninguna de esas cosas.

—No. —Se rió.

—Mañana tengo que hacerme una mamografía, y no quiero ir sola. ¿Puedes acompañarme?

—Por supuesto.

Cuando llegaron, Jeff llevó su equipaje hasta el inmenso living de la vivienda y miró a su alrededor.

—Qué linda casa —dijo.

Rachel lo rodeó con sus brazos.

—Gracias.

Jeff sintió que el cuerpo femenino se estremecía.

Rachel debía hacerse la mamografía en un laboratorio del centro de Miami. Jeff permaneció en la sala de espera mientras una enfermera la conducía a una habitación para que se pusiera una bata y luego la acompañaba a la sala de rayos.

—Esto demora unos quince minutos, señorita Stevens. ¿Lista ya?

—Sí. ¿Cuándo estarán los resultados?

—Su oncólogo los recibirá mañana, y él mismo le informará.

Mañana.

El oncólogo se llamaba Scott Young. Jeff y Rachel entraron en su consultorio y tomaron asiento.

El médico miró a Rachel un instante y luego dijo:

—Lamento informarle que tengo malas noticias, señorita Stevens.

Ella aferró la mano de Jeff.

—¿Ah sí?

—Los resultados de la biopsia y la mamografía indican que tiene un carcinoma de tipo invasor.

Se puso blanca como una hoja.

—¿Eso... qué significa?

—Significa que deberá someterse a una mastectomía.

—¡No! —El grito fue instintivo. —No puede... tiene que haber otra manera...

—No. El tumor está demasiado extendido —respondió el médico con suavidad.

Se quedó un momento callada.

—No puedo operarme ahora. La semana que viene debo viajar a Aruba a hacer una serie de fotos publicitarias. Tendría que ser a mi regreso.

Jeff notó la expresión afligida del médico.

—¿Cuándo recomienda que se realice la operación, doctor?

—Lo más pronto posible.

Rachel se esforzaba por contener las lágrimas. Dijo con voz temblorosa:

—Me gustaría tener la opinión de otro profesional.

—Desde luego.

El doctor Aaron Cameron anunció:

—He examinado los estudios, y llego a la misma conclusión que el doctor Young. Recomiendo una mastectomía.

Rachel trató de conservar la calma.

—Gracias, doctor. —Tomó la mano de Jeff y la estrechó con fuerza. —Parece que no hay otra salida, ¿verdad?

El doctor Young los esperaba en su consultorio.

—Usted tenía razón. Lo que pasa es que no puedo... —Hubo un largo y triste silencio. Finalmente, Rachel susurró: —De acuerdo. Si está seguro de que es absolutamente necesario...

—No se preocupe, haremos todo lo posible para que se sienta cómoda. Antes de operarla, llamaré a un cirujano plástico para que le explique cómo será la reconstrucción de su pecho. Hoy en día la medicina hace milagros.

Jeff la abrazó mientras ella se deshacía en lágrimas.

No había ningún vuelo directo a Aspen desde la ciudad de Washington, así que Dana tuvo que ir hasta Denver, y allí cambiar de avión. Más tarde se dio cuenta de que no recordaba absolutamente nada del viaje. No había hecho otra cosa que pensar en Rachel y el tormento que seguramente estaba pasando. "Me alegra que Jeff esté ahí para ayudarla". También le preocupaba Kemal. "¿Qué hago si la señora Daley renuncia antes de que yo vuelva? Tengo...".

En ese momento se oyó la voz de una azafata por el altoparlante:

—Dentro de unos minutos aterrizaremos en Aspen. Por favor, recuerden abrocharse el cinturón de seguridad y enderezar el respaldo de los asientos.

Dana se concentró en lo que le esperaba.

Elliot Cromwell entró en el despacho de Matt Baker.

—Me dijeron que Dana no va a estar en el programa de esta noche.

—Así es. Viajó a Aspen.

—¿Fue para seguir con la investigación del caso Winthrop?

—Sí.

—Quiero que me mantengas al tanto.

—De acuerdo. —Matt miró cómo Cromwell se alejaba y pensó: "Realmente se interesa por Dana".

Cuando bajó del avión, Dana se dirigió al mostrador de alquiler de autos. En ese preciso instante, el doctor Carl Ramsey hablaba con el empleado que estaba en el mostrador.

—Pero yo reservé un auto hace una semana...

—Lo sé, doctor, pero tuvimos algunos inconvenientes. No hay un solo coche disponible. Puede tomar el autobús del aeropuerto, o si prefiere le pido un taxi...

—No, no se moleste —dijo el médico, y salió como tromba.

Dana entró en la recepción del aeropuerto y fue al encuentro del mismo empleado.

—Tengo una reserva. Soy Dana Evans.

El empleado sonrió.

—Sí, señorita Evans, la estábamos esperando. —Le entregó un formulario para que firmara, y unas llaves. —Es un Lexus blanco, y está estacionado en la cochera número uno.

—Gracias. ¿Puede indicarme cómo llegar al hotel La Pequeña Nell?

—Es muy fácil; se encuentra en el centro mismo de la ciudad. Avenida East Durant 675. Es un buen hotel; le va a encantar.

—Gracias.

La miró marcharse.

"¿Qué diablos pasa aquí?", se preguntó.

El hotel La Pequeña Nell era un elegante chalet ubicado al pie de las pintorescas montañas de Aspen. En la recepción había un hogar del piso al techo con leños encendidos durante todo el invierno, y enormes ventanales desde donde se divisaban las Rocallosas cubiertas de nieve. Varios huéspedes vestidos con trajes de esquiar descansaban en sofás y cómodos sillones. Dana miró a su alrededor y pensó: "A Jeff le encantaría este sitio. A lo mejor podemos venir algún día...".

—Por una de esas casualidades, ¿no sabe dónde está la casa de Taylor Winthrop? —le preguntó al conserje no bien terminó de escribir sus datos en el registro de pasajeros.

Él la miró con extrañeza.

—Esa casa ya no existe. Fue arrasada por el incendio.

—Ya sé. Solamente quería ver...

—No queda más que un montón de cenizas, pero si desea ir de todos modos, debe tomar el camino que va hacia el este, al valle del arroyo Conundrum, a unos diez kilómetros de aquí.

—Gracias. ¿Me hace subir las maletas a mi habitación, por favor?

—Cómo no.

Ella volvió al auto.

El solar donde antes se levantaba la casa de los Winthrop estaba rodeado de bosques y parques nacionales. La casa era de una sola planta, construida de piedra y madera típicas de la zona, y estaba enclavada en un paraje recóndito y bellísimo, con una laguna donde habitaban castores y un arroyuelo que atravesaba todo el predio. La vista era espectacular. Y en medio de tanta belleza, como una desagradable cicatriz, se hallaban los restos del incendio en que habían muerto dos personas.

Dana recorrió el terreno y se formó una imagen mental de lo que había existido allí. Evidentemente, había sido una casa inmensa, con muchas puertas y ventanas a nivel del piso.

"Sin embargo, los Winthrop no pudieron escapar por ningún lado. Mejor voy al cuartel de bomberos".

Cuando entró en el cuartel, se le acercó un hombre de unos treinta años, alto y de aspecto atlético. "Seguro que vive en las pistas de esquí", pensó.

—¿Puedo ayudarla en algo?

—Estuve leyendo sobre el incendio que destruyó la casa de los Winthrop y quería averiguar algunos datos.

—Ah, eso ocurrió hace un año. Creo que fue la peor tragedia ocurrida en esta ciudad.

—¿A qué hora sucedió?

Si al hombre le resultó un poco rara la pregunta, al menos no dio el menor indicio.

—A la madrugada. Recibimos el llamado a eso de las tres. Nuestros camiones llegaron allí a los quince minutos, pero ya era tarde. La casa estaba envuelta en llamas. No nos enteramos de que había gente adentro hasta que extinguimos el fuego y encontramos los dos cadáveres. Le aseguro que fue un momento muy angustiante.

—¿Tiene idea de qué fue lo que provocó el siniestro?

—Sí, claro. Un desperfecto eléctrico.

—¿Qué clase de desperfecto?

—No lo sabemos a ciencia cierta, pero el día anterior al incendio alguien de la casa llamó a un electricista.

—Pero ustedes siguen sin saber cuál era el problema...

—Creo que funcionaba mal el sistema de alarma contra incendios.

—Por casualidad, ¿no sabe cómo se llama el electricista que fue a la casa? —preguntó, sin mostrarse demasiado interesada.

—No, supongo que la policía tiene el nombre.

—Gracias.

La miró con curiosidad.

—¿A qué se debe tanto interés en este caso?

—Estoy escribiendo un artículo sobre los incendios en los centros de esquí de todo el país —respondió Dana, muy seria.

La comisaría de Aspen era un edificio bajo, de ladrillo, que quedaba a seis cuadras del hotel de Dana.

El oficial que se encontraba en la recepción levantó la vista y exclamó:

—¿Usted es Dana Evans, la periodista de televisión?

—Sí.

—Soy el capitán Turner. ¿En qué puedo ayudarla?

—Busco información sobre el incendio que causó la muerte a Taylor Winthrop y su esposa.

—Dios mío, fue una verdadera tragedia. Los habitantes de Aspen todavía siguen impresionados.

—Es lógico.

—Sí. Es una lástima que no hayan podido salvarlos.

—Tengo entendido que el siniestro se debió a un desperfecto eléctrico.

—Exacto.

—¿Hay probabilidades de que haya sido intencional?

El policía se puso serio.

—¿Intencional? No, en absoluto. Fue un desperfecto eléctrico.

—Me gustaría hablar con el electricista que estuvo en la casa el día anterior al incendio. ¿Tiene sus datos?

—Sí, seguro que los tenemos en nuestros archivos. ¿Quiere que se los busque?

—Se lo agradecería.

El capitán tomó el teléfono, habló brevemente y luego miró a Dana.

—¿Es la primera vez que visita Aspen?

—Sí.

—Hermosa ciudad. ¿Sabe esquiar?

—No. —"Pero Jeff sí. Cuando vengamos la próxima vez...".

En ese momento entró un empleado y le entregó al capitán un papel, que él luego le dio a Dana. El papel decía: *Bill Kelly. Empresa de Reparaciones Eléctricas Al Larson.*

—El local queda por esta misma calle, un poco más adelante.

—Le agradezco mucho, capitán.

—Fue un placer.

Cuando Dana salió del edificio, un hombre que estaba parado en la vereda de enfrente se dio vuelta y habló por un teléfono celular.

La empresa dedicada a reparaciones eléctricas se encontraba en un pequeño edificio de cemento. Detrás del mostrador había un hombre bronceado y atlético que parecía un clon del que Dana había visto en el cuartel de bomberos. Al verla entrar, se puso de pie.

—Buenos días.

—Buenos días. Quiero hablar con el señor Bill Kelly.

—Sí, yo también —masculló el hombre.

—¿Cómo dice?

—Kelly desapareció hace casi un año.

—¿Desapareció?

—Sí, se fue sin decir una palabra. Ni siquiera pasó a cobrar su sueldo.

—¿Recuerda qué día fue exactamente? —preguntó ella.

—Sí, claro. Fue la mañana de aquel incendio grande que hubo, ese en el que murieron los Winthrop.

Un escalofrío le corrió por la espalda.

—Ah. ¿Y no tiene idea de dónde estará ahora?

—No. Como le dije, se lo tragó la tierra.

Los aviones habían aterrizado uno tras otro alterando la tranquilidad matutina de la remota isla en el extremo sur de Sudamérica. Había llegado la hora de la reunión, y los veintitantos participantes estaban sentados en un salón recientemente construido, y muy custodiado, que debería demolerse no bien concluyera la reunión. El orador fue hacia el estrado.

—Bienvenidos. Me alegra ver tantas caras conocidas y también nuevos amigos. Sé muy bien que algunos de ustedes están preocupados por un problema que ha surgido en los últimos días. Hay un traidor entre nosotros que amenaza con revelar nuestro secreto. Todavía no sabemos de quién se trata, pero les aseguro que lo descubriremos muy pronto, y correrá la suerte de todos los traidores. No hay nada ni nadie que pueda interponerse en nuestro camino.

Se oyeron murmullos de sorpresa entre los asistentes.

—Ahora iniciaremos la subasta silenciosa. Hoy tenemos dieciséis paquetes. Comencemos con dos mil millones. ¿Hay alguna oferta? Sí, dos mil millones de dólares. ¿Quién da más?

CAPÍTULO 13

Esa tarde, cuando Dana volvió a su habitación de hotel, experimentó una repentina inquietud. Todo parecía igual y, sin embargo... tenía la impresión de que había algo distinto. ¿Alguien había cambiado las cosas de lugar? "Otra vez el ataque de paranoia", pensó. Levantó el tubo del teléfono y llamó a su casa.

Atendió la señora Daley.

—Residencia de la señorita Evans.

"Gracias a Dios que todavía está ahí".

—Hola, señora...

—¡Señorita Evans!

—Buenas noches. ¿Cómo anda Kemal?

—Es bastante travieso pero puedo manejarlo. Mis chicos eran iguales.

—Entonces, ¿no hay ningún problema?

—Claro que no.

Dana lanzó un profundo suspiro de alivio.

—¿Puedo hablar con él?

—Por supuesto. —La mujer lo llamó. —Kemal, es tu mamá.

Un momento después atendió el niño.

—Hola, Dana.

—Hola. ¿Cómo anda todo, amor?

—Genial.

—¿La escuela?

—Todo bien.

—¿Y qué te parece la señora Daley?

—Alucinante.

"Más que alucinante", pensó Dana. "Es un verdadero milagro".

—¿Cuándo vuelves a casa?

—Mañana estoy ahí. ¿Ya cenaste?

—Sí. Y no estuvo tan mal.

Dana estuvo a punto de preguntar: "¿Seguro que hablo con Kemal?", asombrada de notar en él esa nueva actitud.

—Bueno, te dejo, mi vida. Nos vemos mañana. Que duermas bien.

—Hasta mañana.

Estaba por irse a dormir cuando sonó su celular.

—Hola.

—¿Dana?

Pegó un salto de alegría.

—¡Jeff! ¡Mi amor! —Bendijo el día en que había comprado un teléfono celular de alcance internacional.

—Quería llamarte para decirte que te extraño muchísimo.

—Yo también. ¿Estás en Florida?

—Sí.

—¿Cómo anda todo por ahí?

—No muy bien —respondió él con vacilación—. Bueno, en realidad, bastante mal. Mañana van a hacerle una mastectomía a Rachel.

—¡Ay, no!

—Está muy angustiada.

—Cuánto lo siento...

—Ya sé. Es una verdadera desgracia. Amor, no veo la hora de que estemos juntos. ¿Te dije alguna vez que te quiero con toda mi alma?

—Yo también te adoro.

—¿Necesitas algo?

"A ti". —No.

—¿Cómo está Kemal?

—Mucho mejor. Lo está cuidando una señora y parece que le cae bien.

—Es una buena noticia. Me muero de ganas de que estemos los tres juntos.

—Yo también.

—Cuídate mucho.

—No te preocupes. Y dile a Rachel que lamento lo que le está pasando.

—Se lo digo. Buenas noches, mi vida.

—Buenas noches.

Dana abrió la valija y sacó una camisa de Jeff. Se la puso debajo del camisón y se abrazó a ella. "Buenas noches, mi amor".

A la mañana siguiente regresó a Washington. Antes de ir al canal pasó por el departamento, y fue muy bien recibida por la señora Daley.

—Qué gusto verla de vuelta, señorita Evans. Le juro que ese chico me saca de las casillas —dijo, pero guiñándole el ojo.

—Espero que no le dé mucho trabajo.

—¿Trabajo? No, todo lo contrario. Estoy muy contenta. No sabe qué bien se maneja con su nuevo brazo.

Dana la miró con expresión de sorpresa.

—¿Lo está usando?

—Por supuesto. Lo lleva a la escuela y todo.

—Fantástico. Me alegro mucho. —Miró la hora. —Ahora tengo que ir a trabajar. A la tarde paso a ver a Kemal.

—Se va a poner muy contento cuando la vea... La extraña mucho. Vaya tranquila, que yo le desarmo la valija.

—Gracias.

Dana estaba en la oficina de Matt contándole lo que había averiguado en Aspen.

Él la miraba con expresión de incredulidad.

—¿Me estás diciendo que al electricista se lo tragó la tierra el día después del incendio?

—Exacto. Ni siquiera fue a cobrar.

—Y estuvo en la casa de los Winthrop el día anterior a la tragedia.

—Sí.

Él sacudió la cabeza.

—Esta historia parece *Alicia en el País de las Maravillas*. Todo se vuelve cada vez más raro.

—Matt, la siguiente muerte en la familia Winthrop fue la de Paul. Tuvo un accidente automovilístico en Francia poco después del incendio. Me gustaría ir para allá. Quiero averiguar si hay algún testigo del accidente.

—De acuerdo. Elliot Cromwell estuvo preguntando por ti. Quiere que te cuides mucho.

—Somos dos.

Cuando Kemal regresó de la escuela, Dana lo estaba esperando. Traía puesto su brazo ortopédico y parecía mucho más tranquilo.

—¡Volviste! —Le dio un abrazo.

—Hola, mi amor. No sabes cuánto te extrañé. ¿Qué tal la escuela?

—Bastante bien. ¿Y el viaje?

—Todo bien. Te traje un regalo. —Le dio un bolso tejido a mano por los indios y un par de mocasines de cuero que le había comprado en Aspen. Luego vino lo más difícil. —Kemal, lo lamento, pero tengo que irme de nuevo, pero por unos días, no más.

Se preparó para una reacción violenta, pero lo único que él dijo fue:

—De acuerdo.

No hubo ningún arranque de enojo.

—Te voy a traer un lindo regalo.

—¿Uno por cada día que no estés?

Ella sonrió.

—Se supone que estás en séptimo grado, no en la Facultad de Derecho.

El hombre estaba cómodamente sentado en un sofá, con el televisor encendido y un vaso de whisky en la mano. En la pantalla aparecían Dana y Kemal sentados a la mesa, y la señora Daley sirviendo una comida que parecía ser un típico guiso irlandés.

—Está delicioso —decía Dana.

—Gracias. Me alegro de que le guste.

—Te dije que era una buena cocinera —señaló Kemal.

La sensación era la de estar con ellos en la misma habitación, y no mirándolos a través de una pantalla, desde el departamento de al lado.

—Cuéntame qué te parece la escuela —dijo Dana.

—Me gustan las maestras. La de matemática es genial...

—Qué bien.

—Los chicos son mucho mejores que en la otra escuela. Dicen que mi brazo es espectacular.

—Y tienen razón.

—En mi grado hay una chica muy simpática. Creo que le gusto. Se llama Lizzy.

—¿Y a ti te gusta?

—Sí. Es linda.

"Se nota que está creciendo", pensó Dana, y descubrió con sorpresa que la idea le causaba cierto dolor. Cuando llegó la hora de acostarse, Kemal fue a su dormitorio y ella se quedó hablando con la señora Daley en la cocina.

—Kemal está tan... tranquilo. No tengo palabras para agradecerle.

—Es usted la que me hace el favor. —La mujer sonrió. —Es como volver a la época en que mis hijos eran chicos. Ahora ya están grandes. Kemal y yo nos divertimos mucho juntos.

—Me alegro.

Dana esperó levantada hasta la medianoche, pero como Jeff no llamaba, decidió acostarse. Se quedó un rato pensando qué estaría haciendo él en ese momento, "¿tal vez haciendo el amor con Rachel?", pero luego se avergonzó de sus pensamientos.

El hombre instalado en el departamento contiguo informó:

—Todo tranquilo.

*　*　*

Sonó el teléfono celular.

—Jeff, mi amor, ¿dónde estás?

—En el hospital de Florida. Acaban de terminar la mastectomía. El oncólogo sigue examinando a Rachel.

—¡Ay, Jeff! Espero que no se haya extendido.

—Yo también. Rachel quiere que me quede unos días más. No sé si te parece...

—Por supuesto. Tienes que quedarte.

—Serán pocos días, nada más. Voy a avisarle a Matt. ¿Alguna novedad por ahí?

Estuvo a punto de mencionarle lo de Aspen y contarle que seguía adelante con la investigación. "Ya bastantes preocupaciones tiene", se dijo después.

—No. Todo tranquilo.

—Dale muchos besos a Kemal de mi parte. Y el más grande para ti.

Cuando Jeff colgó, se le acercó una enfermera.

—¿Señor Connors? El doctor Young quiere hablar con usted.

—La operación salió bien —le explicó el médico—, pero la señorita Stevens va a necesitar mucho apoyo emocional. Tal vez se sienta menos mujer. Cuando se despierte, va a tener mucho miedo. Usted tiene que hacerle entender que el miedo es algo lógico, y no hay de qué avergonzarse.

—Entiendo.

—Seguramente el miedo y la depresión se agudizarán cuando comencemos con las sesiones de rayos para detener el avance del cáncer. Eso puede ser muy traumático para ella.

Jeff pensó en todo lo que se avecinaba.

—¿La señorita Stevens tiene alguien que la cuide?

—Me tiene a mí. —Y mientras lo decía se dio cuenta de que él era la única persona en el mundo con quien Rachel podía contar.

El vuelo de Air France a Niza fue muy tranquilo. Dana encendió su computadora portátil para evaluar la información que había reunido hasta ese momento. Eran datos sugestivos, pero nada concluyentes. "Lo que necesito son pruebas", pensó. "Sin pruebas, no puedo hacer una nota. Si pudiera...".

—Lindo vuelo, ¿no?

Se volvió hacia el hombre sentado junto a ella. Era alto y atractivo, y hablaba con acento francés.

—Sí, ya lo creo.

—¿Usted ya conoce Francia?

—No. Ésta es mi primera vez.

Él sonrió.

—Ah, un viaje de placer. Es un país mágico, ya verá. —La miró con expresión sentimental, y se inclinó para hablarle más de cerca. —¿Tiene algún amigo que la lleve a pasear?

—Me esperan mi marido y mis tres hijos.

—*Dommage.* —Asintió con la cabeza, se dio vuelta y tomó su ejemplar de *France-Soir.*

Dana volvió la vista hacia la computadora. Un artículo le llamó la atención. Paul Winthrop, que había muerto en un accidente automovilístico, era fanático de las carreras de autos.

Luego de que el avión aterrizó en el aeropuerto de Niza, se dirigió a la oficina de alquiler de autos.

—Soy Dana Evans. Tengo un...

El empleado levantó la vista.

—¡Ah! Señorita Evans. Su auto está listo. —Le entregó un formulario. —Firme aquí, por favor.

"Qué buen servicio".

—Necesito un mapa del sur de Francia. ¿Por casualidad tendrá...?

—Por supuesto, *mademoiselle.* —Se fijó detrás del mostrador y eligió un mapa. —*Voilà* —dijo, y se quedó mirando marcharse a Dana.

En la torre principal de WTN, Elliot Cromwell le preguntaba a Matt:

—¿Dónde está Dana ahora?

—En Francia.

—¿Cómo marcha la investigación?

—Es muy pronto para saberlo.

—Estoy preocupado por ella. Me parece que está viajando demasiado. Hoy en día, viajar puede ser peligroso. —Vaciló un instante. —*Muy* peligroso.

El aire de Niza era frío y cortante, y Dana se preguntó cómo habría estado el tiempo el día de la muerte de Paul Winthrop. Se subió al Citroën que le habían entregado, eligió ir por la *Grande Corniche* y pasó por un sinnúmero de pintorescos pueblitos.

El accidente había ocurrido al norte de Beausoleil, en la ruta que atraviesa Roquebrune-Cap-Martin, un centro turístico a orillas del Mediterráneo.

Al acercarse al pueblo, Dana aminoró la velocidad y observó las bruscas y peligrosas curvas preguntándose en cuál de ellas habría sido el accidente. ¿Qué estaba haciendo Paul Winthrop en ese lugar? ¿Iba a encontrarse con alguien? ¿Participaba de una carrera? ¿Estaba de vacaciones? ¿Había ido por trabajo?

Roquebrune-Cap-Martin es un pueblo medieval donde hay un castillo antiguo, una iglesia, grutas históricas y espléndidas fincas que salpican el paisaje. Dana llegó hasta el centro, estacionó y empezó a caminar, buscando la comisaría. Vio a un hombre saliendo de un negocio, y le preguntó:

—Disculpe, ¿podría decirme dónde queda la seccional de policía?

—*Je ne parle pas anglais, j'ai peur de ne pouvoir vous aidez mais...*

—*Police. Police.*

—*Ah, oui.* —Señaló. —*La deuxième rue à gauche.*

—*Merci.*

—*De rien.*

La comisaría se encontraba en un viejo y decrépito edificio de paredes blancas. Un policía uniformado, de mediana edad, estaba sentado a un escritorio. Levantó la vista cuando Dana entró.

—*Bonjour, madame.*

—*Bonjour.*

—*Comment puis-je vous aider?*

—¿Habla inglés?

Él pensó un momento.

—Sí —contestó de mala gana.

—Quiero hablar con el jefe de esta dependencia.

El hombre la miró con expresión de desconcierto. Luego sonrió.

—Ah, con el comandante Frasier. *Oui.* Un momento. —Habló unos instantes por teléfono. Luego asintió con la cabeza y se volvió hacia Dana, señalando hacia el pasillo. —*La première porte.*

—Gracias. —Dana se encaminó a la primera puerta del corredor. Entró en una oficina pequeña y muy ordenada. El comandante Frasier era un hombre apuesto, de bigote fino y ojos marrones muy inquisidores. Al ver a Dana, se puso de pie.

—Buenas tardes, comandante.

—*Bonjour, mademoiselle.* ¿En qué puedo ayudarla?

—Soy Dana Evans, y estoy realizando una nota para el canal WTN, de la ciudad de Washington, sobre la familia Winthrop. Tengo entendido que Paul Winthrop murió en un accidente muy cerca de aquí.

—*Oui.* ¡Fue algo terrible! Hay que tener mucho cuidado cuando se maneja por la *Grande Corniche*. Puede ser *très dangereux.*

—Me dijeron que murió durante una carrera y...

—*Non.* Ese día no hubo ninguna carrera.

—¿Ah, no?

—*Non, mademoiselle.* Yo estaba de guardia cuando ocurrió el accidente.

—Entiendo. ¿El señor Winthrop iba solo en el auto?

—*Oui.*

—Comandante, ¿se hizo la autopsia?

—*Oui.* Por supuesto.

—¿Se encontraron rastros de alcohol en la sangre del señor Winthrop?

El policía sacudió la cabeza.

—*Non.*

—¿Drogas?

—*Non.*

—¿Recuerda cómo estaba el tiempo ese día?

—*Oui. Il pleuvait.* Llovía.

A ella le quedaba una sola pregunta pendiente, y la hizo sin ninguna esperanza.

—Supongo que no hubo testigos, ¿verdad?

—*Mais ouoi, il y en avait.*

A Dana se le aceleró el pulso.

—¿Sí los hubo?

—Uno. Iba detrás del auto de Winthrop y vio cómo ocurrió el accidente.

El corazón le brincaba dentro del pecho.

—Le agradecería mucho si me diera el nombre. Me gustaría hablar con él.

Él asintió con la cabeza.

—No creo que haya problema —dijo—. ¡Alexandre! —Un momento después, su asistente entró presuroso en la oficina.

—*Oui, Commandant?*

—*Apportez-moi le dossier de l'accident Winthrop.*

—*Tout de suite.* —El empleado se marchó.

El comandante volvió la vista a Dana.

—Una familia muy desgraciada. La vida es *très fragile.* —Miró a Dana y sonrió. —Por eso los gustos hay que dárselos en vida —agregó, esbozando una sonrisa sutil—. A propósito, ¿está sola en Francia, *mademoiselle?*

—No; vine con mi marido y mis hijos.

—*Dommage.*

El asistente regresó con una carpeta llena de papeles. El comandante los examinó, asintió con la cabeza y clavó sus ojos en Dana.

—El testigo del accidente fue un turista estadounidense, Ralph Benjamin. De acuerdo con su declaración, él iba en su auto detrás del de Paul Winthrop cuando vio que a Winthrop se le cruzaba un perro por delante. Winthrop hizo una maniobra para esquivar al perro pero el auto patinó y se precipitó por el acantilado. El informe del forense indica que murió en forma instantánea.

—¿Tiene la dirección del señor Benjamin? —preguntó ella, esperanzada.

—*Oui.* —Volvió a mirar los papeles. —Vive en los Estados Unidos. 420 Turk Street, Richfield (Utah). —Anotó la dirección en un papel y se la entregó.

Ella tuvo que hacer un esfuerzo para ocultar su excitación.

—Le agradezco mucho.

—Fue un placer. —Bajó la vista y vio que ella no llevaba anillo de casada. —Ah, *madame...*

—¿Sí?

—Deles saludos míos a su marido y sus hijos.

Llamó por teléfono a Matt.

—Matt —dijo con entusiasmo—. Encontré un testigo del accidente de Paul Winthrop. Voy a entrevistarlo.

—Qué bueno. ¿Dónde vive?

—En Richfield, estado de Utah. Pienso estar de vuelta mañana.

—Muy bien. Cambiando de tema, llamó Jeff.

—¿Y qué dijo?

—Tú sabes que está en Florida con su ex, ¿no? —Su voz tenía un dejo de desaprobación.

—Sí, claro. Ella está gravemente enferma.

—Si Jeff se queda ahí mucho tiempo más, voy a tener que pedirle que se tome una licencia especial.

—Estoy segura de que volverá pronto. —Deseaba poder creer sus propias palabras.

—Eso espero. Suerte con el testigo.

—Gracias.

Después llamó a su casa y atendió la señora Daley.

—Residencia de la señorita Evans.

—¿Cómo está, señora? ¿Cómo andan las cosas por ahí? —Dana contuvo el aliento.

—Bueno, ayer su hijo casi prende fuego a la cocina mientras me ayudaba a preparar la cena. —La mujer se rió. —Pero aparte de eso, todo sigue igual.

Dana rezó una plegaria de agradecimiento para sus adentros.

—Qué bueno. "Esta mujer realmente hace milagros".

—¿Ya vuelve a casa? Podemos esperarla con la cena y...

—Tengo que hacer una parada más. Vuelvo dentro de dos días. ¿Puedo hablar con Kemal?

—Está dormido. ¿Quiere que lo despierte?

—No, no hace falta. —Miró su reloj. En Washington eran apenas las cuatro de la tarde. —¿Kemal está durmiendo la siesta?

Oyó la risa cálida de la mujer.

—Sí. Tuvo un día muy agotador. Está estudiando y jugando como nunca.

—Mándele un beso de mi parte, y dígale que vuelvo pronto.

—Tengo que hacer una parada más. En dos días estoy de vuelta. ¿Puedo hablar con Kemal?

—Está dormido. ¿Quiere que lo despierte?

—No, no hace falta. ¿Kemal está durmiendo la siesta?

—Sí. Tuvo un día muy cansador. Está estudiando y jugando como nunca.

—Mándele un beso de mi parte, y dígale que vuelvo pronto.

Fin de la grabación.

Richfield, en el estado de Utah, es una agradable ciudad enclavada en un valle, en medio de la cadena montañosa Monroe. Dana se detuvo en una estación de servicio donde le indicaron cómo llegar a la dirección que le había dado el comandante Frasier.

Ralph Benjamin vivía en una casa baja, algo venida a menos, en la mitad de una cuadra donde todas las casas eran idénticas.

Dana estacionó el auto de alquiler, se encaminó a la puerta y tocó el timbre. Atendió una mujer madura de pelo canoso, vestida con un delantal.

—¿Sí?

—Busco al señor Ralph Benjamin.

La mujer la miró con extrañeza.

—¿Él la espera?

—No. Estaba por aquí y... pensé en pasar un momento. ¿El señor está en casa?

—Sí, pase.

—Gracias. —Entró y siguió a la mujer hasta el living.

—Ralph, hay una persona que quiere verte.

Ralph Benjamin se levantó de una mecedora y se acercó a Dana.

—¿Hola? ¿Yo la conozco a usted?

Dana se quedó petrificada. Ralph Benjamin era ciego.

CAPÍTULO 14

Dana y Matt Baker se encontraban en la sala de conferencias de WTN.

—Ralph Benjamin estaba en Francia visitando a su hijo —explicaba Dana en ese momento—. Un día le desapareció el maletín de su habitación del hotel. Apareció al día siguiente, pero le faltaba el pasaporte. Matt, el hombre que lo robó y adoptó la identidad de Benjamin y declaró ante la policía que había presenciado el accidente, fue quien asesinó a Paul Winthrop.

Matt Baker guardó silencio un buen rato, y luego dijo:

—Es hora de llamar a la policía para que investigue, Dana. Si lo que dices es cierto, estamos buscando a alguien que asesinó a seis personas a sangre fría, y no quiero que te conviertas en la número siete. Elliot también está preocupado por ti. Cree que te estás metiendo demasiado.

—Todavía no podemos llamar a la policía. Todos los hechos son circunstanciales, no tenemos pruebas, no tenemos idea de quién es el asesino, y tampoco sabemos el móvil.

—Esto me da mala espina. Se está volviendo muy peligroso, y no quiero que te pase nada.

—Yo tampoco —replicó Dana con expresión seria.

—¿Cuál será tu próximo paso?

—Averiguar qué le pasó realmente a Julie Winthrop.

* * *

—La operación fue todo un éxito.

Rachel abrió los ojos lentamente en la cama estéril y blanca del hospital, y enfocó con esfuerzo a Jeff.

—¿Me lo sacaron?

—Rachel...

—Tengo miedo de lo que puedo sentir —dijo ella, luchando por contener las lágrimas—. Ya no soy una mujer. Ningún hombre me va a querer.

Él le tomó las manos temblorosas entre las suyas.

—Te equivocas. Yo nunca te amé por tus pechos, Rachel, sino por lo que eres: un cálido y maravilloso ser humano.

Rachel logró esbozar una leve sonrisa.

—En realidad nos amábamos mucho, ¿no, Jeff?

—Sí.

—Ojalá... —Bajó la vista hacia su pecho, y el rostro se le contrajo.

—Hablaremos de eso luego.

Ella le apretó la mano más fuerte.

—No quiero quedarme sola, Jeff, por lo menos hasta que esto termine. No te vayas, por favor.

—Tengo que...

—Todavía no. No sé qué voy a hacer si te vas.

Entró una enfermera en la habitación.

—¿Nos disculpa, señor Connors?

Rachel no quería soltarle la mano a Jeff.

—No te vayas.

—Te prometo que vuelvo.

Más tarde, esa misma noche, Dana oyó que sonaba su celular y se apresuró a atender.

—Dana. —Era Jeff, y sintió un leve escalofrío cuando reconoció su voz.

—Hola, ¿cómo estás, querido?

—Bien.

—¿Y Rachel?

—La operación salió bien, pero ella está muy deprimida.

—Jeff... una mujer no se puede juzgar a sí misma por sus pechos ni...

—Ya sé, pero Rachel no es como el común de las mujeres. La han juzgado por su aspecto desde que tenía quince años, y además es una de las modelos mejor pagadas del mundo. Ahora piensa que todo eso se le acabó. Siente que es un espanto y que no tiene más motivo para vivir.

—¿Qué vas a hacer?

—Me quedo unos días más con ella para ayudarla a volver a su casa. Hablé con el médico, y me dijo que todavía está esperando los resultados de los análisis para ver si pudieron sacarle todo. Seguramente tendrán que hacerle quimioterapia.

Dana no supo qué decir.

—Te extraño —le dijo Jeff.

—Yo también, mi amor. Te compré unos regalos de Navidad.

—Guárdamelos.

—Te lo prometo.

—¿No estás agotada de tanto viajar?

—Todavía no.

—No te olvides de dejar encendido tu celular. Tengo pensado hacer algunas llamadas obscenas.

Dana sonrió.

—¿Me lo prometes?

—Te lo prometo. Cuídate mucho.

—Tú también.

Ése fue el fin de la conversación. Dana cortó y se quedó un buen rato sentada ahí, pensando en Jeff y Rachel. Luego se levantó y fue a la cocina.

—¿Quieres más panqueques, querido? —le estaba preguntando la señora Daley a Kemal.

—Sí, gracias.

Dana se quedó observándolos. En el poco tiempo que hacía desde que estaba con ellos la señora Daley, Kemal había cambiado mucho, y se lo veía tranquilo, relajado y feliz. Dana sintió una aguda punzada de celos. "Tal vez yo no sea la persona adecuada para él". Con culpa, recordó las largas jornadas que había pasado en el estudio. "Tal vez lo tendría que haber adoptado alguien como la señora Daley. Pero... ¿qué estoy diciendo? Si Kemal me quiere mucho".

Se sentó a la mesa.

—¿Todavía te gusta el colegio nuevo? —preguntó.

—Me gusta.

—Kemal —dijo, tomando la mano del niño—, tengo que salir de nuevo de viaje.

—Está bien —respondió él con indiferencia.

Dana volvió a sentir la puntada de celos.

—¿Adónde va esta vez, señorita Evans? —se interesó la señora Daley.

—A Alaska.

La mujer se quedó un momento pensativa.

—Tenga cuidado con los osos grises.

El vuelo de Washington a Juneau (Alaska) tardó nueve horas, con una escala en Seattle. Ya en el aeropuerto de Juneau, Dana se acercó al mostrador de alquiler de autos.

—Mi nombre es Dana Evans, y...

—Ah, sí, señorita. Tenemos un hermoso Land Rover para usted, en la parcela diez. Sólo tiene que firmar acá.

El empleado le entregó las llaves y Dana se dirigió al estacionamiento, que quedaba en la parte trasera del edificio. Había una docena de autos estacionados en parcelas numeradas, y ella enfiló hacia la número diez. Vio un hombre arrodillado detrás de un Land Rover blanco, arreglándole el caño de escape. Cuando ella se acercó, el hombre levantó la vista.

—Le estaba ajustando un poco el escape, no más. Ya está todo listo, señorita. —Se puso de pie.

—Gracias.

El empleado la miró alejarse.

En el sótano de un edificio gubernamental, un hombre, que observaba un mapa digital en una computadora, vio cómo el Land Rover blanco doblaba a la derecha.

—La persona se dirige a Starr Hill...

* * *

Dana se sorprendió al pasear por Juneau. A primera vista, parecía ser una gran ciudad, pero las calles angostas y serpenteantes le daban a la capital de Alaska la atmósfera pueblerina de una villa escondida en medio de un paisaje natural propio del período glaciar.

Dana se registró en la conocida Posada de la Ribera, un local ubicado en el centro de la ciudad, donde antiguamente funcionaba un burdel.

—Llegó en un muy buen momento para esquiar —le dijo el conserje—. La nieve está muy buena esta temporada. ¿Trajo esquís?

—No, yo...

—Bueno, hay un negocio de esquí justo acá al lado. Seguramente ahí puede conseguir lo que necesite.

—Gracias —respondió Dana. "Es un buen lugar para empezar". Desarmó sus valijas y fue directamente a ese negocio.

El empleado era una persona muy charlatana. En cuanto Dana entró, dijo:

—Hola, soy Chad Donohoe. Bueno, sin duda vino al lugar correcto. —Señaló unos esquís. —Acabamos de recibir estos Freeriders, unas preciosuras que aguantan golpes y saltos. —Señaló otro grupo de esquís. —Éstos de aquí son los Salomon X-Scream 9's. La gente los pide mucho. El año pasado se nos terminaron y no pudimos conseguir más. —Cuando vio la expresión impaciente del rostro de Dana, se apresuró a señalar otro grupo. —Si prefiere, tenemos el Vocal Vertigo G30 o el Atomic 10.20. —La miró expectante. —¿Cuál le gus...?

—Necesito algo de información.

Una sombra de desencanto cruzó por el rostro del vendedor.

—¿Información?

—Sí. ¿Julie Winthrop alquilaba acá sus esquís?

El hombre estudió a Dana con más detenimiento.

—Sí, de hecho usaba los mejores Volant Ti Power. Le encantaban. Fue terrible lo que le pasó allá en Eaglecrest.

—¿Era buena esquiadora?

—¿Buena? La mejor. Tenía una vitrina llena de trofeos.

—¿No sabe si estaba sola allá arriba?

—Que yo sepa, estaba sola. —Meneó la cabeza. —Lo realmente increíble es que conocía Eaglecrest como la palma de su mano. Solía esquiar ahí todos los años. A nadie se le ocurriría pensar que pudiese tener semejante accidente.

—No, a nadie se le ocurriría —coincidió Dana lentamente.

El Destacamento de Policía de Juneau quedaba a dos cuadras de la Posada de la Ribera. Dana entró en la pequeña sala de recepción y se encontró con la bandera del estado de Alaska, la de Juneau y la de Estados Unidos. Había una alfombra azul, un sofá azul y un sillón del mismo color.

—¿Qué se le ofrece? —le preguntó un oficial.

—Busco algunos datos sobre la muerte de Julie Winthrop.

El hombre frunció el entrecejo.

—La persona a la que se tiene que dirigir es Bruce Bowler, jefe del Escuadrón de Rescate con Perros. Tiene una oficina en el piso de arriba, pero en este momento no está.

—¿Sabe dónde puedo encontrarlo?

—Seguramente en el restaurante El Verdugo del Muelle —respondió el policía, consultando su reloj—, a dos cuadras de aquí, sobre la calle Marine.

—Muchas gracias.

El Verdugo del Muelle era un lugar amplio y repleto de personas que almorzaban.

—Lo siento mucho, pero en este momento no tenemos mesas libres —le dijo la recepcionista a Dana—. Va a tener que esperar unos veinte minutos si...

—Estoy buscando al señor Bruce Bowler. ¿Lo...?

La muchacha asintió con la cabeza.

—¿Bruce? Está allá, en aquella mesa.

Dana dirigió la mirada hacia donde le indicaban, y vio a un hombre de unos cuarenta años, rostro agradable y expresión austera que estaba sentado solo.

—Gracias. —Se dirigió hacia la mesa. —¿El señor Bowler?

—¿Sí? —respondió éste, levantando la vista.

—Me llamo Dana Evans, y necesito su ayuda.

—Tiene suerte —replicó él, sonriendo—. Tenemos una habitación libre. Le aviso a Judy.

Dana lo miró sin comprender.

—¿Cómo dice?

—¿No me está preguntando por El Leño Acogedor, nuestro pequeño hostal?

—No, quería hablarle sobre Julie Winthrop.

—Ah, disculpe —agregó, avergonzado—. Tome asiento, por favor. Judy y yo tenemos un pequeño hostal en las afueras del pueblo, y pensé que buscaba una habitación. ¿Ya almorzó?

—No...

—Entonces almuerce conmigo. —Su sonrisa era agradable.

—Gracias.

Cuando Dana hubo hecho su pedido, Bruce Bowler le preguntó:

—¿Qué quiere saber sobre Julie Winthrop?

—Datos sobre su muerte. ¿Existe alguna posibilidad de que no haya sido un accidente?

—¿Me está preguntando si pudo haber sido un suicidio? —preguntó el hombre, frunciendo el entrecejo.

—No. Le pregunto... si alguien pudo haberla asesinado.

Él parpadeó varias veces.

—¿Asesinado a Julie? Imposible; fue un accidente.

—¿Puede contarme qué pasó?

—Por supuesto. —Bowler pensó un momento, tratando de decidir por dónde empezar. —En estas montañas, tenemos tres tipos distintos de pistas. Están las pistas para principiantes, como Muskeg, Dolly Varden y Sourdough... Luego hay otras que son un poco más arduas: Sluice Box, Mother Lode y Sundance... Están las que son realmente difíciles: Insane, Spruce Chute, Hang Ten... Y por último, Steep Chutes, la más difícil de todas.

—¿Y Julie Winthrop iba esquiando por...?

—Steep Chutes.

—Así que era toda una experta, ¿no?

—Sin ninguna duda —replicó Bruce Bowler. Luego titubeó. —Por eso es que fue tan raro.

—¿Qué cosa?

—Bueno, todos los jueves hacemos esquí nocturno desde las cuatro de la tarde hasta las nueve de la noche. Ese jueves había un montón de esquiadores, pero a las nueve ya habían vuelto todos. Todos salvo Julie, así que salimos a buscarla. Encontramos su cuerpo en la base de Steep Chutes. Había chocado contra un árbol. Seguramente murió en forma instantánea.

Dana cerró un instante los ojos, sintiendo el espanto y el dolor de lo que había sucedido.

—Así que... así que, ¿estaba sola cuando ocurrió el accidente?

—Sí. Por lo general los esquiadores van juntos, pero a veces a los mejores les gusta hacerse notar, y se van por su lado. Tenemos un área delimitada, y todo aquel que esquíe fuera de ella lo hace bajo su propio riesgo. Julie Winthrop estaba esquiando fuera de ese límite, e iba por un sendero con mucha vegetación. Nos llevó un buen rato encontrar su cadáver.

—Señor Bowler, ¿qué hacen ustedes cuando se pierde un esquiador?

—En cuanto se da aviso de la desaparición de alguien, comenzamos una intensa búsqueda.

—¿Ah sí?

—Sí, llamamos por teléfono a sus amigos para ver si el esquiador está con ellos. Se trata de una primera búsqueda rápida, que se hace para evitarles a nuestras cuadrillas el problema de tener que buscar por todos lados a un borracho que a lo mejor está tirado inconsciente en un bar.

—¿Y si de verdad está perdido?

—Conseguimos una descripción física de la persona, información sobre sus dotes de esquiador y el lugar donde se lo vio por última vez. Siempre preguntamos si llevaba una cámara.

—¿Por qué?

—Porque si la tenía, nos da una idea de los puntos panorámicos a los que pudo haber ido. También verificamos cómo planeaba volver al pueblo, y si nuestra búsqueda no revela nada, entonces suponemos que se perdió fuera de la zona de esquí. Notificamos a la guardia civil de Alaska a cargo del escuadrón de búsquedas y rescates, y ellos ponen un helicóptero a nuestra disposición. En cada cuadrilla de rescate hay cuatro personas, y también se nos une la patrulla de aviación civil.

—Es mucha gente.

—Sin duda, pero no se olvide de que el área de esquí cubre unas trescientas hectáreas y hacemos un promedio de cuarenta búsquedas por año, la mayoría con éxito. —Bruce Bowler miró el frío cielo color pizarra por la ventana. —Ojalá ésta hubiera sido una de ellas. —Volvió a dirigirse a Dana. —De todas maneras, la patrulla de esquí hace una ronda de inspección todos los días después de que cierran los medios de elevación.

—Me contaron que Julie Winthrop estaba acostumbrada a esquiar desde la cima de Eaglecrest.

—Es cierto —confirmó el hombre, asintiendo con la cabeza—, pero eso no es una garantía. Puede nublarse, uno puede desorientarse o simplemente tener mala suerte. La pobre señorita Winthrop tuvo mala suerte.

—¿Cómo encontraron su cuerpo?

—Lo encontró Mayday.

—¿Mayday?

—El mejor perro que tenemos. La patrulla de esquí trabaja con labradores y ovejeros negros. Son unos animales increíbles: olfatean a favor del viento hasta que identifican un rastro humano; luego van hasta el límite de la zona donde lo percibieron y recorren el lugar de un lado a otro. Ese día, enviamos un bombardero al lugar del accidente y cuando...

—¿Un bombardero?

—Me refiero a nuestra máquina para la nieve. Trajimos el cadáver de Julie Winthrop en una pala para transportar leña. Los tres médicos que vinieron en la ambulancia le hicieron un electrocardiograma, sacaron fotografías y llamaron a una casa de servicios fúnebres. Luego llevaron el cuerpo al Hospital Regional de Bartlett.

—¿Y nadie sabe cómo se produjo el accidente?

—Lo único que sabemos es que chocó contra un abeto gigante y maléfico —replicó, encogiéndose de hombros—. Yo lo vi, y no era un espectáculo muy agradable.

Dana se quedó mirándolo un momento.

—¿Sería posible que yo subiera a la cima de Eaglecrest?

—¿Por qué no? Terminamos de almorzar, y yo mismo la llevo.

Fueron en jeep hasta el refugio de dos pisos que había al pie de la montaña.

—Éste es el lugar donde nos encontramos para planificar los operativos de búsqueda y rescate —le explicó Bowler a Dana—. Traemos equipos de esquí alquilados, y tenemos instructores para los que quieren. Vamos a tomar esta aerosilla para subir.

Subieron a la aerosilla Ptarmigan y se dirigieron a la cima de Eaglecrest. Dana tiritaba.

—Tendría que haberle advertido que para este tipo de clima, hay que ponerse prendas de propileno, calzas bajo los pantalones, y varias capas de ropa.

—Lo tendré en cu... cuenta —respondió ella.

—Ésta es la aerosilla que usó Julie Winthrop. Llevaba su mochila.

—¿Una mochila?

—Sí. Las mochilas contienen una pala para avalanchas, una baliza cuya luz se divisa desde unos cincuenta metros de distancia y un bastón para probar la nieve. —Suspiró. —Por supuesto, nada de esto sirve si uno se estrella contra un árbol.

Se estaban aproximando a la cima. Cuando llegaron a la plataforma y bajaron cuidadosamente de sus sillas, los saludó un hombre.

—¿Qué te trae por acá, Bruce? ¿Se perdió alguien?

—No, vine a mostrarle el paisaje a una amiga, no más. Te presento a la señorita Evans.

Luego de saludarlo, Dana miró alrededor. Había un refugio casi perdido entre las densas nubes. "¿Julie Winthrop habría entrado ahí antes de salir a esquiar? ¿La habría estado siguiendo alguien? ¿Alguien que planeaba matarla?".

—Este lugar, Ptarmigan, es la cima de la montaña —le explicó Bowler—. Desde aquí se baja todo el tiempo en pendiente.

Dana se dio vuelta para mirar el implacable terreno allá abajo, a lo lejos, y se estremeció.

—Parece que tiene frío, señorita. Mejor bajemos.

—Gracias.

Acababa de llegar a la Posada de la Ribera cuando alguien llamó a su puerta. Dana abrió, y se encontró con un hombre fornido, de tez pálida.

—¿La señorita Evans?

—Sí.

—Ah, mucho gusto. Me llamo Nicholas Verdun, y trabajo en el diario *Juneau Empire*.

—¿Sí...?

—Tengo entendido que está investigando la muerte de Julie Winthrop, y nos gustaría escribir un artículo sobre el tema.

Dana oyó una alarma en su interior.

—Creo que está equivocado. No estoy haciendo ninguna investigación.

El hombre la miró con escepticismo.

—Me dijeron...

—Estamos haciendo un programa sobre el esquí en el mundo, y ésta es sólo una escala.

El hombre se quedó un momento sin saber qué decir.

—Ya veo. Bueno, disculpe la molestia.

Cuando se fue, Dana se preguntó: "¿Cómo sabe lo que vine a hacer?" Entonces llamó por teléfono al *Juneau Empire*.

—Hola. Quisiera hablar con un periodista que trabaja ahí, Nicholas Verdun... —Escuchó un momento. —¿No hay nadie con ese nombre? Ya veo. Gracias.

Diez minutos tardó en hacer sus maletas. "Tengo que irme de acá y buscar otro lugar". De pronto recordó: "¿No me está preguntando por El Leño Acogedor, nuestro pequeño hostal? Tiene suerte. Tenemos una habitación libre". Bajó entonces a la recepción a pagar. El conserje le indicó dónde quedaba el hostal y le dibujó un mapita.

En el sótano del edificio gubernamental, el hombre que observaba el mapa digital en la computadora dijo: "La persona se está alejando del centro de la ciudad en dirección al oeste".

El hostal El Leño Acogedor era una pulcra cabaña de troncos de un solo piso que quedaba a media hora de camino del centro de Juneau. "Perfecto". Dana tocó el timbre, y una mujer atractiva y alegre, de unos treinta años, abrió la puerta.

—Hola, ¿en qué puedo ayudarla?

—Hablé con su marido hoy, y mencionó que tenían una habitación disponible.

—Sí, claro que sí. Me llamo Judy Bowler.

—Dana Evans.

—Pase.

Dana entró y miró alrededor. El hostal constaba de una sala amplia y cómoda con un hogar de piedra, un comedor para los huéspedes y dos habitaciones con baño privado.

—La cocinera acá soy yo —informó Judy—, y la comida es muy rica.

—Tengo muchas ganas de probarla —respondió Dana, sonriendo con calidez.

Judy Bowler la condujo a su habitación, que tenía un aspecto limpio y hogareño, y allí Dana desarmó sus maletas.

Había otra pareja hospedada en el hostal, y conversaron sobre temas triviales. Ninguno reconoció a Dana.

Después de almorzar, Dana volvió al pueblo y fue al bar del Hotel Cliff House, donde pidió un trago. Todos los empleados tenían la piel bronceada y aspecto saludable. "Por supuesto".

—Lindo día —le comentó al muchacho rubio que atendía la barra.

—Sí, un tiempo excelente para esquiar.

—¿Sueles esquiar mucho?

—Siempre que puedo hacerme un ratito... —respondió él, sonriendo.

—Para mí es demasiado peligroso —siguió diciendo Dana con un suspiro—. Hace unos meses, una amiga mía se mató en estos parajes.

Él dejó el vaso que estaba limpiando.

—¿Se mató?

—Sí, se llamaba Julie Winthrop.

La expresión del joven se nubló.

—Solía venir por acá. Era una mujer muy agradable.

—Oí decir que no fue un accidente —susurró ella, inclinándose hacia adelante.

—¿A qué se refiere? —preguntó el joven con los ojos muy abiertos.

—Se dice que la asesinaron.

—¿Que la asesinaron? No es posible. Fue un accidente.

Veinte minutos después, Dana conversaba con el barman del Hotel Prospector.

—Lindo día.

—Sí, buen tiempo para esquiar —convino el hombre.

—Para mí es demasiado peligroso —replicó ella, meneando la cabeza—. Una amiga mía se mató esquiando acá. Quizá la conoció. Se llamaba Julie Winthrop.

—Ah, sí, claro. Me gustaba mucho porque no se daba aires como otra gente. Tenía los pies bien puestos sobre la tierra.

—Oí decir que su muerte no fue un accidente —comentó Dana, inclinándose hacia adelante.

La expresión del rostro del hombre cambió.

—Sé muy bien que no fue así —confirmó, bajando la voz.

A Dana se le aceleró el corazón.

—¿En serio?

—Por supuesto. —Se inclinó hacia delante en forma misteriosa. —Esos malditos marcianos...

Estaba en la cima de la montaña Ptarmigan con sus esquís, y sentía los latigazos del viento. Miró hacia abajo, allá a lo lejos donde se extendía el valle, tratando de decidir si volvía o no, cuando de pronto sintió que la empujaban desde atrás y se precipitaba por la pendiente, cada vez más rápido, en dirección a un árbol enorme. Cuando ya estaba por estrellarse, se despertó gritando.

Dana se sentó en la cama, temblando. "¿Sería eso lo que le había ocurrido a Julie Winthrop? ¿Quién la había empujado hacia la muerte?"

Elliot Cromwell estaba impaciente.

—Matt, ¿cuándo diablos vuelve Jeff Connors? Lo necesitamos.

—Pronto. Se mantiene en contacto.

—¿Y Dana?

—Está en Alaska, Elliot. ¿Por qué?

—Me gustaría que volviera. Ha bajado el nivel de audiencia de nuestro noticiario de la noche.

Matt Baker lo miró, preguntándose si sería eso lo que verdaderamente preocupaba a Elliot Cromwell.

A la mañana, Dana se vistió y volvió al centro del pueblo.

En el aeropuerto, mientras esperaba que anunciaran su vuelo, notó que un hombre sentado en un rincón la miraba de vez en cuando. Su aspecto le resultaba extrañamente familiar. Tenía un traje gris oscuro, y le hacía acordar a alguien. Entonces Dana hizo memoria: sí, le hacía acordar a otro hombre en el aeropuerto de Aspen, que también tenía puesto un traje gris oscuro. Pero no fue la ropa la que generó el recuerdo, sino algo en su manera de actuar. Ambos tenían un desagradable aire arrogante. El hombre la observaba con una expresión casi rayana en el desprecio. Dana sintió un escalofrío.

Cuando hubo subido al avión, el hombre hizo una llamada con su teléfono celular y salió del aeropuerto.

CAPÍTULO 15

Cuando Dana volvió a su casa, se encontró con un hermoso arbolito de Navidad comprado y decorado por la señora Daley.

—Mire este adorno —le dijo la mujer con orgullo—. Lo hizo Kemal con sus propias manos.

En la casa de al lado, alguien estaba observando la escena en su televisor.

—La quiero mucho, señora Daley —dijo Dana, dándole un beso en la mejilla.

La anciana se ruborizó.

—Oh, tanto agradecimiento por nada.

—¿Dónde está Kemal?

—En su cuarto. Hay dos mensajes para usted, señorita. Tiene que llamar a la señora de Hudson; le dejé el número sobre su cómoda. Y también llamó su mamá.

—Gracias.

Cuando Dana entró en el estudio, vio a Kemal sentado frente a la computadora. El niño levantó la vista.

—Ah, volviste.

—Volví.

—Qué suerte. Esperaba que estuvieras acá para Navidad.

—Por supuesto —respondió Dana, abrazándolo—. No me lo hubiera perdido por nada del mundo. ¿Cómo lo estás pasando?

—Genial.

Bien.

—¿Te gusta la señora Daley?

—Sí, es muy buena.

—Lo sé. Bueno, tengo que hacer unos llamados. Ahora vuelvo.

"Primero las malas noticias", pensó Dana, y llamó a su madre. No le hablaba desde el incidente en Westport. "¿Cómo había podido casarse con un hombre como ése?" El teléfono llamó unas cuantas veces; luego apareció la voz grabada de la madre en el contestador: "En este momento no estamos en casa, pero si nos deja un mensaje después de la señal, lo llamaremos".

Dana esperó un momento, y luego dijo:

—Feliz Navidad, mamá. —Y colgó.

A continuación llamó a Pamela Hudson.

—Dana, qué suerte que volvió. Vimos en el noticiario que Jeff está de licencia, pero Roger y yo invitamos a unos amigos mañana, a una cena temprana de Navidad, y nos gustaría que viniera con Kemal. No me diga que tiene otros planes.

—No, en realidad no. Además nos encantaría ir. Gracias, Pamela.

—Excelente. Los esperamos a las cinco, con ropa informal. —Hizo una pausa. —¿Cómo van las cosas?

—No sé —respondió Dana con franqueza—. Ni siquiera sé si van a alguna parte.

—Bueno, por ahora olvídese de todo y descanse un poco. Nos vemos mañana.

Cuando Dana y Kemal llegaron a casa de los Hudson en Nochebuena, los recibió Cesar en la puerta. Su rostro se iluminó al ver a Dana.

—¡Señorita Evans! ¡Qué gusto verla! —Le sonrió a Kemal. —Y a usted también, señor Kemal.

—Hola, Cesar —lo saludó el niño.

Dana le entregó un paquete envuelto en papel brillante.

—Feliz Navidad, Cesar.

—No sé qué... —Tartamudeaba. —Yo no... ¡Muy amable, señorita Evans!

El gigante bondadoso —como lo llamaba Dana para sus adentros— estaba sonrojado. Luego ella le entregó dos paquetes más.

—Éstos son para el señor Hudson y la señora.

—Sí, señorita Evans. Los voy a poner debajo del árbol. El señor y la señora están en la sala. —Los llevó hasta ahí.

—¡Ya llegaron! —exclamó Pamela al verlos—. Qué suerte que pudieron venir.

—Nosotros también estamos muy contentos —le aseguró Dana.

Pamela estaba observando el brazo derecho de Kemal.

—Dana, Kemal tiene un... ¡es fantástico!

—¿No es cierto? —respondió Dana, con una amplia sonrisa—. Regalo de mi jefe, un gran tipo. Creo que a Kemal le cambió la vida por completo.

—No se imagina lo feliz que me pone.

Roger asintió con la cabeza.

—Felicitaciones, Kemal.

—Gracias, señor Hudson.

—Antes de que lleguen los demás invitados —le dijo Roger a Dana— quería comentarle algo. ¿Recuerda que le dije que Taylor Winthrop les había contado a unos amigos que se había retirado de la vida pública y después fue embajador en Rusia?

—Sí. Supongo que el Presidente lo habrá presionado...

—Eso es lo que pensé. Pero parece ser que fue Winthrop quien presionó al Presidente para que éste lo nombrara embajador. El asunto es... ¿por qué?

Comenzaron a llegar los demás invitados —sólo doce personas más—, y la velada fue cálida y festiva.

Después de los postres, pasaron a la sala. Frente a la chimenea, había un gran árbol de Navidad con regalos para todos, pero Kemal fue el más beneficiado, pues recibió juegos electrónicos, patines, un pulóver, guantes y videocasetes.

El tiempo pasó rápidamente. Después del estrés de los últimos días, la alegría de estar con gente tan cariñosa era inmensa. "Qué pena que no esté Jeff".

Dana Evans estaba sentada en el sitio del conductor del programa, esperando que comenzara el noticiario de las once. A su lado se hallaba la persona que compartía la conducción —Richard Melton—, y Maury Falstein estaba sentado en el asiento que por lo general ocupaba Jeff. Dana trató de no pensar en eso.

—Te extraño cuando te vas —le decía en ese momento Richard Melton.

—Gracias, Richard. Yo también te extraño —respondió, sonriendo.

—Estuviste mucho tiempo afuera. ¿Está todo bien?

—Sí, todo bien.

—¿Quieres que después vayamos a comer algo?

—Primero tengo que pasar a ver a Kemal.

—Nos podemos encontrar en alguna parte.

"Nos tenemos que encontrar en algún otro lugar, porque creo que me están vigilando. El sector de aves en el zoológico".

—Dicen que estás preparando una nota muy importante —continuó Melton—. ¿Por qué no me cuentas?

—Todavía no hay nada que contar, Richard.

—Me contó un pajarito que a Cromwell no le gusta mucho que te vayas por tanto tiempo. Espero que no tengas problemas con él.

"Déjame que te dé un consejo: no busques problemas porque los vas a encontrar. Te lo advierto". Le resultaba difícil concentrarse en lo que Richard le decía.

—Le encanta despedir a empleados —decía Melton.

"Bill Kelly desapareció el día después del incendio. No pagó la cuenta: desapareció así no más".

—Te juro que no quiero trabajar con otra conductora —seguía diciendo Richard.

"Hubo un turista norteamericano que presenció el accidente: Ralph Benjamin. Un ciego".

—Cinco... cuatro... tres... dos... —Anastasia Mann le hizo una seña a Dana con el dedo. La luz roja de la cámara se encendió.

Resonó la voz del locutor:

—A continuación las noticias de las once, presentadas por Dana Evans y Richard Melton.

Dana le sonrió a la cámara.

—Buenas noches. Soy Dana Evans.

—Y yo, Richard Melton.

Estaban de nuevo en el aire.

—En Arlington, tres alumnos de la Escuela Secundaria de Wilson fueron detenidos hoy luego de que la policía registrara sus armarios y encontrara doscientos gramos de marihuana y diversas armas, incluso una pistola robada. Holly Rapp nos cuenta los detalles.

Segmento grabado.

"No tenemos muchos robos de obras de arte, y el modus operandi es siempre el mismo. Éste es diferente".

Al terminar la transmisión, Richard miró a Dana.

—¿Nos encontramos más tarde?

—Hoy no, Richard. Tengo cosas que hacer.

—De acuerdo. —Se puso de pie. Dana tuvo la impresión de que quería preguntarle por Jeff, pero sólo agregó: —Hasta mañana.

Dana también se paró.

—Hasta mañana a todos —dijo.

Salió del estudio y fue a su oficina. Se sentó, encendió su computadora, se conectó a Internet y comenzó a buscar de nuevo entre la gran cantidad de artículos sobre Taylor Winthrop. En uno de sus sitios, encontró una noticia sobre Marcel Falcon, un funcionario del gobierno francés que había sido embajador en la OTAN. Decía allí que Marcel Falcon estaba negociando un acuerdo comercial con Taylor Winthrop, pero que en medio de las tratativas, había renunciado a su cargo en el gobierno y se había jubilado. "¿En medio de una negociación oficial? ¿Qué pudo haber pasado?"

Probó suerte en otros sitios, pero no encontró más información sobre Marcel Falcon. "Qué raro. Esto tengo que investigarlo", decidió.

* * *

Cuando terminó, ya eran las dos de la madrugada. Demasiado temprano para llamar por teléfono a Europa, así que volvió a su departamento. La señora Daley la estaba esperando despierta.

—Perdón por llegar tan tarde —se disculpó Dana—. Es que...

—No hay problema. Vi su noticiario hoy. Estuvo excelente, señorita Evans, como siempre.

—Gracias.

—Pero ojalá las noticias no fueran tan espantosas —opinó la mujer con un suspiro—. ¿En qué clase de mundo vivimos?

—Buena pregunta. ¿Cómo está Kemal?

—El indiecito está bien. Dejé que me ganara jugando a las damas.

Dana sonrió.

—Bien. Gracias, señora Daley. Si quiere venir tarde mañana...

—No, no. Vuelvo temprano a prepararlos para irse al colegio y al trabajo.

"Esta mujer es oro en polvo", pensó Dana, agradecida. Sonó su teléfono celular y se apresuró a atender.

—¿Jeff?

—Feliz Navidad, mi amor. —Su voz le acarició el cuerpo. —¿Estoy llamando demasiado tarde?

—Nunca es demasiado tarde. Cuéntame sobre Rachel.

—Volvió a casa.

Querrá decir que volvió a la casa de ella.

—Una enfermera la cuida, pero Rachel dejará que se quede sólo hasta mañana.

—¿Y después? —preguntó Dana muy a su pesar.

—Los resultados de los análisis indican que el cáncer se ha extendido. Rachel no quiere que me vaya todavía.

—Ya veo. No quiero parecer egoísta, pero ¿no hay nadie más que...?

—No tiene a nadie, cariño. Está completamente sola y aterrada. No quiere que se quede nadie más. Realmente no sé lo que haría si me voy.

Y yo no sé lo que voy a hacer si te quedas.

—Quieren comenzar de inmediato con la quimioterapia.

—¿Cuánto tiempo llevará?

—Necesitará una sesión cada veinte días, durante cuatro meses.

Cuatro meses.

—Matt me pidió que tomara licencia. Lamento todo esto, querida.

"¿Qué quiso decir? ¿Que lamenta lo de su trabajo, que lamenta lo de Rachel? ¿O acaso que se nos está arruinando la vida? ¿Cómo puedo ser tan egoísta?" se preguntó Dana. "A lo mejor la mujer se está muriendo".

—Yo también lo lamento —dijo al fin—. Espero que todo salga bien. —"¿Que salga bien para quién? ¿Para Rachel y Jeff? ¿Para Jeff y para mí?".

Cuando Jeff cortó, levantó la vista y vio a Rachel ahí cerca. Tenía puesto un camisón y una bata. Estaba hermosa, e irradiaba una luz casi translúcida.

—¿Era Dana?

—Sí.

—Pobrecito —dijo ella, acercándosele—. Me imagino cuánto los está afectando esto a los dos, pero... jamás hubiera podido sobrellevarlo sin ti. Te necesitaba, Jeff, y aún te necesito.

A la mañana siguiente, Dana llegó temprano a su oficina y volvió a conectarse a Internet. Dos notas le llamaron la atención: separadas, eran insignificantes, pero juntas dejaban entrever algo misterioso.

La primera de ellas decía: "Vincent Mancino, el ministro italiano de Comercio, ha renunciado sorpresivamente en medio de las negociaciones por un contrato comercial con Taylor Winthrop, el representante de los Estados Unidos. Asumió en su lugar su asistente, Ivo Vale".

La segunda nota decía: "Taylor Winthrop, asesor especial en la OTAN, Bruselas, ha solicitado ser reemplazado, y regresó a Washington".

Marcel Falcon había renunciado, Vincent Mancino también, y Taylor Winthrop se había marchado de improviso. ¿Simple coincidencia?

Dos problemas acababan de salir a la luz. Interesante.

El primer llamado que hizo fue a Dominick Romano, que trabajaba para la red Italia 1, de Roma.

—¿Dominick? Habla Dana Evans.

—¡Dana! ¡Qué linda sorpresa! ¿Qué sucede?

—Voy a viajar a Roma, y me gustaría hablar contigo.

—*Bene!* ¿Hablar de qué?

Dana dudó un instante.

—Prefiero discutirlo personalmente.

—¿Cuándo llegas?

—El sábado.

—Tendré lista la pasta rellena.

A continuación llamó a Jean Somville, que estaba trabajando en Bruselas, en la central de prensa de la OTAN, situada en la calle Des Chapeliers.

—¿Jean? Habla Dana Evans.

—¡Dana! No nos vemos desde Sarajevo. Qué tiempos aquéllos... ¿Vas a volver allí?

—No, si puedo evitarlo —respondió ella con una mueca.

—¿En qué puedo ayudarte, *chérie?*

—Voy a Bruselas uno de estos días. ¿Vas a estar en la ciudad?

—¿Para ti? Por supuesto. ¿Pasa algo especial?

—No —se apresuró a decir Dana.

—Ah, vienes de paseo, nada más. —Su voz tenía un dejo de escepticismo.

—Algo así.

Él largó una carcajada.

—Te espero. *Au revoir.*

—*Au revoir.*

* * *

190

—Matt Baker quiere verla.

—Dígale que enseguida voy, Olivia.

Dos llamados más, y Dana se dirigió a la oficina de Matt. Él fue directamente al grano.

—Creo que dimos con algo. Anoche oí algo que puede conducirnos a lo que estamos buscando.

Dana sintió que se le aceleraba el corazón.

—¿Qué?

—Hay un hombre llamado... —Consultó un papel que había sobre su escritorio. —Dieter Zander, en Dusseldorf. Estaba metido en algún negocio con Taylor Winthrop.

Dana escuchaba con atención.

—No sé la historia entera, pero parece que pasó algo muy malo entre los dos. Tuvieron un violento enfrentamiento, y Zander juró matar a Winthrop. Convendría que lo verificaras.

—Sin duda. Lo hago enseguida, Matt.

Siguieron hablando unos minutos más, y Dana se fue.

"¿Cómo puedo averiguar más sobre esto?" De pronto se acordó de Jack Stone y la AFI. "Quizás él sepa algo". Buscó el número personal que le había dado y lo llamó.

—Habla Jack Stone —dijo su voz en el teléfono.

—Hola, habla Dana Evans.

—Hola, señorita Evans. ¿En qué puedo ayudarla?

—Estoy tratando de averiguar algo sobre un hombre llamado Zander, que vive en Dusseldorf.

—¿Dieter Zander?

—Sí, ¿lo conoce?

—Sí, sabemos quién es.

A Dana no le pasó inadvertido el "sabemos".

—¿Puede decirme algo sobre él?

—¿Es en relación con Taylor Winthrop?

—Sí.

—Taylor Winthrop y Dieter Zander eran socios en un negocio. A Zander lo metieron preso por unos manejos sucios con ciertas acciones, y mientras estaba en la cárcel, se incendió su casa y murieron su esposa y sus tres hijos. Él culpa a Taylor Winthrop por lo ocurrido.

"Y Taylor Winthrop y su esposa habían muerto en un incendio". Dana escuchaba paralizada.

—¿Zander todavía está en la cárcel?

—No, creo que salió el año pasado. ¿Algo más?

—No, muchas, muchísimas gracias.

—Esto queda entre nosotros.

—Por supuesto.

La comunicación se cortó.

"Ahora tengo tres posibilidades", pensó Dana.

"Dieter Zander, en Dusseldorf.

Vincent Mancino, en Roma.

Marcel Falcon, en Bruselas.

Iré primero a Dusseldorf".

—La señora Hudson por la línea tres —anunció Olivia.

—Gracias. —Dana levantó el tubo. —¿Pamela?

—Hola, Dana. Sé que te parecerá muy a último momento, pero un amigo nuestro acaba de llegar a la ciudad, y con Roger le estamos organizando una pequeña fiesta para el miércoles. Sé que Jeff todavía no volvió, pero nos encantaría que vinieras tú. ¿Estás ocupada?

—Lamentablemente, sí. Salgo para Dusseldorf mañana.

—Ah, qué lástima.

—Además, Pamela...

—¿Sí?

—Puede que Jeff no vuelva durante un tiempo.

Se produjo un silencio.

—Espero que todo esté bien.

—Sí, por supuesto. —"Tiene que estar bien".

CAPÍTULO 16

Esa noche, en el aeropuerto de Dulles, Dana tomó un jet de Lufthansa con destino a Dusseldorf. Previamente había llamado a Steffan Mueller, que trabajaba en la Red Kabel, para avisarle que viajaba allá. No podía dejar de pensar en lo que le había dicho Matt Baker. "Si Dieter Zander culpaba a Taylor Winthrop de...".

—*Guten Abend. Ich heisse Herman Friedrich. Ist es das ersten mal das Sie Deutschland besuchen?*

Dana se volvió hacia su compañero de asiento, un hombre de unos cincuenta años, aspecto pulcro, un parche en el ojo y un tupido bigote.

—Buenas noches —respondió.

—Ah, ¿es norteamericana?

—Sí.

—Mucha gente de su país viaja a Dusseldorf. Es una hermosa ciudad.

—Así me han dicho. —"Y su familia había muerto en un accidente".

—¿Es su primera visita?

—Sí. —"¿Podría haber sido una coincidencia?".

—Dusseldorf es hermosa, muy hermosa. Está dividida en dos por el río Rin, como seguramente sabe. La parte más antigua está sobre la margen derecha.

"Stephen Mueller puede contarme más acerca de Dieter Zander".

—... y la parte moderna sobre la margen izquierda. Ambas se comunican por medio de cinco puentes. —Herman Friedrich se le acercó un poco más. —¿Por casualidad va a Dusseldorf a visitar amigos?

"Ahora empiezo a verle algo de sentido".

Friedrich se inclinó un poco más hacia ella.

—Si está sola, conozco un...

—¿Qué? No, no; voy a encontrarme con mi marido.

La sonrisa de Herman Friedrich se desvaneció.

—*Gut. Er ist ein glücklicher Mann.*

Frente al Aeropuerto Internacional de Dusseldorf había una hilera de taxis, y Dana tomó uno para ir al Breidenbacher Hof. Era un elegante hotel antiguo ubicado en el centro de la ciudad, con una recepción muy ornamentada.

—La estábamos esperando, señorita Evans —la recibió el conserje—. Bienvenida a Dusseldorf.

—Gracias. —Dana firmó el registro.

El hombre tomó el teléfono y llamó a alguien.

—*Der Raum sollte betriebsbereit sein. Hast.* —Colgó y se dirigió a Dana: —Le pido mil disculpas, señorita, pero su habitación aún no está lista. Por favor, acepte nuestra invitación a comer algo, y la llamo no bien la empleada termine de limpiarla.

—De acuerdo.

—Si me permite, la acompaño al comedor.

Arriba, en la habitación de Dana, dos expertos en electrónica estaban instalando una cámara dentro de un reloj de pared.

Media hora después, Dana desarmaba las maletas en su cuarto. Su primer llamado telefónico fue a la Red Kabel.

—Ya estoy acá, Steffan —anunció.

—¡Dana! No creí que fueras a venir. ¿Qué planes tienes para esta noche?

—Pensaba cenar contigo.

—Por supuesto. Vamos a Im Schiffchen. ¿A las ocho te parece bien?

—Perfecto.

Estaba ya vestida y a punto de salir de la habitación, cuando sonó su teléfono celular. Se apresuró a sacarlo de la cartera.

—¿Hola?

—Hola, mi amor, ¿cómo estás?

—Bien, Jeff.

—¿Y dónde te encuentras?

—En Dusseldorf... Alemania. Creo que por fin tengo una pista.

—Dana, ten cuidado. Ay Dios, cómo me gustaría estar contigo.

"A mí también", pensó ella.

—¿Cómo está Rachel?

—Las sesiones de quimioterapia la dejan exhausta. Es bastante arduo.

—¿Se va a...? —No pudo terminar la frase.

—Es demasiado pronto para saber. Si la quimioterapia da resultado, tiene muchas posibilidades de entrar en etapa de remisión.

—Jeff, por favor dile cuánto lo siento.

—Te lo prometo. ¿Puedo hacer algo por ti?

—No, gracias, estoy bien.

—Te llamo mañana. Sólo quería decirte que te amo, querida.

—Yo también te quiero, Jeff. Hasta luego.

—Adiós.

Rachel salió en ese momento de su cuarto. Traía puesto un salto de cama, chinelas y una toalla alrededor de la cabeza.

—¿Cómo está Dana?

—Muy bien. Me pidió que te dijera que lo siente mucho.

—Está muy enamorada de ti.

—Y yo de ella.

Rachel se le acercó.

—Tú y yo estábamos enamorados, ¿no, Jeff? ¿Qué pasó?

Él se encogió de hombros.

—Pasó la vida, o mejor dicho, "las vidas", porque vivíamos vidas separadas.

—Yo estaba muy ocupada con mi carrera de modelo —dijo ella, tratando de contener las lágrimas—, pero eso ya se acabó para mí.

Jeff le pasó el brazo por los hombros.

—Rachel, te vas a componer. La quimioterapia va a funcionar.

—Lo sé. Gracias por estar acá conmigo, querido. No podría haber enfrentado esto sola. No sé que haría sin ti.

Jeff no supo qué contestarle.

Im Schiffchen era un elegante restaurante ubicado en un sector de Dusseldorf que se había puesto de moda. Steffan Mueller entró y sonrió ampliamente al ver a Dana.

—¡Dana! *Mein Gott!* La última vez que te vi fue en Sarajevo.

—Parece que hace siglos, ¿no?

—¿Qué estás haciendo por acá? ¿Viniste por el festival?

—No, Steffan. Alguien me pidió que hiciera unas averiguaciones sobre un amigo suyo.

En ese momento, se les acercó un camarero, y pidieron un aperitivo.

—¿Quién es ese amigo?

—Se llama Dieter Zander. ¿Oíste hablar de él?

—Todos han oído hablar de él —aseguró Mueller, asintiendo con la cabeza—. Es todo un personaje. Estuvo envuelto en un gran escándalo. Es millonario, pero bastante tonto, porque estafó a unos accionistas y lo pescaron. Tendrían que haberle dado una condena de veinte años, pero movió unos hilos y lo soltaron en tres. Dice que es inocente.

Dana lo estudiaba con detenimiento.

—¿Y lo es?

—¿Quién sabe? En el juicio declaró que Taylor Winthrop lo había estafado, pues le había robado millones de dólares.

Fue un juicio muy interesante. Según Dieter Zander, Taylor Winthrop le ofreció ser socio suyo en una mina de zinc, que se suponía valía miles de millones. Winthrop lo usó como testaferro, y Zander vendió acciones por millones de dólares, pero resultó ser que la mina estaba muerta.

—¿Muerta?

—Que no había zinc. Entonces Winthrop se quedó con el dinero y Zander cargó con la culpa.

—¿El jurado no creyó la historia de Zander?

—Si hubiera acusado a cualquiera menos a Taylor Winthrop, le habrían creído, pero Winthrop es una especie de semidiós. —Steffan la miró con curiosidad. —¿Por qué te interesa tanto este asunto?

—Como te dije, un amigo mío me pidió que averiguara sobre Zander —replicó Dana, evasiva.

Era hora de pedir la comida.

La cena resultó deliciosa. Cuando terminaron, dijo Dana:

—Mañana me voy a arrepentir con toda el alma, pero valió la pena hasta el último bocado.

Cuando Steffan la dejó en el hotel, le dijo:

—¿Sabías que el oso de peluche fue inventado acá en Alemania por una mujer llamada Margarete Steiff? El simpático animalito se hizo popular en todo el mundo.

Dana lo escuchaba, preguntándose adónde quería llegar.

—Acá en Alemania también tenemos osos de verdad, Dana, y son peligrosos. Cuando te encuentres con Dieter Zander, ten cuidado. Parece un osito de peluche, pero no lo es. Es un oso de verdad.

La compañía Electrónica Internacional Zander ocupaba un gran edificio en los suburbios industriales de Dusseldorf. Dana se acercó a una de las tres recepcionistas que había en el atestado hall de entrada.

—Quiero ver al señor Zander.

—¿Tiene una entrevista?

—Sí, soy Dana Evans.

—*Gerade ein Moment, bitte.* —La recepcionista habló por teléfono y luego miró a Dana. —Señorita, ¿cuándo concertó la entrevista?

—Hace varios días —mintió Dana.

—*Es tut mir leid.* Su secretaria no la tiene asentada. —Volvió a hablar por teléfono y después colgó. —Es imposible ver al señor Zander sin concertar previamente una hora.

La recepcionista se volvió para hablar con un mensajero que tenía al lado. En ese momento, un grupo de empleados entraba en el hall. Dana entonces aprovechó, se alejó del escritorio y consiguió ubicarse en medio del grupo, y todos subieron al ascensor.

En cuanto se puso en movimiento, Dana exclamó:

—Ay, Dios, me olvidé en qué piso está el señor Zander.

—*Vier* —respondió una de las mujeres.

—*Danke.* —Dana se bajó en el cuarto piso y se acercó a una joven sentada detrás de un escritorio. —Vengo a ver al señor Dieter Zander. Me llamo Dana Evans.

—Pero usted no tiene una entrevista, señorita —contestó la joven frunciendo el entrecejo.

Dana se inclinó hacia ella y le dijo en voz baja:

—Dígale al señor Zander que, a menos que me reciba, voy a hacer un programa nacional de televisión en los Estados Unidos sobre él y su familia, y que le conviene recibirme *ya mismo*.

La secretaria la miraba consternada.

—Un momento. *Bitte* —dijo. Se levantó, abrió una puerta que decía PRIVAT y entró.

Dana paseó la vista por la sala de recepción. En las paredes había fotos de las fábricas de Electrónica Zander del mundo entero. La empresa tenía sucursales en Estados Unidos, Francia, Italia... *Países donde habían ocurrido los asesinatos de la familia Winthrop.*

Un minuto después, la secretaria volvió a salir.

—El señor Zander la va a recibir —anunció dejando entrever su desagrado—, pero sólo tiene unos minutos. Esto es... sumamente desusado.

—Gracias.

La joven acompañó a Dana a una amplia oficina con paredes revestidas en madera.

—Ésta es la señorita Evans.

Dieter Zander estaba sentado a un enorme escritorio. Tenía unos sesenta años, y era un hombre robusto, de rostro amable y ojos color castaño claro. Dana se acordó del comentario de Steffan sobre los ositos de peluche.

El hombre miró a Dana y le dijo:

—Me resulta conocida. Era la corresponsal en Sarajevo, ¿no?

—Sí.

—No entiendo qué quiere conmigo. Dice mi secretaria que le mencionó a mi familia.

—¿Le molesta si me siento?

—*Bitte*.

—Quería hablarle de Taylor Winthrop.

Zander entornó los ojos.

—¿Qué me quiere decir?

—Estoy llevando a cabo una investigación, señor Zander, porque creo que Taylor Winthrop y su familia fueron asesinados.

Los ojos de Zander se volvieron fríos.

—Será mejor que se retire, señorita.

—Usted tenía negocios con él, y...

—¡Fuera!

—Herr Zander, es preferible que lo converse conmigo en privado, y no que usted y sus amigos lo vean por televisión. Quiero ser justa, y oír su versión de los hechos.

Zander permaneció un buen rato en silencio. Cuando habló, su voz tenía un tono de profunda amargura:

—Taylor Winthrop era *scheisse*. Reconozco que era astuto, sí, muy astuto. Me tendió una trampa, y mientras yo estaba en la cárcel, mi esposa y mis hijos murieron. Si yo hubiera estado en casa... los podría haber salvado. —Su voz revelaba un profundo dolor. —Es cierto que yo odiaba a Taylor Winthrop, pero de ahí a asesinarlo... No. —Esbozó su sonrisa de osito de peluche. —*Auf wiedersehen*, señorita Evans.

* * *

Dana llamó por teléfono a Matt Baker.

—Matt, estoy en Dusseldorf. Tenías razón: quizás haya dado con algo. Dieter Zander estaba metido en un negocio con Taylor Winthrop. Dice que Winthrop lo engañó y lo mandó a la cárcel, y mientras él estaba entre rejas, su mujer y sus hijos murieron en un incendio.

Se produjo un silencio de espanto.

—¿Murieron en un *incendio*?

—Así es.

—De la misma manera que murieron Taylor y Madeline.

—Sí. Tendrías que haber visto la cara que puso Zander cuando le hablé de asesinato.

—Todo concuerda, ¿no? Zander tenía un motivo para borrar a toda la familia Winthrop de la faz de la tierra. Tenías razón en cuanto a los asesinatos desde el primer momento. Casi... casi no puedo creerlo.

—Suena bien, Matt, pero todavía no tenemos pruebas. Me quedan por hacer dos visitas más. Me voy a Roma mañana a la mañana. Vuelvo dentro de uno o dos días.

—Cuídate.

—No te preocupes.

En la central de la FRA, tres hombres observaban en una inmensa pantalla de vídeo cómo Dana hablaba por teléfono desde su habitación de hotel.

—Tengo que hacer otras dos visitas más. Vuelvo dentro de uno o dos días... Mañana salgo para Roma.

Los hombres vieron cómo Dana colgaba, se ponía de pie y se dirigía al baño. La imagen de la pantalla cambió para dejar ver otra transmitida desde una cámara oculta en el botiquín del baño. Dana comenzó a desvestirse. Se sacó la blusa y luego el corpiño.

—¡Uuuhh! ¡Miren esas tetas!

—Espectaculares.

—Un momento... se está sacando la falda y la bombacha...

—¡Muchachos, miren qué culo! Cómo me gustaría que fuera para mí.

Pudieron ver que ella se metía en la ducha y cerraba la mampara. El vidrio empezó a empañarse con el vapor.

Uno de los hombres suspiró.

—Eso es todo por ahora.

Las sesiones de quimioterapia eran una tortura para Rachel. Por vía endovenosa, desde un sachet, le administraban Adriamicina y Taxotere, y el proceso insumía cuatro horas.

—Este período será muy difícil para ella —le dijo el doctor Young a Jeff—. Va a sentir náuseas y agotamiento, y se le caerá el pelo. Para una mujer, ese efecto colateral puede ser lo más intolerable de todo.

—Me imagino.

Al día siguiente, por la tarde, Jeff le anunció a Rachel:

—Vístete, que vamos a dar un paseo.

—No tengo muchas ganas de...

—No admito excusas.

Y media hora después estaban en un negocio de pelucas. Rachel se las probaba y le sonreía a Jeff.

—Son hermosas. ¿Cuál te gusta más: la larga o la corta?

—Las dos, y si te cansas de éstas, volvemos y te convertimos en morena o pelirroja. —Su voz se suavizó. —Personalmente, me gustas así como eres.

A Rachel se le llenaron los ojos de lágrimas.

—Y a mí me gustas tal como eres *tú*.

CAPÍTULO 17

Cada ciudad tiene su propio ritmo, y el de Roma no se parece al de ninguna otra ciudad del mundo. Es una metrópoli moderna, acunada en la historia de siglos de gloria. Se mueve a su propio paso mesurado, ya que no tiene motivo para apresurarse. El mañana llegará a su debido tiempo.

Dana no visitaba Roma desde que sus padres la habían llevado allí cuando tenía doce años. Aterrizar en el aeropuerto Leonardo da Vinci desató en ella una avalancha de recuerdos. Recordó su primer día en Roma, cuando recorrió el Coliseo, el lugar donde los cristianos eran arrojados a los leones. Después de ese día, pasó una semana entera sin poder dormir.

Junto con sus padres había visitado el Vaticano y la Plaza España, y arrojó también una lira en la fuente de Trevi, pidiendo como deseo que sus padres dejaran de pelearse. Cuando el papá desapareció, Dana sintió que la fuente la había traicionado.

Había ido a ver una función de la ópera *Otelo* a las Terme di Caracalla, los baños romanos, y fue un paseo que jamás podría olvidar. Había tomado un helado en la famosa heladería Doney's de la Via Veneto, y recorrió las concurridas calles del Trastevere. Roma y sus habitantes decididamente le encantaban. "¿Quién hubiera imaginado que volvería tantos años después en busca de un asesino múltiple?"

* * *

Se registró en el Hotel Ciceroni, cerca de la Plaza Navona.

—*Buon giorno* —la saludó el conserje—. Nos complace mucho que se hospede con nosotros, señorita Evans. Tengo entendido que se quedará dos días, ¿no?

Dana titubeó.

—No estoy muy segura.

—Ningún problema —replicó el hombre, sonriendo—. Le tenemos reservada una hermosa suite. Si necesita algo, por favor nos lo dice de inmediato.

"Italia es un país sumamente amable". Y Dana pensó en sus antiguos vecinos, Dorothy y Howard Wharton. "No sé cómo se enteraron de mí, pero mandaron un hombre en avión hasta acá sólo para proponerme el trabajo".

Siguiendo un impulso, decidió llamar a los Wharton. Le pidió a la operadora que la comunicara con la corporación Italiano Ripristino.

—Quisiera hablar con Howard Wharton, por favor.

—¿Podría deletrear el apellido?

Ella así lo hizo.

—Gracias. Un momento.

El momento se convirtió en cinco minutos que tardó la recepcionista en volver a hablarle.

—Lo siento, pero acá no trabaja ningún Howard Wharton.

"La única condición es que nos presentemos en Roma mañana mismo".

Dana llamó a Dominick Romano, el jefe de noticias de la cadena televisiva Italia I.

—Habla Dana. Estoy en Italia, Dominick.

—¡Dana! ¡Qué gusto! ¿Cuándo podemos encontrarnos?

—Cuando quieras.

—¿Dónde te estás hospedando?

—En el Hotel Ciceroni.

—Tómate un taxi y dile al conductor que te lleve al Toula. Nos vemos ahí en media hora.

El Toula, ubicado en la Via Della Lupa, era uno de los restaurantes más famosos de Roma. Cuando Dana llegó, Romano la estaba esperando.

—*Buon giorno.* Es un placer verte sin las bombas.

—Lo mismo digo, Dominick.

—Qué guerra tan inútil —dijo, meneando la cabeza—. Tal vez aún más que cualquier otra. *Bene!* ¿Qué te trae por Roma?

—Vine a ver a un hombre.

—¿Y cómo se llama el afortunado?

—Vincent Mancino.

A Dominick Romano le cambió la cara.

—¿Por qué quieres verlo?

—Probablemente no sea nada, pero estoy llevando a cabo una investigación. ¿Qué sabes sobre él?

Romano pensó cuidadosamente lo que iba a decir.

—Mancino era ministro de Comercio. Viene de un entorno mafioso, y te aseguro que es un hombre muy contundente. Bueno, de pronto renuncia a un cargo muy importante y nadie sabe por qué. —Miró a Dana con curiosidad. —¿Por qué te interesa saber sobre él?

Dana eludió la pregunta, y dijo:

—Tengo entendido que cuando Mancino renunció, estaba negociando un acuerdo comercial con Taylor Winthrop.

—Así es, y Winthrop terminó negociando con otro.

—¿Cuánto tiempo estuvo Winthrop en Roma?

—Unos dos meses —respondió Romano después de pensarlo un momento—. Mancino y Winthrop se hicieron amigos, y salían a beber juntos. —Y luego agregó: —Pero algo pasó entre ellos.

—¿Qué?

—Ni idea. Se corren muchas versiones. Mancino tenía una hija única, Pia, que desapareció, y a la mujer le dio un ataque de nervios.

—¿Qué quieres decir con eso de que desapareció? ¿La secuestraron?

—No, simplemente... —Trató en vano de buscar la palabra exacta. —...desapareció. Nadie sabe qué fue de ella. —Suspiró. —Te aseguro que era una belleza.

—¿Dónde está la esposa de Mancino?

—Se comenta que en alguna clínica psiquiátrica.

—¿Sabes dónde?

—No, y tú tampoco quieres saberlo. —El camarero se acercó a la mesa. —Sin embargo sí sé sobre este restaurante. ¿Me dejas que pida yo la comida?

—Cómo no.

—*Bene.* —Se volvió para hablar con el camarero. —*Prima, pasta fagioli. Dopo, abbacchio arrosto con polenta.*

—*Grazie.*

La comida estuvo exquisita, y pasaron a charlar sobre temas poco importantes. Pero cuando se levantaron para irse, dijo Romano:

—Dana, no te acerques a Mancino. No es el tipo de hombre al que uno puede interrogar.

—Pero si...

—Olvídalo. En una palabra... *omertà.*

—Gracias, Dominick; aprecio tu consejo.

Vincent Mancino tenía sus oficinas en un moderno edificio de su propiedad, ubicado en la Via Sardegna. En la recepción de mármol había un escritorio, y allí sentado un corpulento guardia. El hombre levantó la vista cuando Dana entró.

—Buenos días. ¿En qué puedo ayudarla, señorita?

—Me llamo Dana Evans, y me gustaría ver a Vincent Mancino.

—¿Tiene una entrevista?

—No.

—Entonces no será posible.

—Dígale que es por el tema de Taylor Winthrop.

El guardia la estudió un momento; luego habló por teléfono y cortó. Dana esperaba.

"¿Con qué me encontraré?"

Sonó el teléfono, el empleado atendió y escuchó lo que le decían. Luego se volvió hacia Dana:

—Segundo piso. Ahí la estará esperando alguien.

—Gracias.

—*Prego.*

La oficina de Vincent Mancino era pequeña y sencilla, en nada parecida a lo que Dana esperaba encontrar. El hombre estaba sentado a un escritorio viejo y maltrecho. Tenía unos sesenta años, pecho ancho, labios finos, pelo canoso y nariz aguileña. Tenía también los ojos más fríos que Dana había visto en su vida. Sobre su escritorio, un portarretratos dorado con la fotografía de una hermosa adolescente.

Cuando Dana entró en el despacho, dijo Mancino:

—¿Viene por Taylor Winthrop? —Su voz era áspera y profunda.

—Sí, quería hablarle sobre...

—No hay nada de qué hablar, señorita. Murió en un incendio, y se está pudriendo en el infierno, al igual que su mujer y sus hijos.

—¿Le molesta si me siento, señor Mancino?

El hombre estaba a punto de decir que no, pero luego se corrigió:

—*Scusi.* A veces cuando algo me molesta, me olvido de los buenos modales. *Prego, si accomodi.* Por favor, tome asiento.

Dana se sentó en una silla frente a él.

—Taylor Winthrop y usted estaban negociando un trato comercial entre sus dos gobiernos...

—Sí.

—¿Y se hicieron amigos?

—Por poco tiempo, *forse.*

Dana echó un vistazo a la foto que había sobre el escritorio.

—¿Ésa es su hija?

El hombre no respondió.

—Muy linda chica.

—Sí, era muy linda.

Dana lo miró azorada.

—¿Murió?

Vio cómo el hombre la estudiaba, tratando de decidir si le contaba o no. Cuando al fin se decidió, le preguntó:

—¿Si murió? No lo sé, dígamelo *usted*. —Su voz estaba inundada de pasión. —Le abrí las puertas de mi casa a ese norteamericano amigo suyo, Taylor Winthrop. Comió de nuestro pan, le presenté a mis amigos... ¿Y sabe cómo me pagó? Embarazando a mi hermosa hija virgen. *Tenía dieciséis años*. La niña tuvo miedo de contármelo porque sabía que yo lo iba a matar, así que... se hizo un *aborto*. —Escupió la palabra como si fuera anatema. —Winthrop tuvo miedo de que la prensa se enterara, así que no la llevó a un médico... No... La... la mandó a un carnicero. —Los ojos se le llenaron de lágrimas. —A un carnicero que le arrancó el útero a mi niña de dieciséis años, señorita... —La voz se le quebró. —Taylor Winthrop no sólo destruyó a mi hija, sino que también asesinó a mis nietos, y a todos sus descendientes. Borró el futuro de la familia Mancino. —Respiró profundamente para tranquilizarse. —Ahora él y su familia han pagado por su terrible pecado.

Dana se quedó ahí sentada, muda.

—Mi hija está en un convento, *signorina*. Nunca más la volveré a ver. Sí, hice un trato con Taylor Winthrop. —Sus fríos ojos grises perforaron los de Dana. —Pero fue un trato con el diablo.

"Así que ahora tenemos dos sospechosos", pensó Dana. "Y aún me falta conocer a Marcel Falcon".

En el vuelo de KLM con destino a Bélgica, Dana se dio cuenta de que alguien se sentaba a su lado y levantó la vista. Era un hombre atractivo, de rostro agradable, que obviamente le había solicitado a la azafata cambiar de asiento.

Miró a Dana y le sonrió.

—Buenos días. Permítame que me presente. Soy David Haynes. —Tenía acento británico.

—Dana Evans.

No dio señales de haberla reconocido.

—Hermoso día para volar, ¿no?

—Sí, muy lindo.

La miraba con ojos de admiración.

—¿Va a Bruselas por negocios?

—Por negocios y por placer.

—¿Tiene amigos ahí?

—Algunos.

—Yo conozco bien Bruselas.

"Me muero por contarle esto a Jeff", pensó ella, pero entonces volvió a recordar. "Está con Rachel".

El hombre estudiaba su rostro.

—Me resulta conocida.

—Es que tengo una cara muy común.

Cuando el avión aterrizó en el aeropuerto de Bruselas y Dana descendió, un hombre en la terminal tomó su teléfono celular y envió un informe.

—¿Tienes cómo ir hasta tu hotel? —le preguntó David Haynes.

—No, pero puedo...

—Por favor, permíteme. —Condujo a Dana hasta una limusina con chofer que estaba esperándolo. —Te llevo a tu hotel. —Le dio indicaciones al chofer, y el vehículo se puso en marcha. —¿Es la primera vez que visitas Bruselas?

—Sí.

Pasaron frente a una enorme galería con techos de vidrio, y David dijo:

—Si tienes pensado hacer compras, te sugiero que vengas aquí, a las Galerías St. Hubert.

—Parecen hermosas.

—Deténte un momento, Charles —le pidió Haynes al chofer. Luego se volvió hacia Dana. —Ésa es la famosa fuente Manneken Pis —indicó, señalando una estatua de bronce de un niño pequeño orinando que estaba ubicada en lo alto de un nicho en forma de conchilla marina—. Una de las estatuas más famosas del mundo.

"Mientras yo estaba en la cárcel, mi esposa y mis hijos murieron. Si hubiera estado libre, los podría haber salvado".

—Si no tienes planes para esta noche, me gustaría... —le estaba diciendo David Haynes.

—Lo siento, pero voy a estar ocupada.

Elliot Cromwell había llamado a Matt a su oficina.

—Nos faltan dos de nuestros jugadores estrella, Matt. ¿Cuándo vuelve Jeff?

—No estoy seguro, Elliot. Como sabes, está metido en una situación personal con su ex esposa, y le sugerí que se tomara una licencia.

—Ya veo. ¿Y cuándo vuelve Dana de Bruselas?

Matt miró a Elliot Cromwell y pensó: "Nunca le dije que Dana estaba en Bruselas".

CAPÍTULO 18

La sede de la OTAN —la Organización del Tratado del Atlántico Norte— se encuentra en el Edificio Leopold III, en cuya terraza flamea la bandera belga: tres franjas verticales de color negro, amarillo y rojo.

Dana supuso que sería fácil encontrar información sobre la forma prematura en que Taylor Winthrop abandonó su puesto en la OTAN, y que después de eso podría volverse a su casa. Pero buscar algo en la OTAN resultó ser tan difícil como encontrar una aguja en un pajar. Además de sus dieciséis Estados miembro, había allí oficinas de NAC, EAPC, NACC, ESDI, CJTF, CSCE y por lo menos una decena de siglas más.

Se dirigió a la central de prensa del organismo, situada en la Rue Des Chapeliers, y encontró a Jean Somville en la sala de periodistas.

—¡Dana! —exclamó éste, levantándose para saludarla.

—Hola, Jean.

—¿Qué te trae por Bruselas?

—Estoy trabajando en una nota, y necesito información.

—Ah, otra nota sobre la OTAN.

—Más o menos... —replicó ella, reservada—. En una época, Taylor Winthrop fue asesor de los Estados Unidos en la OTAN.

—Sí. Hizo un buen trabajo; era un gran tipo. Qué trágico lo que le ocurrió a esa familia... —La miró con curiosidad. —¿Qué es lo que quieres saber?

Dana eligió sus siguientes palabras con mucho cuidado.

—Sé que renunció a su puesto en Bruselas antes de tiempo, y me preguntaba cuál sería la razón.

—Muy sencillo —afirmó Jean Somville, encogiéndose de hombros—. Terminó lo que había venido a hacer.

Dana sintió una aguda desilusión.

—Mientras Winthrop estaba trabajando acá, ¿pasó algo... fuera de lo común? ¿Estuvo envuelto en algún escándalo?

Jean Somville la miró, sorprendido.

—¡Por supuesto que no! ¿Alguien te dijo que Taylor Winthrop estuvo envuelto en un escándalo en la OTAN?

—No —replicó ella al instante—. Lo que oí fue que hubo una... una pelea, cierto enfrentamiento entre Winthrop y alguien de aquí.

Somville frunció el entrecejo.

—¿Te refieres a un enfrentamiento de tipo personal?

—Sí.

Él apretó los labios.

—No lo sé, pero quizá pueda averiguarlo.

—Te lo agradecería muchísimo.

Al día siguiente, Dana llamó por teléfono a Jean Somville.

—¿Pudiste averiguar algo más sobre Taylor Winthrop?

—Lo siento mucho. Hice el intento, pero creo que no hay nada que averiguar.

Dana medio se había imaginado esa respuesta.

—Bueno, gracias igual —dijo, pero se sentía decepcionada.

—No tienes por qué. Siento que hayas hecho este viaje inútilmente.

—Jean, leí que el embajador francés en la OTAN, Marcel Falcon, renunció sorpresivamente y volvió a Francia. ¿No es un poco raro?

—En pleno ejercicio de un cargo, sí, por supuesto.

—¿Por qué renunció?

—No es ningún misterio. Renunció por una circunstancia muy lamentable: su hijo murió en un accidente automovilístico. El conductor huyó.

—¿Huyó? ¿Y lo encontraron?

—Sí, sí. Poco después del accidente, se entregó a la policía.

—Ya veo. —Otro callejón sin salida.

—El hombre era chofer y se llamaba Antonio Persico. Trabajaba para Taylor Winthrop.

Dana sintió un súbito escalofrío.

—¿Ah sí? ¿Dónde está Persico ahora?

—En la cárcel de St. Gilles, acá en Bruselas. Siento no haber podido ayudarte más —agregó Somville, en tono de disculpa.

Dana pidió que le enviaran un resumen de la historia por fax desde Washington. *En el día de la fecha, Antonio Persico, chofer del embajador Taylor Winthrop, fue condenado a prisión perpetua por un tribunal belga cuando confesó ser culpable de la muerte de Gabriel Falcon, hijo del embajador francés en las Naciones Unidas, a quien embistió con su auto y luego dejó abandonado.*

La cárcel de St. Gilles queda en el centro de Bruselas, en un viejo edificio blanco con pequeñas torres que lo asemejan a un castillo. Dana había llamado por teléfono con anticipación y había obtenido autorización para entrevistar a Antonio Persico. Entró en el patio del penal y fue escoltada hasta la oficina del director.

—Vino a ver a Persico.

—Sí.

—Muy bien.

Luego de que la registraran rápidamente, un guardia la acompañó hasta la sala de visitas, donde la esperaba el tal Persico, un hombre menudo, pálido, de ojos verdes muy separados y un rostro que constantemente mostraba tics nerviosos.

Al ver entrar a Dana, sus primeras palabras fueron:

—¡Al fin vino alguien, gracias a Dios! Ahora me va a sacar de acá...

Dana lo miró sin comprender.

—Lo... lo siento, pero me temo que no puedo hacerlo.

Persico entornó los ojos.

—Entonces ¿a qué vino? Me prometieron que vendría alguien a sacarme.

—Vine a hablar con usted sobre la muerte de Gabriel Falcon.

—No tuve nada que ver con eso —exclamó Persico, levantando la voz—. Soy inocente.

—Sin embargo, confesó que lo había matado.

—Mentí.

—¿Pero por qué...?

Antonio Persico la miró a los ojos y dijo con amargura:

—Porque me pagaron. El que lo mató fue Taylor Winthrop. —Se produjo un largo silencio.

—Cuénteme.

Sus tics nerviosos se intensificaron.

—Sucedió un viernes a la noche. Ese fin de semana, la esposa del señor Winthrop se quedaba en Londres. —Hablaba con esfuerzo. —Como el señor estaba solo, se fue al Ancienne Belgique, un club nocturno. Me ofrecí a llevarlo, pero me dijo que prefería ir solo. —Persico se interrumpió, recordando.

—¿Qué pasó después?

—Winthrop volvió tarde, muy borracho. Me contó que un joven había cruzado la calle corriendo y que él... lo había atropellado con el auto. Como no quería ningún escándalo, siguió de largo, pero después lo asaltó el temor de que alguien pudiera haber visto el accidente, que le hubiera dado el número de la patente a la policía y lo vinieran a buscar. Tenía inmunidad diplomática, pero dijo que si la noticia se divulgaba, se arruinaría el plan ruso.

—¿El plan ruso? —preguntó Dana, frunciendo el entrecejo.

—Sí, eso fue lo que dijo.

—¿Y qué es el plan ruso?

—Qué sé yo —replicó él, encogiéndose de hombros—. Oí que se lo mencionaba a alguien por teléfono. Se puso como loco. —Persico meneó la cabeza. —Lo único que repetía una y otra vez en el teléfono era: "El plan ruso debe seguir adelante. Hemos llegado demasiado lejos como para permitir que ahora algo lo detenga".

—¿Y usted no tiene idea de qué estaba hablando?

—No.

—¿Recuerda alguna otra cosa que haya dicho?

Persico pensó un momento.

—Dijo algo así como que "todas las piezas han encajado". —Miró a Dana. —Fuese lo que fuere, parecía muy importante.

Dana estaba asimilando cada palabra.

—Señor Persico, ¿por qué aceptó hacerse responsable del accidente?

El hombre apretó la mandíbula.

—Ya le dije que me pagaron. Winthrop me dijo que si confesaba que era yo quien iba al volante, me daría un millón de dólares y cuidaría a mi familia mientras yo estuviera preso. Según él, podía conseguir que me dieran una condena corta. —Sus dientes rechinaban. —Yo, como un tonto, acepté el trato. —Se mordió el labio. —Y ahora que está muerto, me voy a pasar el resto de mi vida en este lugar. —Sus ojos mostraban suma desesperación.

Dana se quedó ahí parada, sin poder creer lo que acababa de oír. Al fin preguntó:

—¿Le contó esto a alguien?

—Por supuesto —respondió el hombre en tono amargo—. Apenas me enteré que Taylor Winthrop había muerto, le conté a la policía acerca del trato que habíamos hecho.

—¿Y?

—Se me rieron en la cara.

Señor Persico, voy a hacerle una pregunta muy importante, así que piense bien antes de responder. ¿Alguna vez le contó a Marcel Falcon que fue Taylor Winthrop quien mató a su hijo?

—Claro que sí. Pensé que me ayudaría.

—Cuando se lo dijo, ¿cómo reaccionó Falcon?

—Sus palabras exactas fueron: "Ojalá que el resto de su familia se vaya con él al infierno".

"Dios mío, ahora tenemos tres sospechosos", pensó Dana. Tengo que llamar a París y hablar con Marcel Falcon.

Imposible no sentir la magia de París, incluso cuando sobrevolaban la ciudad, preparándose para aterrizar. Era la ciudad de la luz, la ciudad de los amantes. No era lugar para visitar estando solo. La ciudad la hizo añorar a Jeff aún más.

Dana estaba en el centro telefónico del Hotel Plaza Athénée, hablando con Jean-Paul Hubert, de Televisión Metro 6.

—¿Marcel Falcon? Por supuesto, todo el mundo lo conoce.

—¿Qué me puedes contar sobre él?

—Es un personaje; lo que ustedes, los norteamericanos, llaman "un pez gordo".

—¿A qué se dedica?

—Es dueño de una gran empresa farmacéutica. Hace unos años, lo acusaron de hacer quebrar a firmas más pequeñas, pero como tiene amigos en el gobierno, no pasó nada. El primer ministro francés incluso lo nombró embajador en la OTAN.

—Pero renunció. ¿Por qué?

—Es una historia triste. A su hijo lo atropelló un auto en Bruselas conducido por un borracho, y Falcon no pudo sobreponerse. Dejó la OTAN y volvió a París. Su mujer sufrió una crisis de nervios, y ahora está internada en una clínica psiquiátrica de Cannes. —Jean-Paul la miró y dijo seriamente: —Dana, si estás pensando en hacer un artículo sobre Falcon, ten cuidado con lo que escribes. Tiene fama de ser un hombre muy vengativo.

Tardó un día en conseguir una entrevista con Marcel Falcon. Cuando por fin la acompañaron a su oficina, el hombre dijo:

—Acepté recibirla porque admiro su trabajo, señorita.

Sus informes desde la zona de guerra de Sarajevo fueron muy valientes.

—Gracias.

Marcel Falcon era un hombre imponente, de contextura robusta, rasgos duros y ojos celestes, penetrantes.

—Por favor, tome asiento. ¿En qué puedo ayudarla?

—Quería preguntarle sobre su hijo.

—Ah, sí. —Sus ojos tenían una mirada desolada. —Gabriel era un muchacho estupendo.

—El hombre que lo atropelló...

—El chofer.

Dana lo miró azorada.

"Piense bien antes de responder. ¿Alguna vez le dijo a Marcel Falcon que Taylor Winthrop era el responsable de la muerte de su hijo?

Claro que sí, no bien me enteré de que Winthrop había muerto.

¿Qué dijo Marcel Falcon?

Sus palabras exactas fueron: 'Ojalá que el resto de su familia se vaya con él al infierno' ".

Y ahora Falcon actuaba como si no estuviera al tanto de la verdad.

—Señor Falcon, cuando usted estaba en la OTAN, Taylor Winthrop también trabajaba ahí. —Dana escrutaba su rostro en busca del más mínimo cambio de expresión, pero no lo encontró.

—Sí, nos conocimos. —Su tono no mostraba interés alguno.

"¿Eso es todo?", se preguntó Dana. "¿Sí, nos conocimos? ¿Qué está escondiendo?".

—Me gustaría hablar con su mujer si...

—Me temo que está de vacaciones.

"Su mujer sufrió un ataque de nervios, y ahora está internada en una clínica psiquiátrica de Cannes".

Marcel Falcon se hallaba en un estado de negación total, o bien fingía ignorancia por algún motivo más siniestro.

* * *

Dana llamó por teléfono a Matt desde su cuarto del Hotel Plaza Athénée.

—Dana, ¿cuándo vas a volver?

—Me queda una sola pista más para verificar, Matt. En Bruselas, fui a ver al chofer de Taylor Winthrop, y me dijo que su jefe mencionó un plan secreto ruso que no quería que se interrumpiera. Tengo que ver si puedo averiguar a qué se refería. Quiero hablar con algunos de sus colegas en Moscú.

—Está bien, pero Cromwell quiere que vuelvas al estudio lo antes posible. Nuestro corresponsal en Moscú se llama Tim Drew. Le aviso que vas. A lo mejor puede ayudarte.

—Gracias. No pienso quedarme más de uno o dos días en Rusia.

—¿Dana?

—¿Sí?

—No, no, nada. Adiós.

—Gracias. No pienso quedarme más de uno o dos días en Rusia.

—¿Dana?

—¿Sí?

—No, no, nada. Adiós.

Fin de la grabación.

Luego llamó por teléfono a su casa.

—Buenas noches, señora Daley... o mejor dicho, buenas tardes.

—¡Señorita Evans! ¡Qué alegría de oírla!

—¿Cómo anda todo por ahí?

—Perfectamente bien.

—¿Cómo está Kemal? ¿Algún problema?

—Ninguno, pero sin duda la extraña.

—Yo también, y mucho. ¿Me pasa con él?

—Está durmiendo la siesta. ¿Quiere que lo despierte?

—¿Durmiendo la siesta? —repitió, sorprendida—. Cuando llamé el otro día, también estaba durmiendo la siesta.

—Sí, el pequeño volvió de la escuela, y como estaba tan cansado, le dije que se fuera a dormir un rato.

—Ah... Bueno, dígale que lo quiero mucho, no más, y lo llamo mañana. Y que le voy a llevar un oso de Rusia.

—¿Un oso? ¡Bueno! Le va a encantar.

A continuación llamó a Roger Hudson.

—Roger, no me gusta andar pidiendo favores, pero lo molesto por una cosa.

—Si puedo ayudarla...

—Salgo para Moscú, y quiero hablar con Edward Hardy, el embajador norteamericano en Rusia. Pensé que a lo mejor lo conocía.

—De hecho, lo conozco.

—Estoy en París. Si pudiera enviarme una carta de presentación por fax, se lo agradecería muchísimo.

—Puedo hacer más que eso. Lo llamo y le pido que la reciba.

—Gracias, Roger, se lo agradezco mucho.

Era víspera de Año Nuevo. Resultaba conmovedor recordar que ése debería haber sido el día de su casamiento. "Pronto", se dijo. "Pronto". Se puso el abrigo y salió.

—¿Le llamo un taxi, señorita? —se ofreció el portero.

—No, gracias. —No tenía dónde ir. Jean-Paul Hubert estaba visitando a su familia. "Esta ciudad no es para estar solo", decidió.

Echó a andar tratando de no pensar en Jeff y Rachel, de no pensar en nada. Pasó frente a una pequeña iglesia que estaba abierta, y obedeciendo un impulso, entró. El fresco y tranquilo interior abovedado le transmitió una sensación de paz. Se sentó en un banco y recitó una silenciosa plegaria.

Al llegar la medianoche, mientras seguía caminando por las calles, París explotó en una cacofonía de ruidos y papel picado. Dana se preguntó entonces qué andaría haciendo Jeff. "¿Estará haciendo el amor con Rachel? No la había llamado. ¿Cómo podía haber olvidado que esa noche era tan especial?"

En su cuarto del hotel, en el piso cerca de la cómoda, el teléfono celular que se le había caído de la cartera estaba sonando.

Cuando volvió al Plaza Athénée, eran las tres de la madrugada. Fue a su habitación, se desvistió y se metió en la cama. Primero su padre, y ahora Jeff. El abandono corría por su vida como un hilo oscuro en un tapiz. "No voy a sentir lástima por mí misma, se juró. Qué importa si ésta iba a ser mi noche de bodas. Ay, Jeff, ¿por qué no me llamas?"

Y se durmió llorando.

CAPÍTULO 19

El vuelo de Aerolíneas Sabena a Moscú tardó tres horas y media. Dana notó que la mayoría de los pasajeros iban vestidos con prendas gruesas, y que los estantes para el equipaje de mano estaban llenos de abrigos de piel, gorras y bufandas.

"Tendría que haberme puesto algo más abrigado", pensó. "Bueno, no me voy a quedar en Moscú más de uno o dos días".

No podía dejar de pensar en las palabras de Antonio Persico: "Winthrop se puso como loco. Lo único que repetía una y otra vez era: 'El plan ruso debe seguir adelante. Hemos llegado muy lejos como para permitir que ahora algo lo detenga'".

¿En qué plan tan importante estaba trabajando Winthrop? ¿Qué piezas eran las que habían encajado? Y poco tiempo después, el Presidente lo había nombrado embajador en Moscú...

"Cuanta más información consigo, más desorientada estoy", se dijo Dana.

Para su sorpresa, el Sheremetyevo II —el aeropuerto internacional de Rusia— estaba lleno de turistas. "¿A qué persona en su sano juicio se le ocurriría visitar Rusia en invierno?", se preguntó.

Cuando llegó a la zona de recolección de equipaje, se dio

cuenta de que un hombre la estaba observando subrepticiamente. El corazón se le detuvo por un instante. "Sabían que venía para acá", pensó. "Pero ¿cómo lo averiguaron?".

El hombre se le acercó.

—¿Dana Evans? —Tenía un marcado acento eslovaco.

—¿Sí...?

El hombre sonrió ampliamente y exclamó entusiasmado:

—¡Soy su más grande admirador! ¡La veo siempre por televisión!

Dana sintió una oleada de alivio.

—Ah, sí, gracias.

—Me pregunto si tendría la amabilidad de darme su autógrafo.

—Cómo no.

El hombre le mostró un pedazo de papel, diciendo:

—No tengo lapicera, pero...

—Yo sí. —Dana sacó su nueva lapicera de oro y le firmó el autógrafo.

—*Spasiba! Spasiba!*

Cuando estaba guardando de nuevo la lapicera, alguien la empujó y ésta cayó sobre el piso de cemento. Dana se agachó a recogerla, y vio que se había rajado.

"Ojalá pueda arreglarla", pensó. Pero luego la miró con más detenimiento: por la rajadura asomaba un diminuto alambrecito. Azorada, tiró de él con suavidad, y descubrió que traía adosado un microtransmisor. Lo miró sin poder creerlo. "¡Así es como siempre supieron dónde estaba! ¿Pero quién lo puso acá, y por qué?" Entonces se acordó de la tarjeta que había venido con el regalo.

"Querida Dana: Que tengas un buen viaje. La banda".

Furiosa, arrancó el alambre, lo tiró al piso y lo aplastó con el taco del zapato.

En un aislado laboratorio, la señal que titilaba en un mapa desapareció de repente.

—¡Mierda!

* * *

—¿Dana?

Se dio vuelta y vio frente a ella al corresponsal de WTN en Moscú.

—Soy Tim Drew. Perdón por llegar tarde, pero el tránsito está terrible.

Era un hombre de unos cuarenta años, alto, pelirrojo y con una cálida sonrisa.

—Tengo un auto esperando afuera. Matt me dijo que te quedas un par de días, no más.

—Es cierto.

Recogieron el equipaje de la cinta transportadora y salieron.

El paseo por Moscú se pareció a una escena de *Doctor Zhivago*. Para Dana, la ciudad entera estaba envuelta en un manto de armiño de pura nieve blanca.

—Qué hermosura. ¿Cuánto tiempo hace que vives acá?

—Dos años.

—¿Y te gusta?

—Da un poco de miedo. A Yeltsin siempre le faltan cinco para el peso, y nadie sabe qué se puede esperar de Vladimir Putin. Los locos están al frente del loquero. —Clavó los frenos cuando unos transeúntes cruzaron la calle sin mirar. —Tienes una habitación reservada en el Hotel Sevastopol, ¿no?

—Sí. ¿Qué tal es?

—Un típico hotel para turistas. Puedes estar segura de que habrá alguien en tu piso para vigilarte.

Las calles estaban llenas de personas envueltas en gruesos abrigos y pieles. Tim Drew le echó un vistazo a Dana y comentó:

—Te aconsejo que consigas ropa más abrigada o te vas a congelar.

—No te preocupes. Mañana o pasado ya me vuelvo.

Frente a ellos se hallaba la Plaza Roja y el Kremlin. Este último se alzaba en lo alto de una colina sobre la margen izquierda del río Moscova.

—Dios mío, qué imponente.

—Sí. Si esas paredes hablaran, dejarían oír muchos gritos. Es uno de los edificios más famosos del mundo. Está construido en un terreno que se extiende sobre la colina Borovitsky en la margen norte...

Dana dejó de prestarle atención. Estaba pensando: "¿Y si Antonio Persico mintió? ¿Y si inventó eso de que Taylor Winthrop había matado al muchacho? ¿Y si había mentido con respecto al plan ruso?".

—Allá, del otro lado del muro oriental, está la Plaza Roja. Ésa que esta ahí es la torre Kutayfa, la entrada de los visitantes al muro occidental.

"Pero entonces ¿por qué Taylor Winthrop estaba tan desesperado por venir a Rusia? El solo hecho de ser embajador no debería haber sido tan importante para él".

—Éste es el lugar donde se ha concentrado el poder ruso durante siglos —comentaba en ese momento Tim Drew—. Iván el Terrible y Stalin tenían acá su central de mando, igual que Lenin y Khrushchev.

Todas las piezas encajaron. Tengo que averiguar qué quiso decir con eso.

El auto se había detenido frente a un gran hotel.

—Ya llegamos —anunció Tim.

—Gracias. —Al bajarse del auto, Dana sintió el golpe de una oleada casi sólida de aire helado.

—Ve adentro, que yo te llevo las maletas. A propósito, si no tienes planes para esta noche me gustaría invitarte a cenar.

—Cómo no, muchas gracias.

—Conozco un club privado que sirve buena comida. Creo que te va a gustar.

—Seguro.

El hall de entrada del Hotel Sevastopol era amplio y con una profusa ornamentación, y estaba repleto de gente. Detrás del mostrador de recepción había varios empleados trabajando. Dana se acercó a uno de ellos, que levantó la vista y preguntó:

—¿Da?

—Me llamo Dana Evans, y tengo una reserva.

El muchacho la miró un instante y replicó nerviosamente:

224

—Ah, sí, señorita Evans. —Le entregó una tarjeta de registro. —¿Podría completarla, por favor? Además necesitaría su pasaporte.

Cuando Dana empezó a escribir, el empleado miró a un hombre que estaba parado en un rincón, del otro lado del salón, y le hizo un gesto con la cabeza. Dana le devolvió la tarjeta.

—Un botones la acompañará a su cuarto, señorita.

—Gracias.

La habitación tenía un vago aire a buenas épocas pasadas. Los muebles eran viejos y con olor a humedad.

Una mujer robusta vestida con un deslucido uniforme entró las valijas de Dana. Ella le dio una propina, y la mujer se fue murmurando entre dientes. Dana entonces tomó el teléfono y marcó el 252-2451.

—Embajada de los Estados Unidos.

—Con la oficina del embajador Hardy, por favor.

—Un momento.

—Oficina del embajador.

—Hola, habla Dana Evans. ¿Podría hablar con el embajador?

—¿Por qué asunto es?

—Por... un asunto personal.

—Un momento, por favor.

Treinta segundos después, el embajador estaba al teléfono.

—¿Señorita Evans?

—Sí.

—Bienvenida a Moscú.

—Gracias.

—Roger Hudson me llamó para avisarme que usted venía. ¿En qué puedo ayudarla?

—¿Podría verlo personalmente?

—Por supuesto. A ver... un momentito. —Hubo una breve pausa, tras la cual regresó. —¿Qué le parece mañana, a eso de las diez?

—Perfecto. Muchas gracias.

—Hasta mañana.

Por la ventana vio a muchas personas que caminaban presurosas con ese clima gélido, y pensó: "Tim tiene razón. Será mejor que me compre algo más abrigado".

Las Tiendas Gum quedaban cerca de su hotel. Eran un enorme emporio donde se podía encontrar todo tipo de artículos baratos, desde prendas de vestir hasta herramientas.

Dana se dirigió a la sección de ropa femenina, donde estaban los percheros de abrigos gruesos. Eligió uno de lana roja y una bufanda haciendo juego. Veinte minutos tardó en encontrar un empleado que le facturara la compra.

Cuando volvió a su habitación, estaba sonando el teléfono celular. Era Jeff.

—Hola, mi amor. Traté de llamarte la noche de Año Nuevo, pero no contestabas, y no sabía dónde encontrarte.

—Lo siento, Jeff. —"¡Así que no se había olvidado! Gracias a Dios".

—¿Dónde estás?

—En Moscú.

—¿Todo bien, querida?

—Perfecto, pero cuéntame sobre Rachel.

—Todavía es pronto para saber cómo anduvo. Mañana van a probar con una nueva terapia, que todavía está en etapa de experimentación. Los resultados estarán dentro de unos días.

—Espero que salga bien.

—¿Hace frío por allá?

Dana se rió.

—No lo creerías. Me convertí en un bloque de hielo humano.

—Ojalá estuviera ahí para derretirte.

Hablaron unos cinco minutos más, hasta que Dana oyó la voz de Rachel que llamaba a Jeff.

—Tengo que cortar, mi amor. Rachel me necesita.

"Yo también te necesito", pensó ella, pero en cambio dijo:

—Te quiero.

—Te quiero mucho.

La embajada norteamericana —ubicada en el bulevar Novinsky número 19-23— era un edificio antiguo y venido a menos, custodiado por guardias rusos ubicados en garitas. Había una larga fila de gente que esperaba pacientemente. Dana fue hasta el principio de la hilera y le dio su nombre a un guardia. Éste consultó una lista que tenía, y le hizo señas para que pasara.

En la sala de recepción, había un infante de marina parado dentro de una cabina de vidrio a prueba de balas. Una centinela uniformada —también norteamericana— verificó el contenido de la cartera de Dana.

—Todo en orden —dijo.

—Gracias. —Se acercó al escritorio. —Soy Dana Evans.

—El embajador la está esperando, señorita —le informó un hombre que estaba ahí parado—. Venga conmigo, por favor.

Fue tras él, y juntos subieron por una escalera de mármol y llegaron a una oficina al final de un largo pasillo. Cuando Dana entró, una atractiva mujer de unos cuarenta años la recibió con una sonrisa.

—Mucho gusto, señorita Evans. Soy Lee Hopkins, la secretaria del embajador. Ya puede entrar.

Pasó, entonces, al despacho de adentro. El embajador Edward Hardy se puso de pie al verla acercarse.

—Buenos días, señorita Evans.

—Buenos días. Gracias por recibirme.

El embajador era un hombre alto, de tez colorada, con la actitud dinámica de un político.

—Encantado de conocerla. ¿Puedo ofrecerle algo para tomar?

—No, le agradezco.

—Por favor, tome asiento.

Dana se sentó.

—Me encantó que Roger Hudson me llamara para anunciarme su visita. Ha llegado en un momento interesante.

—¿Ah, sí?

—No me agrada decir esto, pero entre usted y yo, me temo que este país está en caída libre. —Suspiró. —Para serle totalmente franco, no tengo idea de lo que va a pasar acá, señorita Evans. Este país tiene ochocientos años de historia, y estamos viendo cómo se va a pique. Los que gobiernan son unos delincuentes.

Dana lo miró con curiosidad.

—¿A qué se refiere?

El embajador se reclinó en su sillón.

—Las leyes de acá dicen que ningún miembro de la Duma, la cámara baja del Parlamento, puede ser juzgado por ningún delito. En consecuencia, la Duma está llena de personas acusadas de todo tipo de delitos: gángsters que cumplieron condenas en la cárcel y delincuentes que están a punto de cometer delitos. Y no se puede tocar a nadie.

—Increíble.

—Sí. El pueblo ruso es maravilloso, pero el gobierno... Bueno, ¿en qué puedo ayudarla?

—Quería hacerle unas preguntas sobre Taylor Winthrop. Estoy preparando una nota sobre la familia.

El embajador Hardy meneó la cabeza con pesar.

—Parece una tragedia griega, ¿no?

—Sí. —"De nuevo la misma frase".

El hombre la miró con curiosidad.

—El mundo ya ha oído esa historia muchas veces. No creo que haya mucho más que decir.

—Quiero contarla desde un ángulo personal —explicó Dana, eligiendo con cuidado sus palabras—. Quiero saber cómo era realmente Taylor Winthrop, qué tipo de hombre era, quiénes eran sus amigos acá, si tenía algún enemigo...

—¿Enemigos? —Parecía sorprendido. —No, todo el mundo apreciaba a Taylor. Probablemente fue el mejor embajador que tuvimos en este país.

—¿Usted trabajó con él?

—Sí. Fui su subjefe de misión durante un año.

—Embajador Hardy, ¿sabe usted si Taylor Winthrop estaba trabajando en algo en donde... —se interrumpió porque no estaba segura de cómo explicarlo— todas las piezas tuvieran que encajar?

El hombre frunció el entrecejo.

—¿Se refiere a algún tipo de acuerdo comercial o con el gobierno?

—No sé muy bien a qué me refiero —confesó Dana.

El embajador pensó un momento.

—Yo tampoco. No, no se me ocurre qué puede ser.

—¿Alguna de las personas que trabajan acá, ahora, estuvieron en la época de él?

—Ah, sí. De hecho, mi secretaria, Lee, fue secretaria suya.

—¿Le molesta si hablo con ella?

—En absoluto. Más aún, si quiere le doy una lista de personas de la embajada que quizá puedan ayudarla.

—Se lo agradecería mucho.

El hombre se puso de pie.

—Tenga cuidado mientras esté en el país, señorita Evans. Hay mucho delito en las calles.

—Así me han dicho.

—No beba agua de la canilla, que ni siquiera los rusos beben. Ah, y cuando vaya a un restaurante, no se olvide nunca de aclarar *chisti stol,* que quiere decir "mesa limpia", o se va a encontrar con que se la llenan de aperitivos e ingredientes caros que usted no pidió. Si va de compras, el mejor lugar es el Arbat. Ahí las tiendas venden de todo. Y tenga cuidado con los taxis: tome los más viejos y destartalados, porque los estafadores casi siempre andan en autos nuevos.

—Gracias, lo tendré en cuenta.

Cinco minutos después, Dana hablaba con Lee Hopkins, la secretaria del embajador. Estaban solas en una pequeña sala con la puerta cerrada.

—¿Cuánto tiempo trabajó para el embajador Winthrop?

—Un año y medio. ¿Qué quiere saber?

—¿Winthrop se hizo de algún enemigo mientras estuvo aquí?

Lee Hopkins la miró, sorprendida.

—¿Enemigos?

—Sí, me imagino que en un trabajo como éste a veces uno tiene que decirle "no" a gente que puede tomarlo a mal. Seguramente el embajador Winthrop no habrá podido dejar a todo el mundo contento.

Lee Hopkins meneó la cabeza.

—No sé qué es lo que está buscando, señorita Evans, pero si su intención es escribir cosas malas sobre Taylor Winthrop, no ha acudido a la persona indicada. El señor Winthrop era el hombre más amable y atento que conocí en mi vida.

"Otra vez lo mismo", pensó Dana.

Durante las dos horas siguientes, habló con otras cinco personas que habían trabajado en la embajada en la época de Taylor Winthrop.

"Era un hombre brillante...

No tenía problemas con nadie...

Se desvivía por ayudarnos...

¿Enemigos? Cualquiera menos Taylor Winthrop..."

"Estoy perdiendo el tiempo", pensó Dana, y volvió a reunirse con el embajador Hardy.

—¿Consiguió lo que quería? —le preguntó éste, en tono menos cordial que antes.

Dana titubeó.

—No del todo.

Él se inclinó hacia delante.

—Y no creo que lo consiga, señorita, si lo que busca son datos negativos acerca de Taylor Winthrop. Ha logrado alterar a todos en la embajada. Todos lo apreciaban, y yo también. No trate de desenterrar secretos que no existen. Si ha venido nada más que para eso, puede irse.

—Gracias, lo haré.

Pero no tenía la más mínima intención de irse.

El Club Nacional VIP, ubicado justo frente al Kremlin y la Plaza Manezh, era un restaurante y casino privado. Tim Drew la estaba esperando allí.

—Bienvenida. Creo que este lugar te va a gustar. Acá se junta la flor y nata de la alta sociedad moscovita. Si cayera una bomba en este restaurante, creo que el gobierno no podría funcionar más.

La cena fue deliciosa. De entrada, comieron panqueques de caviar y crema ácida, y luego borscht, trucha con salsa de nueces, lomo stroganoff y arroz. De postre pidieron tarteletas de queso *vatrushki*.

—Esto está riquísimo —opinó Dana—. Me habían dicho que la comida rusa era horrible.

—Es horrible, pero esto no es Rusia, sino un pequeño oasis.

—¿Cómo es vivir acá?

Tim Drew lo pensó un momento.

—Es como estar parado cerca de un volcán, esperando que entre en erupción. Uno nunca sabe cuándo va a ocurrir. Los que tienen el poder le están robando miles de millones al país, y el pueblo se muere de hambre. Fue por eso que se desencadenó la última revolución, y sólo Dios sabe lo que pasará ahora. Pero para ser justo, esto que te digo es sólo una cara de la historia. La cultura de este país es increíble. Tienen el Teatro Bolshoi, el gran Hermitage, el Museo Pushkin, el ballet ruso, el circo de Moscú... y la lista no se acaba. En Rusia se publican más libros que en todo el resto del mundo, y el ciudadano ruso promedio lee tres veces más libros al año que el norteamericano.

—Tal vez leen libros que no convienen —opinó Dana.

—Tal vez. En este momento la gente está atrapada en medio del capitalismo y el comunismo, y ninguno de los dos sistemas funciona. Los servicios son malos, los costos aumentan cada día más y hay muchísimos delitos. —Miró a Dana. —Espero no estar deprimiéndote.

—No, pero dime, Tim, ¿conociste a Taylor Winthrop?

—Sí, lo entrevisté un par de veces.

—¿Alguna vez oíste algo acerca de un gran proyecto en el que participaba?

—Participaba en muchos proyectos. Al fin y al cabo, era nuestro embajador.

—No, no me refiero a eso, sino a algo distinto, algo muy complicado... en donde todas las piezas tuvieran que encajar.

Tim Drew se quedó pensando.

—No se me ocurre qué puede ser.

—¿Hay alguien acá que tuviera una estrecha relación con él?

—Algunos de sus colegas rusos, supongo. Podrías hablar con ellos.

—Bueno, lo haré.

El camarero trajo la cuenta. Tim le echó un vistazo y miró a Dana.

—Esto es típico. Agregan tres recargos en la cuenta, y ni te molestes en tratar de averiguar a qué corresponden.

Tim pagó, y cuando salieron a la calle le preguntó:

—¿Tienes un arma?

Ella lo miró sorprendida.

—Por supuesto que no. ¿Por qué?

—Estamos en Moscú, uno nunca sabe. —De repente, pareció que se le ocurría una idea. —Ya sé. Vamos a pasar por un lugar.

Subieron a un taxi, y Tim Drew le dio una dirección al conductor. Cinco minutos después, se detuvieron frente a un negocio que vendía armas y bajaron del taxi.

Dana miró el interior del local y afirmó:

—Yo no voy a llevar un arma encima.

—Ya sé, pero ven conmigo.

En las vitrinas se exhibía todo tipo imaginable de armas. Dana miró a su alrededor.

—¿En este país cualquiera puede entrar y comprarse un arma?

—Sí; lo único que necesita es tener el dinero.

El hombre que atendía le murmuró algo en ruso a Tim, y él le dijo qué quería.

—*Da*. —El vendedor buscó debajo del mostrador y sacó un pequeño cilindro negro.

—¿Y esto para qué sirve? —preguntó Dana.

—Es para ti, es un aerosol de protección. —Tim lo tomó. —Lo único que tienes que hacer es apretar este botón de la parte superior, y los malos sentirán tanto dolor que no te molestarán.

—No creo que...

—Confía en mí, y llévatelo. —Se lo entregó, le pagó al vendedor y salieron.

—¿Te gustaría conocer un club nocturno moscovita?

—Podría ser interesante.

—Entonces vamos.

El Club Vuelo Nocturno —situado en la calle Tverskaya— era un local espléndido, de bella ornamentación, y estaba repleto de rusos bien vestidos que comían, bebían y bailaban.

—Aquí no parece haber problemas económicos —comentó Dana.

—No, a los mendigos los dejan en la calle.

Regresó exhausta a su hotel a las tres de la madrugada. Había sido un día largo. En el pasillo, sentada a una mesa, una mujer controlaba los movimientos de los huéspedes.

Cuando Dana entró en su habitación, miró por la ventana y pudo apreciar cómo la nieve caía a la luz de la luna, una vista que parecía sacada de una tarjeta postal.

"Mañana sabré para qué vine", pensó decidida.

El ruido del jet que pasaba por allí era tan estridente, que parecía como si el avión fuese a estrellarse contra el edificio. Rápidamente, el hombre se levantó de su escritorio, tomó unos largavistas y se acercó a la ventana. La cola del avión iba descendiendo a medida que la nave se preparaba para aterrizar en el pequeño aeropuerto, situado a un kilómetro y medio de distancia. A excepción de las pistas, el resto del desolado paisaje estaba cubierto de nieve hasta donde se alcanzaba a ver. Era invierno, y estaban en Siberia.

—Así que los chinos llegaron primero —le dijo a su asistente. El comentario no pretendía hallar respuesta. —Me contaron que nuestro amigo Ling Wong no va a regresar. Parece que cuando volvió de nuestra última reunión con las manos vacías, no recibió una buena acogida. Qué lástima; era un buen tipo.

En ese momento, un segundo avión rugió en lo alto. El hombre no reconoció de dónde provenía. Cuando la máquina hubo aterrizado, enfocó con sus potentes largavistas a los hombres que descendían de la cabina y caminaban por la pista. Algunos no hacían el más mínimo esfuerzo por esconder las ametralladoras que llevaban.

—Llegaron los palestinos.

Otro jet rugió en el cielo. "Todavía faltan doce", pensó. "Mañana, cuando comencemos las negociaciones, será la subasta más grande que se haya visto. Todo tiene que salir bien".

Se volvió hacia su asistente.

—Te voy a dictar un memorándum.

MEMORÁNDUM CONFIDENCIAL PARA TODO EL PERSONAL DE OPERACIONES. DEBE DESTRUÍRSELO INMEDIATAMENTE DESPUÉS DE LEÍDO.

SEGUIR VIGILANDO ESTRECHAMENTE A LA PERSONA. INFORMAR SOBRE SUS ACTIVIDADES Y MANTENERSE ALERTA PARA SU POSIBLE ELIMINACIÓN.

CAPÍTULO 20

Cuando Dana se despertó, llamó por teléfono a Tim Drew.

—¿Tuviste alguna otra noticia del embajador Hardy? —quiso saber él.

—No, creo que lo ofendí. Tengo que hablar contigo.

—Está bien. Tómate un taxi y dile que te lleve al Club Boyrsky, que queda en la calle Treatrilny Proyez, *un cuarto*.

—*¿Dónde?* Nunca oí...

—El taxista va a entender. Tómate un auto que esté en mal estado.

—De acuerdo.

Cuando salió del hotel y se encontró con el ulular del viento helado, se alegró de tener puesto su nuevo abrigo de lana roja. Un cartel luminoso en el edificio de enfrente le informó que la temperatura era de veintinueve grados centígrados bajo cero. "Dios mío", pensó.

Frente al hotel había un taxi reluciente, pero Dana se alejó y esperó que lo tomara otro pasajero. El que vino a continuación parecía más viejo, así que se subió. El chofer la interrogó con los ojos por el espejo retrovisor.

—Voy a la calle Treat... —Titubeo. —...rilny... —Respiró profundamente. —...Proyez...

—¿Al Club Boyrsky? —preguntó el hombre, impaciente.

—*Da.*

El auto arrancó, y la llevó por largas avenidas llenas de vehículos y transeúntes desamparados que caminaban de prisa por las calles inclementes. La ciudad parecía cubierta por una opaca pátina gris. "Y no es sólo por el clima", pensó Dana.

El Club Boyrsky resultó ser un lugar moderno y cómodo, amueblado con sillones y sofás de cuero. Tim Drew la estaba esperando sentado cerca de la ventana.

—Veo que no tuviste problemas para llegar.

—No —replicó ella, sentándose—. El taxista hablaba inglés.

—Fue una suerte. Vienen de tantas provincias diferentes que algunos ni siquiera hablan ruso. Es increíble que este país pueda siquiera funcionar. Para mí es una especie de dinosaurio en extinción. ¿Tienes idea del tamaño de Rusia?

—No mucha.

—Es casi dos veces más grande que los Estados Unidos. Posee trece husos horarios distintos y limita con catorce países. *Catorce países.*

—Increíble. A propósito, Tim, querría hablar con algún ruso que haya hecho negocios con Taylor Winthrop.

—Eso incluye a casi todos los funcionarios del gobierno.

—Lo sé, pero tiene que haber habido algunos con los que tuvo una relación más cercana que con otros. El Presidente...

—Tal vez alguien con un cargo más bajo —replicó él en tono seco—. Yo diría que, de toda la gente con la que trató, quizás el más cercano era Sasha Shdanoff.

—¿Quién es?

—El director del Departamento para el Desarrollo Económico Internacional. Creo que él y Winthrop tenían una relación no sólo oficial sino también personal. —La miró con atención. —¿Qué estás buscando, Dana?

—No estoy segura —respondió ella sinceramente—. No estoy segura.

El Departamento para el Desarrollo Económico Internacional funcionaba en un enorme edificio de ladrillo rojo situado en la calle Ozernaya, que ocupaba toda una manzana. En la entrada principal, dos policías custodiaban la puerta, y un tercer guardia estaba sentado detrás de un escritorio. Cuando Dana se le acercó, el guardia levantó la vista.

—*Dobry dyen* —saludó ella.

—*Zdrastvuytye. Ne...*

—Disculpe —lo interrumpió—. Vengo a ver al señor Shdanoff. Me llamo Dana Evans, y trabajo para la red *Washington Tribune.*

El guardia consultó una lista que tenía frente a sí e hizo gestos de negación con la cabeza.

—¿Tiene una entrevista?

—No, pero...

—Entonces tendrá que pedirla. ¿Es norteamericana?

—Sí.

El hombre buscó entre unos formularios que había sobre el escritorio y le entregó uno.

—Complete esto, por favor.

—Cómo no. ¿Será posible ver al director esta tarde?

Él arqueó las cejas.

—*Ya ne ponimayu.* Ustedes los norteamericanos siempre están apurados. ¿En qué hotel se hospeda?

—En el Sevastopol. Me basta con unos pocos minu...

El guardia tomó nota.

—Alguien se pondrá en contacto con usted. *Dobry dyen.*

—Pero... —comenzó a decir ella, pero se interrumpió al ver su expresión—. *Dobry dyen.*

Dana se quedó toda la tarde en su habitación, esperando que la llamaran por teléfono. A las seis, llamó a Tim Drew.

—¿Lograste ver a Shdanoff? —le preguntó él.

—No. Dijeron que me iban a llamar.

—No te impacientes, Dana. Te estás enfrentando con una burocracia de otro planeta.

A la mañana siguiente, temprano, Dana volvió al Departamento para el Desarrollo Económico Internacional y encontró al mismo guardia sentado a su escritorio.

—*Dobry dyen* —lo saludó.

—*Dobry dyen* —respondió él, mirándola con cara de piedra.

—¿No sabe si el señor Shdanoff recibió ayer mi mensaje?

—¿Cuál es su nombre?

—Dana Evans.

—¿Dejó un mensaje ayer?

—Sí, se lo dejé a usted.

—Entonces lo recibió —replicó el guardia, moviendo la cabeza en señal afirmativa—. Acá se entregan todos los recados.

—¿Puedo hablar con la secretaria del señor Shdanoff?

—¿Tiene una entrevista?

Dana respiró profundamente.

—No.

—*Izvinitye nyet* —respondió el hombre, encogiéndose de hombros.

—¿Cuándo podré...?

—La llamarán para avisarle.

Cuando volvía al hotel, pasó frente a una tienda para niños y entró a mirar. Había un sector de juguetería, y en un rincón descubrió un estante lleno de juegos para computadora. "A Kemal le va a gustar que le lleve uno", pensó. Compró un jueguito, y se sorprendió al ver lo caros que eran. Volvió al hotel a esperar que la llamaran por teléfono. A las seis de la tarde, abandonó las esperanzas, y estaba a punto de bajar a cenar cuando sonó el teléfono. Se apresuró a atender.

—¿Dana? —Era Tim Drew.

—Hola, Tim.

—¿Y, tuviste suerte?

—Todavía no.

—Ah, pero mientras estás en Moscú, no puedes perderte las cosas buenas. Esta noche hay una función de ballet, *Giselle*. ¿Te gustaría ir?

—Me encantaría, gracias.

—Dentro de una hora te paso a buscar.

* * *

La función de ballet se realizaba en el Palacio de los Congresos, un teatro dentro del Kremlin con capacidad para seis mil espectadores. Fue una velada mágica. La música era extraordinaria y los bailarines, fantásticos, por lo que el primer acto transcurrió muy rápido.

Cuando se encendieron las luces que anunciaban el intervalo, Tim se puso de pie y le dijo:

—Sígueme, rápido.

Una estampida de gente se abalanzó hacia las escaleras.

—¿Qué pasa?

—Ya verás.

Cuando llegaron al último piso, se encontraron con unas cinco o seis mesas llenas de fuentes con caviar y botellas de vodka heladas. Los espectadores que habían llegado primero estaban muy ocupados sirviéndose.

—En este país sí que saben cómo armar un espectáculo —comentó Dana.

—Así es como vive la clase alta. No te olvides de que un treinta por ciento del pueblo vive por debajo de la línea de pobreza.

Luego se encaminaron hacia los ventanales para alejarse de la multitud.

—Este país está podrido, Dana. ¿Sabías que los únicos rusos que pueden votar para elegir al presidente tienen que tener por lo menos cincuenta años de edad?

—Lo dices en broma.

—No, es en serio. Tal vez piensan que a esa altura ya se les ha lavado bien el cerebro. —Las luces comenzaron a titilar. —Está por empezar el segundo acto.

El resto de la función fue espectacular, pero la mente de Dana no hacía más que recordar trozos de distintas conversaciones.

"Taylor Winthrop era *scheisse*. Era astuto, muy astuto. Me tendió una trampa..."

"Fue un lamentable accidente. Gabriel era un muchacho estupendo..."

"Taylor Winthrop borró el futuro de la familia Mancino..."

Cuando terminó la función, volvieron al auto.

—¿Quieres venir a mi departamento a tomar un trago? —le propuso Tim.

Dana se volvió para mirarlo: era atractivo, inteligente y simpático, pero no era Jeff, así que la respuesta que le salió fue:

—Gracias, Tim, pero no.

—Ah, bueno. —Su desilusión fue evidente. —¿Mañana, tal vez?

—Me encantaría, pero al día siguiente tengo que levantarme temprano. —"Además, estoy perdidamente enamorada de otro hombre".

A primera hora de la mañana siguiente, Dana estaba de nuevo en el Departamento para el Desarrollo Económico Internacional. Se encontró con el mismo guardia sentado detrás del escritorio.

—*Dobry dyen*.

—*Dobry dyen*.

—Soy Dana Evans. Si no puedo ver al director, ¿puedo ver a su asistente?

—¿Tiene una entrevista?

—No, pero...

El hombre le entregó una hoja de papel.

—Llene esto y...

Cuando volvió a su habitación, estaba sonando su teléfono celular. El corazón le dio un vuelco.

—Dana...

—¡Jeff!

Era mucho lo que querían decirse, pero Rachel se interponía entre ambos como una sombra fantasmal y no los dejaba hablar sobre el tema que más los preocupaba: la enfermedad de Rachel. La conversación, entonces, fue medida.

* * *

Al día siguiente, a las ocho de la mañana, Dana recibió inesperadamente la llamada de la oficina del señor Shdanoff.

—¿Dana Evans? —inquirió una voz con un marcado acento.

—Sí, soy yo.

—Habla Yerik Karbana, asistente del señor Shdanoff. ¿Usted quería verlo, no?

—¡Sí! —Supuso que le iba a preguntar: "¿Tiene una entrevista?", pero en cambio el hombre dijo: —La esperamos en el Departamento para el Desarrollo Económico Internacional exactamente dentro de una hora.

—De acuerdo. Muchas... —Pero su interlocutor ya había cortado.

Una hora más tarde, volvía a entrar en la recepción del enorme edificio de ladrillo y se acercaba al mismo guardia sentado detrás del escritorio, que levantó la vista y le dijo:

—*Dobry dyen*.

—*Dobry dyen* —saludó ella con una sonrisa forzada—. Me llamo Dana Evans y vengo a ver al señor Shdanoff.

—Lo siento —respondió él, encogiéndose de hombros—, pero sin una entrevista...

Dana hizo un esfuerzo por no perder la paciencia.

—Tengo una entrevista.

Él la miró con desconfianza.

—*Da?* —Levantó el teléfono y habló unos minutos. Luego se volvió hacia Dana. —Tercer piso —indicó muy a su pesar—. Ahí la recibirá alguien.

La oficina del director Shdanoff era amplia, pero estaba descuidada y parecía que la habían amueblado en la década de 1920. Los dos hombres que estaban en la oficina se pusieron de pie cuando Dana entró.

—Permítame que me presente —dijo el de más edad—. Soy Sasha Shdanoff. —Parecía tener alrededor de cincuenta años. Era bajo y robusto, con unos pocos mechones de pelo canoso, cara redonda y unos ojos castaños e inquietos que se movían constantemente por toda la sala como buscando algo. Hablaba con un acento muy marcado. Tenía puesto un deslucido traje color marrón y zapatos negros muy gastados. Señaló con un gesto al otro hombre. —Éste es mi hermano, Boris Shdanoff.

—¿Cómo está usted, señorita Evans? —la saludó el hombre con una sonrisa.

No se parecía en nada a su hermano. Aparentaba ser unos diez años menor, y tenía nariz aguileña y mentón firme. Llevaba un traje color azul claro de Armani y corbata gris de Hermès. Al hablar, casi no tenía acento.

—Boris vino de visita desde los Estados Unidos —explicó Sasha Shdanoff con orgullo—. Es agregado en la embajada rusa en la capital de su país, Washington.

—Soy un gran admirador de su trabajo, señorita Evans —comentó Boris Shdanoff.

—Gracias.

—¿En qué puedo ayudarla? —le preguntó Sasha—. ¿Tiene algún problema?

—No, en absoluto. Quería hacerle unas preguntas sobre Taylor Winthrop.

El hombre la miró azorado.

—¿Qué quiere saber sobre Winthrop?

—Tengo entendido que usted trabajó con él y que, en ocasiones, se vieron fuera del ámbito laboral.

—*Da* —respondió Sasha con cautela.

—Querría saber la opinión personal que él le merecía.

—¿Qué puedo decirle? Creo que fue un buen embajador para su país.

—Me dijeron que era muy conocido acá y...

—Ah, sí —la interrumpió Boris—. Las embajadas en Moscú organizan muchas fiestas, y Taylor Winthrop siempre estaba...

Sasha Shdanoff miró a su hermano con gesto de disgusto.

—*Dovolno!* —Luego volvió a dirigirse a Dana. —El embajador Winthrop a veces concurría a las fiestas de la embajada. Era muy sociable, y el pueblo ruso lo apreciaba.

—De hecho —señaló Boris—, una vez me comentó que si pudiera...

—*Molchat!* —lo interrumpió su hermano en tono cortante—. Como le dije, señorita, era un buen embajador.

Dana miró a Boris Shdanoff: obviamente estaba tratando de decirle algo. Luego se volvió hacia el director.

—¿El embajador Winthrop alguna vez se metió en algún tipo de lío mientras estuvo acá?

Sasha Shdanoff frunció las cejas.

—¿En un lío? No, en absoluto. —Evitó mirarla a los ojos.

"Está mintiendo", pensó Dana, así que siguió insistiendo:

—¿Se le ocurre algún motivo por el que alguien hubiera querido asesinar a Winthrop y su familia?

El hombre abrió grandes los ojos.

—¿*Asesinarlo*? ¿A él y a su familia? *Nyet. Nyet.*

—¿No se le ocurre ningún motivo?

—Bueno... —comenzó a decir Boris, pero su hermano lo cortó en seco:

—No, ningún motivo. Fue un gran embajador. —Sacó un cigarrillo de una cigarrera de plata, y Boris se apresuró a encendérselo. —¿Hay algo más que desee saber?

Dana miró a ambos. "Están escondiendo algo", se dijo, "¿pero qué? Todo este asunto es como un laberinto sin salida".

—No. —Miró de reojo a Boris al tiempo que agregaba lentamente: —Si se les ocurre algo, me pueden encontrar en el hotel Sevastopol hasta mañana a la mañana.

—¿Se vuelve a su país? —preguntó Boris.

—Sí, mi avión sale por la tarde.

—Yo... —Boris comenzó a decir algo, pero miró a su hermano y se calló.

—Adiós —dijo Dana.

—*Proshchayte.*

Proshchayte.

Ya de vuelta en su habitación del hotel, llamó por teléfono a Matt Baker.

—Acá está pasando algo, Matt, pero no logro averiguar qué diablos es. Tengo la sensación de que podría quedarme en este país durante meses y no conseguir ningún dato útil. Me vuelvo a casa mañana.

—Acá está pasando algo, Matt, pero no logro averiguar qué diablos es. Tengo la sensación de que podría quedarme en este país durante meses y no conseguir ningún dato útil. Me vuelvo a casa mañana.

Fin de la grabación.

Esa noche, el aeropuerto Sheremetyevo II estaba atestado de gente. Mientras esperaba la salida de su vuelo, Dana tuvo la desagradable sensación de que la estaban vigilando. Observó la multitud, pero no le llamó la atención nadie en particular. "Están ahí, en algún lugar". Y darse cuenta de eso le dio un escalofrío.

CAPÍTULO 21

La señora Daley y Kemal la estaban esperando en el aeropuerto Dulles. Dana no se había dado cuenta de lo mucho que había extrañado al niño. Lo abrazó y lo apretó fuerte.

—Hola, Dana, qué bueno que volviste. ¿Me trajiste un oso ruso?

—Sí, pero lamentablemente se me escapó.

Kemal sonrió.

—¿Ahora te vas a quedar en casa?

—Por supuesto que sí —respondió ella con afecto.

—Ésa sí que es una buena noticia, señorita Evans —afirmó la señora Daley, sonriendo—. Estamos muy contentos de que haya vuelto.

Cuando iban en el auto rumbo al departamento, preguntó Dana:

—¿Cómo te va con el brazo nuevo, Kemal? ¿Te habitúas a usarlo?

—Sí, me gusta.

—Me alegro. ¿Y cómo te va en el colegio?

—No es tan terrible.

—¿No te peleas más?

—No.

—Fantástico. —Dana lo miró un instante, y lo notó un poco distinto, casi aplacado. Daba la impresión de que algo lo hubiera hecho cambiar, pero fuese lo que fuere, lo cierto es que ahora parecía un niño feliz.

Al llegar al departamento, dijo Dana:

—Tengo que ir al estudio, mi amor, pero vuelvo esta noche y cenamos juntos. ¿Qué te parece si vamos al McDonald's?

—"Adonde solíamos ir con Jeff".

Al entrar en el gran edificio de la WTN, tuvo la sensación de que había estado ausente desde hacía un siglo. Camino a la oficina de Matt, recibió el saludo de cinco o seis compañeros de trabajo.

—Te echábamos de menos, Dana. Nos alegra que hayas vuelto.

—A mí también me alegra.

—Eh, miren quién llegó. ¿Tuviste un buen viaje?

—Espléndido, gracias.

—Este lugar no es lo mismo sin ti.

Cuando la vio entrar en su oficina, Matt le dijo:

—Adelgazaste; tienes un aspecto terrible.

—Gracias, Matt.

—Siéntate.

Dana así lo hizo.

—No has dormido mucho últimamente, ¿no?

—No, no mucho.

—A propósito, nuestro nivel de audiencia ha bajado desde que te fuiste.

—Me siento halagada.

—Elliot se va a poner muy contento cuando sepa que no vas a seguir con este tema. Estaba muy preocupado por ti.

—No mencionó lo preocupado que también él se sentía.

Hablaron durante media hora. Cuando Dana volvió a su propia oficina, Olivia le dijo:

—Bienvenida. Cuánto hace que... —En ese momento, sonó el teléfono y tuvo que atender. —Oficina de la señorita Evans... Un momento, por favor. —Miró a Dana. —Pamela Hudson por línea uno.

—Ya atiendo. —Fue a su despacho y levantó el teléfono: —Hola, Pamela.

246

—¡Dana, volvió! Estábamos tan afligidos. Rusia no es uno de los lugares más seguros últimamente.

—Lo sé —acordó Dana entre risas—. Un amigo mío me regaló un aerosol de protección.

—La extrañamos mucho. Decíamos con Roger que nos encantaría que viniera a tomar el té esta tarde. ¿Está ocupada?

—No.

—¿A las tres?

—Perfecto.

El resto de la mañana lo pasó preparando el programa de la noche.

A las tres de la tarde, Cesar le abría la puerta.

—¡Señorita Evans! —Su rostro mostraba una amplia sonrisa. —Qué alegría de verla. Bienvenida.

—Gracias, Cesar. ¿Cómo anda?

—Excelentemente bien, gracias.

—¿El señor y la señora...?

—La están esperando. ¿Me permite el abrigo?

Cuando Dana entró en la sala, Roger y Pamela exclamaron al unísono:

—¡Dana!

Pamela le dio un fuerte abrazo.

—Volvió la hija pródiga.

—Tiene cara de cansada —opinó Roger.

—Todos me dicen lo mismo.

—Vamos, siéntese.

Entró una empleada trayendo una bandeja con té, galletitas, scones y medialunas. Pamela sirvió el té. Cuando se sentaron, Roger dijo:

—Bueno, cuéntenos qué está pasando.

—La única novedad es que no he podido averiguar nada en concreto. Me siento totalmente frustrada. —Respiró hondo. —Un hombre al que conocí, llamado Dieter Zander, me dijo que Taylor Winthrop lo había engañado y lo había mandado a la cárcel. Mientras estaba preso, su familia murió en un incendio, y él le echa la culpa a Taylor Winthrop.

—Así que tenía un motivo para matar a toda la familia Winthrop —concluyó Pamela.

—Es cierto, pero hay más. En Francia hablé con un señor llamado Marcel Falcon. Su único hijo murió atropellado por un conductor que se dio a la fuga. El chofer de Taylor Winthrop se declaró culpable, pero ahora dice que el que manejaba era Winthrop.

—Falcon estaba en la Comisión de la OTAN, en Bruselas —recordó Roger con actitud pensativa.

—Correcto, y el chofer le contó que fue Taylor Winthrop quien mató a su hijo.

—Qué interesante.

—Sí, mucho. ¿Han oído hablar de Vincent Mancino?

Roger pensó un momento.

—No.

—Es un mafioso. Parece que Taylor Winthrop embarazó a su hija y la mandó a un carnicero para que se hiciera un aborto, pero salió mal. Ahora la hija está en un convento y la madre, en una clínica psiquiátrica.

—Dios mío.

—El hecho es que los tres tienen buenas razones para querer vengarse. —Dana soltó un suspiro de frustración. —Pero no puedo probar nada.

Roger la miró con expresión pensativa.

—De manera que Taylor Winthrop cometió todos esos actos terribles.

—No me cabe ninguna duda. Hablé con esas personas. No sé quién está detrás de los asesinatos, pero sí sé que los orquestó a las mil maravillas. No dejó ni una huella. Cada asesinato tuvo un modus operandi distinto, así que no se advierte un único patrón de conducta. Cuidaron hasta el último detalle; no se dejó nada librado al azar. No hay ni un solo testigo de ninguna de las muertes.

—Sé que esto puede sonar inverosímil —dijo Pamela, pensativa—, pero... ¿no podría ser que todos se hubieran confabulado para vengarse?

—No, no creo que haya habido una conspiración —respondió Dana meneando la cabeza—. Los hombres con los que hablé tienen mucho poder. Creo que cada uno habría querido hacerlo por sí mismo. El culpable es uno solo de ellos.

¿Pero cuál?

De pronto, Dana miró la hora.

—Discúlpenme, por favor, pero le prometí a Kemal que lo llevaría a cenar a McDonald's, y si me apuro, puedo hacerlo antes de volver al trabajo.

—Por supuesto, querida —respondió Pamela—. La entendemos bien. Gracias por venir.

Dana se levantó para irse.

—No, gracias a ustedes por este riquísimo té y por el apoyo moral.

El lunes a la mañana, cuando llevaba a Kemal a la escuela, le dijo:

—Cómo extrañaba llevarte en auto al colegio, pero ya estoy de vuelta.

—Me alegro —replicó Kemal entre bostezos.

Dana se dio cuenta de que había estado bostezando desde que se levantó.

—¿Dormiste bien anoche?

—Sí, creo que sí. —Volvió a bostezar.

—¿Qué haces en el colegio?

—¿Además de estudiar esa historia horrible y esa lengua aburrida?

—Sí.

—Juego al fútbol.

—No es mucho lo que haces, ¿verdad, Kemal?

—Nooo.

Miró de reojo la frágil figura que tenía a su lado, y le pareció que se le había ido toda la energía, que el niño estaba desusadamente quieto. Se preguntó si debía llevarlo al médico. A lo mejor le hacían falta unas vitaminas para recuperar la energía. Miró la hora: faltaban apenas treinta minutos para que empezara la reunión para preparar el programa de esa noche.

* * *

La mañana pasó volando, y Dana se sintió feliz de haber regresado a su mundo. Cuando volvió a su oficina, vio sobre su escritorio un sobre cerrado dirigido a su nombre. Lo abrió, y leyó la siguiente nota:

"Señorita Evans: Tengo la información que necesita. Le reservé una habitación en el Hotel Soyuz, de Moscú. Venga de inmediato, y no comente esto con nadie".

No estaba firmada. Volvió a leer la carta, sin poder creerlo. "Tengo la información que necesita".

Desde luego, tenía que ser una broma. Si alguien en Rusia tenía la respuesta que ella estaba buscando, ¿por qué no se la dijo cuando ella estuvo ahí? Se acordó del encuentro que había tenido con el director Sasha Shdanoff y su hermano Boris. Este último parecía ansioso por contarle algo, y Sasha lo había interrumpido en reiteradas ocasiones. Dana se sentó frente a su escritorio, pensativa. ¿Cómo había llegado esa carta hasta su oficina? ¿La estarían vigilando?

"Voy a olvidarme de este asunto", decidió, guardando la carta en su cartera. "Cuando llegue a casa, la rompo".

Pasó la tarde con Kemal. Supuso que al niño le iba a encantar el nuevo jueguito para computadora que le había comprado en Moscú, pero no se lo veía muy entusiasmado. A las nueve se le empezaron a cerrar los ojos.

—Tengo sueño, Dana. Me voy a la cama.

—Bueno, querido. —Lo vio irse a su cuarto y pensó: "Ha cambiado tanto que parece otra persona. Bueno, de ahora en más vamos a estar juntos. Si hay algo que le preocupa, voy a averiguar qué es". Había llegado la hora de irse al estudio.

En el departamento de al lado, un hombre miraba el televisor y hablaba frente a un grabador:

—La persona acaba de salir para el estudio de televisión a hacer su programa. El niño se fue a la cama. El ama de llaves está cosiendo.

* * *

—¡En el aire!

Se encendió la luz roja de la cámara, y la voz del locutor anunció:

—Buenas noches. Éstas son las noticias de las once en WTN, presentadas por Dana Evans y Richard Melton.

—Buenas noches, soy Dana Evans —saludó ella, sonriéndole a la cámara.

—Y yo, Richard Melton.

—Comenzamos nuestro programa de esta noche con una terrible tragedia en Malasia...

"Éste es mi lugar", pensó Dana, "no andar corriendo por todo el mundo buscando datos infructuosamente".

El programa salió muy bien. Cuando Dana volvió a su departamento, Kemal estaba durmiendo. Después de despedir a la señora Daley, se fue a la cama, pero no podía dormir.

"Tengo la información que necesita. Le reservé una habitación en el Hotel Soyuz, de Moscú. Venga de inmediato, y no comente esto con nadie".

"Es una trampa, y sería muy tonto de mi parte si volviera a Moscú", pensó. "Pero, ¿y si es cierto? ¿Quién se tomaría tantas molestias? ¿Y por qué? La carta sólo puede ser de Boris Shdanoff. ¿Y si de verdad sabe algo?" No pudo conciliar el sueño en toda la noche.

A la mañana siguiente, apenas se levantó, llamó a Roger Hudson por teléfono y le contó sobre la nota.

—Dios mío, no sé qué decir. —Su voz tenía un dejo de nerviosismo. Esto a lo mejor significa que hay alguien dispuesto a contar la verdad sobre lo que les sucedió a los Winthrop.

—Lo sé.

—Dana, podría ser peligroso. No me gusta nada.

—Si no voy, nunca averiguaremos la verdad.

Él dudó unos instantes.

—Supongo que tiene razón.

—Tendré cuidado.

—Está bien —aceptó él de mala gana—, pero quiero que se mantenga siempre en contacto.

—Se lo prometo, Roger.

Dana pasó por la agencia de turismo Corniche para comprar un pasaje de ida y vuelta a Moscú. Era martes. "Espero volver pronto", pensó. Le dejó un mensaje a Matt explicándole lo que pasaba.

Cuando volvió a su departamento, le dijo a la señora Daley:

—Lamentablemente tengo que irme de nuevo, pero sólo por unos días. Cuide mucho a Kemal.

—No tiene de qué preocuparse, señorita Evans. Nos vamos a arreglar bien.

La persona que ocupaba el departamento de al lado se alejó del televisor y se apresuró a llamar por teléfono.

Cuando subía al avión de Aeroflot con destino a Moscú, Dana pensó: "Es la segunda vez que paso por esto. Tal vez esté cometiendo un gran error. Podría ser una trampa. Pero si la respuesta está en Moscú, la voy a encontrar". Y se acomodó para el largo vuelo.

Cuando el avión aterrizó a la mañana siguiente en el aeropuerto Sheremetyevo II —que ya le resultaba conocido—, Dana recogió su maleta, salió de allí y se encontró con una enceguecedora tormenta de nieve. Había una larga fila de pasajeros esperando taxis. Se puso al final y se quedó ahí parada a merced del viento frío, agradecida de haber llevado un abrigo grueso. Cuarenta y cinco minutos después, cuando por fin le tocó el turno, un hombre corpulento trató de empujarla para adelantársele.

—*Nyet!* —reaccionó ella con firmeza—. Este taxi es mío —dijo, y se subió.

—*Da?* —le preguntó el taxista.

—Voy al Hotel Soyuz.

El hombre se dio vuelta para mirarla.

—¿Está segura que querer ir ahí? —le preguntó en un inglés vacilante.

—¿Por qué? ¿Qué me quiere decir?

—No es hotel muy lindo.

Dana sintió un principio de alarma. "¿Estoy segura de lo que hago? Demasiado tarde para echarse atrás". El chofer esperaba una respuesta.

—Sí... segura.

El hombre se encogió de hombros, puso el auto en marcha y se metió en el tránsito que circulaba por las calles llenas de nieve.

"¿Y si no hay ninguna reserva en el hotel? ¿Y si no fue más que una broma?"

El Hotel Soyuz estaba ubicado en un barrio obrero de las afueras de Moscú, sobre la calle Levoberezhnaya. Era un edificio viejo y nada atractivo, cuya fachada pintada de color marrón estaba toda descascarada.

—¿Querer que yo espere? —se ofreció el taxista.

—No —respondió Dana después de dudarlo un instante. Le pagó, se bajó del auto, y un viento helado la empujó hacia el interior de la recepción pequeña y deslucida. Una mujer de edad estaba sentada detrás del mostrador, leyendo una revista. Levantó los ojos, sorprendida, cuando Dana entró y se le acercó.

—*Da?*

—Creo que tengo una reserva a nombre de Dana Evans —respondió conteniendo el aliento.

—Dana Evans, sí —confirmó la mujer, asintiendo. Se dio vuelta y tomó una de las llaves que colgaban de un estante, a sus espaldas. —Habitación cuatrocientos dos, cuarto piso. —Se la entregó.

—¿Dónde firmo?

—No hay registro —informó la mujer, meneando la cabeza—. Paga ahora, un día.

Dana volvió a sentir una sensación de alarma. ¿Un hotel en Rusia donde no exigían que los extranjeros se registraran? Algo no andaba nada bien.

—Quinientos rublos —pidió la mujer.

—Tengo que cambiar dinero. Le pago más tarde.

—No, ahora. Acepto dólares.

—Está bien. —Dana abrió la cartera y sacó varios billetes.

Asintiendo con la cabeza, la mujer tendió la mano y tomó unos cinco o seis de ellos.

"Creo que con esto hubiera podido comprarme el hotel entero". Miró alrededor.

—¿Dónde está el ascensor?

—No hay.

—Ah. —Obviamente pedir un botones era perder el tiempo. Recogió entonces su maleta y comenzó a subir la escalera.

Su habitación era aun peor de lo que había imaginado: pequeña, con los muebles gastados, las cortinas raídas y la cama sin hacer. ¿Cómo haría Boris para ponerse en contacto con ella? "Bien puede ser una broma", se dijo, "pero ¿por qué alguien se tomaría tantas molestias?".

Se sentó al borde de la cama y miró por la sucia ventana la concurrida calle.

"Qué tonta he sido. Podría quedarme acá sentada durante días sin que...".

Oyó un suave golpeteo a la puerta. Respiró profundamente y se puso de pie. Estaba por resolver el misterio o por descubrir que no había ningún misterio. Fue hasta la puerta y la abrió. No había nadie en el pasillo, pero vio un sobre en el piso. Lo levantó y lo llevó adentro. La nota decía: *VDNKh, nueve de la noche*. Se quedó mirándola, tratando de comprender. Luego abrió su maleta y sacó la guía que había traído. Allí figuraba *VDNKh*, que según se explicaba, era la *Exposición industrial de la URSS,* y se daba una dirección.

* * *

A las ocho de la noche, Dana paró un taxi.

—Al parque *VDNKh*. —No estaba segura de cómo se pronunciaba.

El chofer se dio vuelta para mirarla.

—¿*VDNKh*? Está todo cerrado.

—Ah.

—¿Quiere ir igual?

—Sí.

El hombre se encogió de hombros y apretó el acelerador.

El extenso parque quedaba en el sector nordeste de Moscú. Según la guía, los ostentosos monumentos se habían construido para rendirle homenaje a la gloria soviética, pero cuando la economía entró en recesión y se cortaron los fondos, el parque quedó como un decrépito monumento al dogma soviético. Las magníficas glorietas se estaban viniendo abajo, y el sitio estaba desierto.

Dana se bajó del taxi y sacó unos cuantos dólares.

—¿Alcanza para...?

—*Da*. —El conductor tomó los billetes, y al instante había desaparecido.

Dana miró alrededor. Estaba sola en el parque helado y ventoso. Fue hasta un banco cercano, se sentó y esperó a Boris. Se acordó de la vez que había esperado a Joan Sinisi en el zoológico. "Y si Boris..."

Una voz a sus espaldas la hizo sobresaltar.

—*Horoshiy vyecherniy*.

Se dio vuelta, y abrió los ojos sorprendida. Supuso que sería Boris Shdanoff, pero en cambio se encontró con su hermano, el director.

—¡Señor Shdanoff! No esperaba...

—Sígame —replicó él abruptamente, y comenzó a cruzar el parque con rapidez. Dana dudó un instante, pero luego se levantó y se apresuró a seguirlo. El hombre entró en un café de aspecto rústico que había frente al parque, y se sentó a una de las mesas del fondo. Había sólo una pareja en el lugar. Dana se ubicó frente a él.

Se les acercó una desaliñada camarera vestida con un sucio delantal.

—Da?

—Dva cofe, pozhalooysta —pidió Shdanoff. Luego se volvió hacia Dana. —No estaba seguro de si vendría o no, pero se ve que es muy perseverante. A veces eso puede ser peligroso.

—En su carta dice que puede informarme lo que ando buscando.

—Sí. —Llegó el café. Tomó un sorbo y se quedó un momento en silencio. —Usted quiere saber si a Taylor Winthrop y su familia los asesinaron.

El corazón de Dana comenzó a latir más rápido.

—¿Es cierto?

—Sí. —La respuesta fue sólo un fantasmal susurro.

Dana sintió un súbito escalofrío.

—¿Y usted sabe quién fue?

—Sí.

Ella respiró hondo.

—¿Quién...?

Él levantó una mano para interrumpirla.

—Ya se lo voy a decir, pero antes tiene que hacer algo por mí.

Lo miró y preguntó con cautela:

—¿Qué?

—Sacarme de Rusia. Ya no estoy a salvo acá.

—¿No puede ir simplemente al aeropuerto y tomarse un avión? Tengo entendido que ya no está prohibido viajar al exterior.

—Mi estimada señorita Evans, qué ingenua es. Es cierto que las cosas ya no son como en la vieja época del comunismo, pero si intentara hacer lo que me sugiere, me matarían antes de que me acercara siquiera a un aeropuerto. Las paredes todavía ven y oyen. Corro peligro, y necesito que me ayude.

Sus palabras tardaron un instante en hacer efecto. Luego Dana lo miró consternada.

—Yo no puedo sacarlo... No sabría por dónde empezar.

—Debe hacerlo, debe encontrar la forma. Corro peligro de muerte.

Dana pensó un momento.

—Puedo hablar con el embajador norteamericano y...

—¡No! —exclamó Shdanoff.

—Pero es la única manera...

—En la embajada norteamericana hay espías traidores. Nadie debe enterarse de esto salvo usted y quienquiera que vaya a ayudarla. Su embajador no puede ayudarme.

De pronto se sintió deprimida. Era totalmente imposible que sacara subrepticiamente del país a un alto funcionario ruso. "Ni a un gato podría sacar de ahí a escondidas". Y pensó también otra cosa: todo ese asunto probablemente fuera una artimaña. Sasha Shdanoff no sabía nada y la estaba usando como medio para ir a Norteamérica, nada más. El viaje había sido en vano.

—Lamentablemente no puedo ayudarlo, señor. —Se puso de pie, furiosa.

—¡Espere! ¿Quiere pruebas? Le daré una.

—¿Qué clase de prueba?

Se tomó un largo instante en responder, y cuando lo hizo habló lentamente:

—Me está obligando a hacer algo que no quiero hacer. —Se paró. —Sígame.

Media hora después, ingresaban por la puerta de servicio a las oficinas de Sasha Shdanoff en el Departamento para el Desarrollo Económico Internacional.

—Podrían ejecutarme por lo que estoy por contarle —sostuvo Shdanoff cuando llegaron—, pero no tengo alternativa. —Hizo un gesto de impotencia. —Porque igual me van a matar si me quedo acá.

Se dirigió a una gran caja fuerte empotrada en la pared. Después de marcar la combinación, abrió la puerta, sacó un grueso libro y lo llevó a su escritorio. En la tapa se leía en letras rojas: *Klassifitsirovann'gy*.

—Esta información es altamente confidencial —dijo, abriéndolo.

Dana miró con atención cómo iba pasando lentamente las hojas. Cada página contenía fotos en colores de bombarderos, vehículos espaciales, misiles antibalísticos, misiles aire-tierra, armas automáticas, tanques y submarinos.

—Éste es el arsenal completo de Rusia. —Parecía inconmensurable y letal. —En este momento, tenemos más de mil misiles balísticos intercontinentales, más de dos mil ojivas atómicas y setenta bombarderos estratégicos. —Señaló diversas armas mientras pasaba las páginas. —Éste es el Awl... Acrid... Aphid... Anab... Archer... Nuestro arsenal nuclear no tiene nada que envidiarle al de los Estados Unidos.

—Es muy, muy impresionante.

—Los militares rusos tienen graves problemas, señorita Evans. Estamos en crisis. No hay fondos para pagarles a los soldados, y la moral anda muy baja. El presente ofrece pocas esperanzas, y el futuro es aun peor, así que los militares se ven forzados a volver al pasado.

—No sé si entiendo cómo...

—Cuando Rusia era realmente una superpotencia, fabricamos más armas incluso que los Estados Unidos. Todavía las tenemos, y hay muchos países desesperados por comprarlas. Valen miles de millones.

—Comprendo el problema, pero...

—El problema no es éste.

Dana lo miró sin comprender.

—¿No? ¿Entonces cuál es?

Shdanoff eligió cuidadosamente sus siguientes palabras.

—¿Ha oído hablar de Krasnoyarsk-26?

—No.

—No me sorprende. No está en ningún mapa, y la gente que vive ahí oficialmente no existe.

—¿Qué me está diciendo?

—Ya verá; mañana la llevo. Nos encontramos en el mismo café al mediodía. —La tomó de un brazo y se lo apretó con fuerza. —No debe contarle esto a nadie. —La estaba lastimando. —¿Me entiende?

—Sí.

—*Orobopeno*. Estamos de acuerdo.

* * *

A las doce del día siguiente, Dana llegó al pequeño café del parque VDNKh. Entró y se sentó a esperar en el mismo lugar que el día anterior. Media hora después, Shdanoff todavía no había aparecido. "¿Y ahora qué pasa?", se preguntó, nerviosa.

—*Dobry dyen* —la saludó Shdanoff, que llegó en ese momento—.Vamos; tenemos que ir de compras.

—¿De compras? —preguntó ella, sin entender.

—¡Vamos!

Lo siguió, y juntos salieron al parque.

—¿Qué vamos a comprar?

—Algo para usted.

—No necesito...

Shdanoff paró un taxi y viajaron en un forzado silencio hasta un centro comercial. Se bajaron del auto, y Shdanoff le pagó al conductor.

—Por aquí —indicó.

Entraron en el centro comercial y pasaron frente a varios negocios. Cuando llegaron a uno cuya vidriera estaba llena de lencería provocativa y sensual, el hombre se detuvo.

—Es acá —anunció, haciéndola entrar.

Dana echó un vistazo a tantas prendas ordinarias y preguntó:

—¿Qué hacemos acá?

—Usted se va a cambiar de ropa.

Se les acercó una vendedora, y hubo un rápido diálogo en ruso. La mujer asintió con la cabeza, y minutos después volvió con una insinuante minifalda color rosa y una blusa muy escotada.

Shdanoff movió la cabeza en señal de aprobación.

—*Da.* —Se volvió hacia Dana. —Póngase esto.

Ella retrocedió.

—¡No! No me lo voy a poner. ¿Qué quiere...?

—Tiene que hacerlo. —Su voz era firme.

—¿Por qué?

—Ya verá.

"Este hombre es un maniático sexual", se dijo. "¿En qué diablos me metí?"

Shdanoff la miraba.

—¿Y?

Ella respiró profundamente.

—Está bien. —Fue hasta un diminuto probador y se puso la ropa. Cuando salió, se miró en un espejo y se quedó con la boca abierta. —Parezco una prostituta.

—Todavía no —le informó Shdanoff—. Vamos a conseguirle un poco de maquillaje.

—Disculpe pero...

—Vamos.

Metieron la ropa que se había sacado en una bolsa de papel, y Dana se puso el abrigo de lana, tratando de ocultar lo más posible su nuevo atuendo. Volvieron a caminar por el centro comercial. La gente que pasaba se quedaba mirándola, y los hombres le sonreían con aire de complicidad. Un obrero le guiñó el ojo. Dana se sintió degradada.

—¡Entre acá!

Se trataba de un salón de belleza. Sasha Shdanoff entró. Dana dudó un instante, pero luego lo siguió. Él se dirigió al mostrador.

—*Ano tyomnyj* —dijo.

La cosmetóloga le mostró un lápiz labial color rojo intenso y una polvera.

—*Savirshehnstva* —dijo Shdanoff. Luego, volviéndose hacia ella, le ordenó: —Maquíllese, póngase mucho.

Dana ya había tenido suficiente.

—No, gracias. No sé a qué piensa que está jugando, pero no pienso participar. Ya he tenido...

El ruso la taladró con la mirada.

—Le aseguro que no es un juego, señorita. Krasnoyarsk-26 es una ciudad cerrada, y yo soy uno de los pocos escogidos que tienen permiso para entrar. Somos muy, pero muy pocos los que podemos llevar prostitutas de día. Es la única manera en que puedo hacerle pasar la guardia. Eso, y una caja de excelente vodka como pago por su entrada. ¿Le interesa o no?

¿Una ciudad cerrada? ¿Guardias? ¿Dónde me estoy metiendo?

—Sí —decidió, no muy convencida—. Me interesa.

CAPÍTULO 22

En un sector privado del aeropuerto Sheremetyevo II había un avión militar esperando. A Dana le sorprendió ver que los únicos pasajeros eran ella y Sasha Shdanoff.

—¿Adónde vamos?

—A Siberia —respondió él, con una sonrisa amarga.

"Siberia". Se le hizo un nudo en el estómago.

—Ah.

El vuelo duró tres horas. Dana trató de charlar, con la esperanza de descubrir algún indicio de lo que estaba por ver, pero Shdanoff estuvo todo el tiempo callado y serio.

Cuando el avión aterrizó en un pequeño aeropuerto (al parecer, en medio de la nada), un sedán Lada 2110 los estaba esperando en la helada pista. Al mirar alrededor, Dana pudo apreciar el paisaje más desolado que había visto en su vida.

—Este lugar a donde vamos... ¿queda lejos? —"¿Y voy a poder regresar?"

—No, pero hay que tener mucho cuidado.

¿Cuidado de qué?

Hicieron un corto trecho por un camino lleno de pozos, y llegaron a un sitio que parecía ser una pequeña estación de trenes. En el andén había unos cinco o seis guardias todos amontonados.

Cuando Dana y Shdanoff se acercaron, los guardias miraron sin disimulo el escaso atuendo que ella llevaba. Uno de ellos la señaló y exclamó con una sonrisa burda:

—*Ti vezuchi!*

—*Kakaya krasivaya zhenshina!*

Shdanoff sonrió y dijo algo en ruso, y todos los guardias se echaron a reír.

"Prefiero no enterarme de lo que dijo", pensó Dana.

Shdanoff se subió al tren y ella lo siguió, más desconcertada que nunca. "¿Adónde podía ir ese tren en medio de la tundra desolada y fría?" En el vagón la temperatura debía de estar bajo cero.

El tren se puso en marcha, y pocos minutos después, entraba en un túnel muy iluminado que se adentraba en el corazón de una montaña. Dana observó la pared rocosa que se alzaba a ambos lados, a pocos centímetros del tren, y tuvo la sensación de estar en medio de un extraño sueño surrealista. Se volvió hacia Shdanoff.

—¿Podría decirme adónde vamos, por favor?

El tren se detuvo de golpe.

—Ya llegamos.

Bajaron y se dirigieron a un edificio de cemento de forma rara que había a unos cien metros de allí. Frente a la fachada vio dos cercos de alambre de púa de aspecto amenazador, custodiados en toda su extensión por varios soldados fuertemente armados. Cuando Dana y Shdanoff se acercaron al portón de acceso, los soldados les hicieron la venia.

—Tómeme del brazo, béseme y ríase —le indicó Shdanoff en un susurro.

"Jeff no me lo va a creer nunca", pensó Dana. Lo tomó del brazo, le dio besos en la mejilla y soltó unas risitas huecas.

Se abrió entonces el portón, y ambos entraron tomados del brazo. Los soldados miraron a Shdanoff con envidia al verlo pasar con su hermosa prostituta. Sorprendida, Dana vio que habían ingresado en un ascensor que descendía bajo tierra. Cuando subieron, la puerta se cerró de golpe.

—¿Adónde vamos? —preguntó cuando el ascensor se puso en movimiento.

—Al corazón de la montaña. —El ascensor iba cada vez más rápido.

—¿Cuánto vamos a bajar? —quiso saber, nerviosa.

—Doscientos metros.

Lo miró sin poder creerle.

—¿Vamos a bajar doscientos metros? ¿Por qué? ¿Qué hay ahí abajo?

—Ya verá.

Pocos minutos después, el ascensor comenzó a disminuir la marcha. Al fin se detuvo y la puerta se abrió automáticamente.

—Ya llegamos, señorita Evans.

Pero, ¿adónde?

Bajaron del ascensor, y no habían dado más que unos pocos pasos, cuando Dana se detuvo en seco. Se encontró frente a una calle similar a la de cualquier ciudad moderna, con negocios, restaurantes y teatros. Había hombres y mujeres que caminaban por las veredas, y de pronto cayó en la cuenta de que nadie tenía puesto abrigo. Comenzó a sentir calor, y se volvió hacia Shdanoff.

—¿Estamos debajo de la montaña?

—Exacto.

—Pero... —Miró el increíble despliegue que tenía ante sí. —No comprendo, ¿qué es este lugar?

—Ya le dije, es Krasnoyarsk-26.

—¿Un refugio contra bombardeos?

—No, todo lo contrario —respondió él, enigmático.

Dana volvió a mirar los modernos edificios que se levantaban a su alrededor.

—¿Para qué es este lugar?

El ruso la miró en forma intensa durante varios minutos.

—Le convendría no saber lo que voy a contarle.

Ella sintió una nueva campana de alarma.

—¿Sabe algo sobre el plutonio?

—No mucho.

—El plutonio es el combustible de las ojivas nucleares, el ingrediente principal de las bombas atómicas. El único motivo por el que existe Krasnoyarsk-26 es para fabricar plutonio. Acá viven y trabajan cien mil científicos y técnicos. Al principio, la comida, la vestimenta y el alojamiento que se les daba era de lo mejor. Pero todos vinieron aquí con una sola restricción.

—¿Cuál?

—Saben que no pueden irse nunca.

—Es decir que...

—Que no pueden salir nunca. Deben aislarse por completo del resto del mundo.

Dana miró a la gente que caminaba por las cálidas calles y se dijo: "Esto no puede ser cierto".

—¿Dónde fabrican el plutonio?

—Le muestro. —Se estaba aproximando un tranvía. —Venga.

Shdanoff subió al tranvía, y Dana hizo lo propio. Avanzaron por la concurrida calle principal y al final ingresaron en un laberinto de túneles apenas iluminados.

Dana pensó en el increíble trabajo y en los años que seguramente había insumido la construcción de esa ciudad. Pocos minutos después las luces comenzaron a hacerse más intensas, y el tranvía se detuvo a la entrada de un enorme laboratorio muy iluminado.

—Acá nos bajamos.

Dana lo siguió, mirando azorada a su alrededor. En el interior de la inmensa caverna, había tres reactores gigantes. Dos de ellos estaban apagados, pero el tercero estaba en funcionamiento, rodeado por un grupo de atareados técnicos.

—Las máquinas de esta sala pueden producir plutonio suficiente como para fabricar una bomba atómica cada tres días —explicó Shdanoff. Luego señaló la que estaba funcionando. —Ese reactor todavía produce media tonelada de plutonio por año, lo suficiente como para hacer cien bombas. El plutonio que está almacenado en la otra sala vale una fortuna.

—Pero si ya tienen todo ese plutonio, ¿por qué fabrican más?

—Es toda una paradoja, una especie de círculo vicioso. No se puede apagar el reactor porque el plutonio es el que provee la energía para la ciudad de arriba. Si se apagara, no habría luz ni calefacción, y muy pronto la gente se moriría congelada.

—Qué espanto. Si...

—Espere, que lo que falta es aun peor. Debido a la situación de la economía rusa, ya no hay más dinero para pagarles a los científicos y técnicos que trabajan acá. Hace meses que no se les paga. Las hermosas casas que les dieron hace años ya están empezando a deteriorarse, y no hay dinero para arreglarlas. Todos los artículos de lujo han desaparecido, y la gente empieza a desesperar. ¿Se da cuenta de la paradoja? La cantidad de plutonio almacenada aquí vale miles de millones de dólares, pero las personas que lo generaron no tienen nada y están empezando a sentir hambre.

—Y usted cree que podrían intentar venderles parte del plutonio a otros países, ¿no?

Él asintió con la cabeza.

—Antes de que Taylor Winthrop llegara a Rusia como embajador, unos amigos suyos le hablaron de la ciudad Krasnoyarsk-26 y le ofrecieron hacer un trato. Después de hablar con algunos científicos de acá que se sentían traicionados por su gobierno, Winthrop estaba ansioso por llegar a un acuerdo, pero el asunto era complicado y tuvo que esperar a que todas las piezas encajaran.

"Estaba como loco. Dijo algo así como que 'todas las piezas han encajado'".

Dana tenía dificultades para respirar.

—Poco después, Taylor Winthrop se convirtió en embajador de los Estados Unidos en Rusia. Junto a su socio, colaboró con algunos de los científicos rebeldes, y comenzaron a contrabandear plutonio a más de diez países, incluidos Libia, Irán, Iraq, Paquistán, Corea del Norte y China.

¡Ahora entendía por qué las piezas habían encajado! El cargo de embajador era importante para Taylor Winthrop simplemente porque le permitía estar cerca para controlar el operativo.

—Fue fácil —siguió diciendo Shdanoff—, porque basta una masa de plutonio del tamaño de una pelota de tenis para fabricar una bomba nuclear. Winthrop y su socio estaban ganando miles de millones de dólares. Manejaron todo de manera muy astuta, y nadie sospechaba nada. —Su voz tenía un tono amargo. —Rusia se ha convertido en un kiosco, sólo que en lugar de vender caramelos, vende bombas atómicas, tanques, aviones caza y sistemas de misiles.

Dana trataba de digerir todo lo que oía.

—¿Y por qué mataron a Taylor Winthrop?

—Porque se volvió muy ambicioso y decidió hacer negocios él solo. Cuando su socio se enteró de lo que estaba haciendo, lo mandó matar.

—Pero... ¿por qué hizo matar también a toda la familia?

—Porque después de que Winthrop y su esposa murieron en el incendio, su hijo Paul trató de chantajear al socio, así que éste lo mandó matar. Después pensó que los demás hijos podían saber lo del plutonio y decidió que no podía arriesgarse, así que ordenó que los ultimaran a los otros dos, e hizo lo necesario para que las muertes parecieran un accidente y un robo malogrado.

Dana lo miró, horrorizada.

—¿Quién era el socio de Taylor Winthrop?

Shdanoff meneó la cabeza.

—Por ahora ya sabe bastante, señorita. El nombre se lo voy a dar cuando me saque de Rusia. —Consultó su reloj. —Tenemos que irnos.

Dana se dio vuelta para mirar por última vez el reactor que no podía apagarse y generaba el mortal plutonio las veinticuatro horas del día.

—¿El gobierno de los Estados Unidos sabe que existe Krasnoyarsk-26?

—Por supuesto que sí, y están aterrorizados. El Departamento de Estado trabaja día y noche con nosotros para tratar de encontrar una manera de convertir estos reactores en algo menos mortal. Pero mientras tanto... —Se encogió de hombros.

Ya en el ascensor, el director Shdanoff le preguntó:

—¿Conoce la FRA?

Ella lo miró y respondió con cautela:

—Sí.

—También está involucrada en esto.

—¿Qué? —Entonces se dio cuenta. "Es por eso que el general Booster se lo pasaba diciéndome que no me metiera".

Llegaron hasta la superficie y se bajaron del ascensor.

—Tengo un departamento acá —le informó Shdanoff—. Vamos.

Cuando echaron a andar por la calle, Dana vio una mujer vestida como ella, colgada del brazo de un hombre.

—Esa mujer...

—Ya le dije. A algunos hombres se les permite traer prostitutas durante el día, pero a la noche ellas tienen que volver a un reducto vigilado. No deben saber nada de lo que ocurre debajo de la superficie.

Cuando iban caminando, Dana notó que la mayoría de las vidrieras estaban vacías. "Los artículos de lujo han desaparecido. Ya no hay más dinero para pagarles a los científicos y técnicos que trabajan acá. Hace meses que no se les paga".

Le llamó la atención un alto edificio que había en la esquina y que, en lugar de un reloj, tenía un gran aparato montado en la parte superior.

—¿Qué es aquello?

—Un contador Geiger, que avisa si se descompone alguno de los reactores. —Doblaron en una calle llena de casas de viviendas. —Mi departamento está acá. Mejor nos quedamos aquí un rato, así nadie sospecha. El FSB vigila a todo el mundo.

—¿El FSB?

—Sí, antes se llamaba la KGB. El nombre fue lo único que le cambiaron.

El departamento era amplio y en algún momento había sido lujoso, pero había caído en un estado de abandono. Las cortinas estaban raídas, las alfombras, descoloridas y los muebles necesitaban un nuevo tapizado.

Dana se sentó, pensando en lo que le había contado Shdanoff sobre la FRA. Y Jeff había dicho: "La FRA es una pantalla. Su verdadera función es espiar a los organismos de inteligencia extranjeros". Taylor Winthrop había sido director de la FRA, y trabajaba con Victor Booster.

"Te recomiendo que te mantengas lo más lejos posible del general Booster".

Y durante su encuentro con Booster: "¿Puede ser que ustedes, malditos periodistas, no dejen descansar a los muertos en paz? Le advierto que no se meta". El general Victor Booster tenía una enorme organización secreta para llevar a cabo los asesinatos.

Y Jack Stone había tratado de protegerla. "Tenga cuidado. Si Victor Booster se enterara de que estoy hablando con usted...".

Los espías de la FRA estaban por todos lados, y Dana de pronto se sintió desnuda.

Sasha Shdanoff miró la hora.

—Es hora de irnos. ¿Ya sabe cómo va a hacer para sacarme del país?

—Sí —respondió ella lentamente—. Creo saber cómo arreglarlo, pero necesito un poco de tiempo.

Cuando el avión volvió a aterrizar en Moscú, había dos autos esperando. Shdanoff entregó a Dana un papelito.

—Estoy parando en casa de una amiga, en los departamentos Chiaka, pero nadie lo sabe. Es lo que se dice un lugar seguro. Aquí tiene la dirección. No puedo volver a mi casa. Venga esta noche a las ocho. Tengo que saber cuál es su plan.

Dana asintió con la cabeza.

—De acuerdo. Necesito hacer un llamado.

Cuando volvió al Hotel Soyuz, la mujer sentada detrás del escritorio se quedó mirándola. "No la culpo", pensó Dana. "Tengo que sacarme este horrible atuendo".

Una vez en su cuarto, se puso su propia ropa y luego hizo el llamado. Mientras escuchaba que el teléfono sonaba del otro lado, recitó una plegaria. "Por favor, atiendan, por favor, atiendan". Al fin oyó la bendita voz de Cesar.

—Residencia de la familia Hudson.

—Cesar, ¿está el señor? —Se dio cuenta de que estaba conteniendo el aliento.

—¡Señorita Evans! Qué placer oírla. Sí, sí está. Espere un momento, por favor.

Sintió que el alivio le aflojaba el cuerpo. Si había alguien que podía ayudarla a llevar a Sasha Shdanoff a los Estados Unidos, era Robert Hudson.

Segundos después, oyó su voz del otro lado de la línea:

—¿Dana?

—Roger, ¡gracias a Dios que lo encuentro!

—¿Qué pasa? ¿Está bien? ¿De dónde me habla?

—De Moscú. Ya sé por qué asesinaron a Taylor Winthrop y su familia.

—¿*Qué?* Dios mío, ¿cómo...?

—Se lo cuento todo cuando vuelva. Roger, no me gusta tener que pedirle esto, pero tengo un problema. Hay un alto funcionario ruso que quiere huir a los Estados Unidos. Se llama Sasha Shdanoff. Su vida corre peligro acá. Él sabe todo lo que ha estado pasando. Tenemos que sacarlo del país, ¡y rápido! ¿Puede ayudarme?

—Dana, ni usted ni yo deberíamos meternos en algo así. Podríamos tener problemas los dos.

—Tenemos que correr el riesgo, no nos queda otro camino. Esto es demasiado importante. Hay que hacerlo.

—No me gusta nada.

—Siento meterlo en este asunto, pero no tengo nadie más a quien recurrir.

—Maldición... yo... —Se interrumpió. —Está bien. Lo único que se puede hacer en este momento es llevarlo a la embajada norteamericana. Ahí estará a salvo hasta que podamos·idear un plan para llevarlo a los Estados Unidos.

—No quiere ir a la embajada norteamericana. Dice que no confía en ellos.

—No se puede hacer otra cosa. Voy a llamar al embajador por una línea privada para pedirle que le asegure protección. ¿Dónde está Shdanoff?

—Está parando en los departamentos Chiaka, en casa de una amiga. Me voy a encontrar con él ahí.

—De acuerdo. Cuando pase a buscarlo, vaya directamente a la embajada norteamericana y no se detenga en ningún otro lugar.

Dana sintió que la invadía una oleada de alivio.

—Gracias, Roger. ¡Se lo agradezco *infinitamente*!

—Tenga cuidado.

—No se preocupe.
—Después hablamos.

—Gracias, Roger. ¡Se lo agradezco infinitamente!
—Tenga cuidado.
—No se preocupe.
—Después hablamos.

Fin de la grabación.

A las siete y media, Dana salió a hurtadillas por la puerta de servicio del Hotel Soyuz. Recorrió un callejón azotado por el viento helado. Se cerró bien el abrigo, pero el frío le penetraba hasta los huesos. Caminó dos cuadras fijándose que nadie la siguiera. Cuando llegó a la primera esquina con bastante gente, detuvo un taxi y le dio la dirección que le había dicho Sasha Shdanoff. Quince minutos más tarde el auto se detuvo frente a un ordinario edificio de departamentos.

—¿Yo espera? —preguntó el taxista.

—No. —Lo más probable era que Shdanoff tuviera auto. Sacó unos billetes de su cartera y se los entregó al hombre, quien los tomó murmurando por lo bajo. Lo miró irse y entró en el edificio. El pasillo estaba desierto. Consultó el papel que tenía en la mano: departamento 2BE. Subió al segundo piso por una destartalada escalera y no se encontró con nadie. Frente a ella se extendía un largo corredor.

Comenzó a avanzar despacio, mirando los números de las puertas: 5BE... 4BE... 3BE... La puerta 2BE estaba entreabierta, lo que la puso tensa. Con cautela, la abrió un poco más y entró. El departamento estaba a oscuras.

—¿Señor...? —Esperó un momento, pero no hubo respuesta. —¿Señor Shdanoff? —Sólo un profundo silencio. Vio una habitación, y hacia allí enfiló. —Señor Shdanoff...

Cuando entró en el oscuro cuarto, tropezó con algo y cayó al piso. Quedó tendida sobre algo blando y húmedo. Asqueada, se puso de pie rápidamente. Tanteó la pared hasta que encontró un interruptor; lo accionó, y se encendió la luz. Sus manos estaban llenas de sangre. En el piso se hallaba el objeto con que había tropezado: el cadáver de Sasha Shdanoff. Estaba boca arriba, con el pecho ensangrentado y un enorme tajo en la garganta, de oreja a oreja.

Lanzó un grito, y al hacerlo, vio sobre la cama el cadáver ensangrentado de una mujer de mediana edad con una bolsa de plástico atada alrededor de la cabeza. Sintió que se le ponía la piel de gallina.

Desesperada, bajó corriendo las escaleras del edificio.

El hombre estaba parado frente a la ventana de un departamento del edificio de enfrente, poniendo un cargador de treinta disparos a un rifle AR-7 con silenciador. El arma tenía una mira telescópica 3-6, con un alcance de hasta sesenta metros. El hombre se movía con la naturalidad y desenvoltura de un profesional. El trabajo era sencillo. La mujer estaba por salir del edificio en cualquier momento. Sonrió al pensar en el susto que seguramente se había llevado cuando encontró los dos cadáveres ensangrentados. Ahora le tocaba a ella.

Cuando la puerta del edificio de enfrente se abrió de golpe, el hombre levantó cuidadosamente el rifle hasta la altura del hombro. Por la mira, vio el rostro de Dana cuando salía a la calle corriendo y miraba inquieta a ambos lados, tratando de decidir adónde ir. Apuntó con cuidado para cerciorarse de que el blanco estuviera justo en el centro de la mira, y apretó suavemente el gatillo.

En ese mismo instante, un ómnibus se detuvo frente al edificio. La ráfaga de proyectiles fue a dar contra el vehículo y le voló parte del techo. El francotirador miró hacia abajo, sin poder creerlo. Algunas balas habían rebotado contra los ladrillos del edificio, pero no habían alcanzado el blanco. La gente se bajaba del ómnibus a los gritos. El hombre supo que tenía que huir de ahí. Vio que la mujer corría por la calle. "No hay de qué preocuparse. Los demás se encargarán de ella".

* * *

Las calles estaban heladas y el viento ululaba, pero Dana ni siquiera lo notó. Se encontraba en un estado de pánico total. A dos cuadras, encóntró un hotel y entró corriendo en la recepción.

—¿El teléfono? —le preguntó al empleado del mostrador.

Cuando el joven vio sus manos ensangrentadas, retrocedió.

—¡El teléfono! —repitió, casi a los gritos.

El empleado señaló nerviosamente una cabina que había en un rincón del hall, y Dana se metió en ella sin perder un instante. Sacó una tarjeta telefónica de su cartera y marcó el número de la operadora con dedos vacilantes.

—Quiero llamar a Estados Unidos. —Las manos le temblaban. Tartamudeando, le dio el número de su tarjeta y el de Roger Hudson a la operadora, y esperó. Tras unos instantes que le parecieron una eternidad, oyó la voz de Cesar.

—Residencia de la familia Hudson.

—¡Cesar! Necesito hablar con el señor —dijo con voz ahogada.

—¿La señorita Evans?

—¡Rápido, Cesar, rápido!

Un minuto después le llegó la voz de Roger.

—¿Dana?

—¡Roger! —Las lágrimas le corrían por la cara. —Está... está muerto. Lo... lo mataron, a él y a su amiga.

—¿*Qué?* Dios mío, Dana. No sé de qué... ¿está herida?

—No... pero están tratando de matarme.

—Bueno, escúcheme con atención. Hay un avión de Air France que sale para Washington a medianoche. Le reservo un pasaje. Fíjese que no la sigan hasta el aeropuerto. No tome un taxi ahí. Vaya directamente al Hotel Metropole, que tiene un servicio constante de ómnibus que van al aeropuerto. Tómese uno y mézclese con la gente. Yo la estaré esperando en Washington cuando llegue. Por el amor de Dios, ¡cuídese!

—Sí, sí. Gra... gracias.

Cortó y se quedó un momento ahí parada, incapaz de moverse, aterrorizada. No podía sacarse de la mente las sangrientas imágenes de Shdanoff y su amiga. Respiró hondo y salió de la cabina. Pasó frente al desconfiado conserje y se internó en la noche helada.

Un taxi se detuvo cerca, y el conductor le dijo algo en ruso.

—*Nyet* —replicó ella, y comenzó a caminar más rápido. Primero tenía que volver a su hotel.

Cuando Roger Hudson cortó la comunicación, oyó que Pamela entraba por la puerta de calle.

—Dana llamó dos veces desde Moscú. Averiguó por qué asesinaron a la familia Winthrop.

—Entonces habrá que ocuparse de ella de inmediato —respondió Pamela.

—Yo ya lo intenté. Enviamos un francotirador, pero algo le falló.

Pamela lo miró con desprecio.

—Idiota. Llámalos de nuevo. Además, Roger...

—¿Sí?

—Diles que lo hagan parecer un accidente.

CAPÍTULO 23

En Raven Hill, las arboladas hectáreas del cuartel central que la FRA había instalado en Inglaterra estaban separadas del mundo por una alta verja de hierro y un cartel rojo que decía PROHIBIDO PASAR. En la base celosamente custodiada, una serie de antenas parabólicas de rastreo controlaban las comunicaciones internacionales por cable y microondas que pasaban por toda Gran Bretaña. En el interior de una vivienda de cemento ubicada en el centro del predio, había cuatro hombres mirando un enorme televisor.

—Ponla en pantalla, Scotty.

Al cambiar de posición el satélite, la imagen dejó de ser la de un departamento en Brighton. Un momento después apareció Dana, que entraba en su cuarto del Hotel Soyuz.

—Ah, ya volvió. —La miraron lavarse de prisa las manos para sacarse la sangre, y empezar a desvestirse.

—Bueno, acá la tenemos de nuevo —exclamó uno de ellos, con una sonrisita. Luego vieron cómo ella se desvestía.

—Ay, cómo me gustaría tirármela.

— Si os que te atrae la necrofilia, Charlie —replicó un hombre que entraba en ese momento.

—¿Por qué me dices eso?

—Porque ella está a punto de sufrir un accidente mortal.

Dana terminó de vestirse y miró la hora: le quedaba tiempo más que de sobra para ir en ómnibus desde el Hotel Me-

275

tropol al aeropuerto. Cada vez más ansiosa, bajó presurosa la escalera y se dirigió a la recepción. La mujer gorda no se veía por ningún lado.

Salió a la calle. Parecía imposible, pero hacía más frío que antes. El viento producía unos gemidos plañideros. Un taxi se detuvo frente a ella.

—*Taksi?*

"No tomes un taxi ahí. Ve directamente al Hotel Metropol, que tiene un servicio constante de ómnibus que van al aeropuerto".

—*Niet.*

Echó a andar por la calle gélida. La gente pasaba velozmente a su lado, apurada por alcanzar la calidez del hogar o la oficina. Llegó a una esquina muy concurrida, y cuando estaba esperando para cruzar, sintió un violento empujón en la espalda que la arrojó hacia la calle, justo frente a un camión que se aproximaba. Como había hielo en la acera, patinó y cayó de espaldas, mirando horrorizada el enorme camión que se le venía encima.

A último momento el conductor, blanco como una hoja, logró girar el volante de manera que el vehículo pasó directamente sobre ella. Por un instante, Dana quedó sumida en la oscuridad, oyendo el ensordecedor rugido del motor y el estrépito de las cadenas que golpeteaban contra las enormes ruedas.

De pronto volvió a ver el cielo. El camión ya no estaba, y ella se incorporó, mareada. La gente la ayudó a ponerse de pie. Miró a su alrededor en busca del que la había empujado, pero podía haber sido cualquiera. Respiró hondo varias veces, tratando de recobrar la compostura. La gente que la rodeaba le gritaba en ruso y comenzaba a estrechar el círculo sobre ella, haciéndole sentir pánico.

—¿El Hotel Metropol? —preguntó, con la esperanza de que alguien la ayudara.

Se le había acercado un grupo de jovencitos.

—No se preocupe. Nosotros la llevamos.

* * *

276

Por suerte, la recepción del Metropol tenía buena calefacción y estaba llena de turistas y pasajeros en viaje de negocios. "Mézclate con la gente. Te estaré esperando en Washington cuando llegues".

—¿A qué hora sale el próximo ómnibus para el aeropuerto? —le preguntó a un botones.

—Dentro de media hora, *gaspazha*.

—Gracias.

Se sentó en un sillón respirando con dificultad, tratando de borrar de su mente el horror indescriptible. Sentía un espanto total. ¿Quién estaba tratando de matarla, y por qué? ¿Y Kemal...? ¿Estaría a salvo?

En ese momento se le acercó el botones.

—Ya llegó el ómnibus —dijo.

Fue la primera en subir; se sentó al fondo y estudió las caras de los pasajeros. Había turistas de varios países: europeos, asiáticos, africanos y varios norteamericanos. Notó que un hombre al otro lado del pasillo la miraba.

"Me parece conocido", pensó. "¿Me habrá estado siguiendo?", pensó, con cierta sensación de mareo.

Una hora después, cuando el ómnibus llegó al aeropuerto Sheremetyevo II, fue la última en bajarse. Sin perder un segundo, entró en la terminal y se dirigió al mostrador de Air France.

—¿En qué puedo ayudarla?

—¿Tiene una reserva a nombre de Dana Evans? —preguntó, conteniendo la respiración. "Diga que sí, diga que sí, diga que sí...".

El empleado se fijó en unos papeles.

—Sí, acá tiene el pasaje. Ya está pago.

"Gracias, Roger".

—Gracias.

—Su vuelo es el número 220, y no está demorado. Sale dentro de una hora diez.

—¿Hay alguna sala... —Estuvo a punto de agregar: "con mucha gente"— donde pueda descansar?

— Al final de este pasillo, a la derecha.

—Gracias.

La sala estaba atestada de gente. No vio nada que le pareciera desusado ni peligroso, así que se sentó. Pocos minutos más y ya estaría volando a Norteamérica.

—Pasajeros del vuelo número 220 de Air France con destino a Washington, acercarse por favor a la puerta 3. Se ruega que todos tengan listo el pasaporte y la tarjeta de embarque.

Dana se puso de pie y se dirigió hacia la puerta 3. Un hombre, que había estado observándola desde el mostrador de Aeroflot, habló por su teléfono celular:

—La persona se dirige a la puerta de embarque.

Roger Hudson levantó el auricular y marcó un número.

—Viene en el vuelo 220 de Air France. Quiero que la vayan a recibir al aeropuerto.

—¿Qué desea que hagamos, señor?

—Yo sugiero un accidente, y una huida muy veloz.

Iban volando a unos trece mil metros de altura por un cielo completamente despejado. No había ni un solo asiento vacío en el avión. El de al lado de Dana estaba ocupado por un norteamericano.

—Me llamo Gregory Price, y me dedico al rubro de la explotación forestal. —Tenía unos cuarenta años, nariz aguileña, ojos grises muy vivaces y bigote. —Qué país Rusia, ¿no?

"El único motivo por el que existe Krasnoyarsk-26 es para fabricar plutonio, el principal componente de las armas nucleares".

—Los rusos son distintos de nosotros, es cierto, pero después de un tiempo uno se acostumbra.

"Acá viven y trabajan cien mil científicos y técnicos".

—La cocina desde luego que no es como la francesa. Cuando vengo por negocios, siempre me traigo alguna vianda.

"No pueden salir ni recibir visitas. Deben aislarse por completo del resto del mundo".

—¿Estuvo en Rusia por negocios?

Dana volvió al presente.

—No, de vacaciones.

La miró sorprendido.

—No es buena época para ir a Rusia de vacaciones.

Cuando apareció la azafata con el carrito de la comida, Dana estuvo a punto de decir que no quería nada, pero luego se dio cuenta de que estaba muerta de hambre. Ni se acordaba cuándo había comido por última vez.

—Si quiere un trago de whisky —le ofreció Gregory Price—, acá tengo uno de primera, señorita.

—No, gracias. —Miró su reloj: faltaba menos de una hora para que aterrizaran.

Cuando el vuelo 220 de Air France aterrizó en el aeropuerto Dulles, cuatro hombres observaban cómo empezaban a aparecer los pasajeros por la rampa de descenso del avión. Se los veía muy tranquilos, seguros de que no había manera de que ella se escapara.

—¿Tienes la jeringa? —preguntó uno de ellos.

—Sí.

—Lleva a la mujer al parque Rock Creek. El jefe quiere que parezca un accidente.

—De acuerdo.

Volvieron a mirar hacia la puerta. Los pasajeros seguían saliendo, vestidos con gruesas prendas de lana, abrigos, gorros, bufandas y guantes, hasta que al final no salió nadie más.

Uno de los hombres frunció las cejas.

—Voy a ver por qué tarda tanto.

Subió al avión por la rampa. El personal de limpieza ya había empezado su labor. El hombre recorrió el pasillo, pero no había señales de ningún pasajero. Se fijó en los baños, pero estaban vacíos. Se acercó presuroso a una azafata, que ya se iba.

—¿Dónde estaba sentada Dana Evans?

—¿Dana Evans? —repitió ella con cara de sorpresa—. ¿La conductora de televisión?

—Sí.

—No venía en este vuelo. Ojalá la hubiera visto. Me habría *encantado* conocerla personalmente.

—¿Sabe qué es lo fabuloso del negocio de la madera, señorita? —le estaba diciendo Gregory Price—. Que el producto crece solo. Sí señor. No hay más que sentarse a ver cómo la madre naturaleza hace dinero para uno.

Se oyó un anuncio por el altoparlante.

—Dentro de pocos minutos aterrizaremos en el aeropuerto O'Hare, de Chicago. Por favor, ajústense el cinturón y coloquen el respaldo de su asiento en posición vertical.

La mujer que estaba sentada al otro lado del pasillo comentó cínicamente:

—Claro, hay que poner los asientos en posición vertical. No queremos estar reclinados en el momento de morir.

La palabra "morir" sobresaltó a Dana. Volvió a oír el sonido de las balas que rebotaban contra la pared del edificio de departamentos, y a sentir la fuerte mano que la empujaba frente a las ruedas del camión. Le dio un escalofrío pensar en lo cerca que había estado de la muerte en ambas ocasiones.

Horas antes, sentada en la sala de espera del aeropuerto Sheremetyevo II, se había dicho que todo iba a salir bien. "Los buenos siempre ganan". Pero algo la tenía intranquila, alguna conversación que había tenido con alguien. La persona había dicho algo inquietante, pero no recordaba qué era. ¿Había sido una conversación con Matt? ¿Con Tim Drew? ¿Con el director Shdanoff? Cuanto más se esforzaba por hacer memoria, más confundida se sentía.

—Air France anuncia la salida de su vuelo 220 con destino a Washington —anunciaron por los altoparlantes—. Los pasajeros tengan listo, por favor, el pasaporte y la tarjeta de embarque.

Dana se puso de pie y se dirigió a la puerta. Cuando le estaba mostrando su pasaje a la empleada, lo recordó: había sido su última conversación con Sasha Shdanoff.

"Nadie sabe que estoy ahí. Es lo que se dice un lugar seguro".

La única persona a quien ella le había contado el escondite de Sasha Shdanoff era Roger Hudson, e inmediatamente después Shdanoff había sido asesinado. Desde el principio, Roger Hudson había hecho sutiles alusiones a alguna siniestra conexión entre Taylor Winthrop y Rusia.

Cuando estuve en Moscú, se rumoreaba que Winthrop había estado negociando algo en privado con los rusos...

Poco después de que Taylor Winthrop se convirtió en nuestro embajador ante Rusia, les comentó a unos amigos que se había retirado definitivamente de la vida pública...

Fue Winthrop quien presionó al Presidente para que éste lo nombrara embajador...

Dana les había contado a Roger y Pamela cada paso que daba. Ellos la habían estado espiando todo el tiempo. Y la razón podía ser una sola: que el misterioso socio de Taylor Winthrop era Roger Hudson.

Cuando el vuelo de American Airlines aterrizó en el aeropuerto O'Hare de Chicago, Dana espió por la ventana en busca de algo sospechoso. Nada; todo estaba en orden. Respiró profundamente y se dispuso a descender. Tenía los nervios de punta. Mientras caminaba hacia la terminal, trató de mantenerse rodeada de la mayor cantidad posible de pasajeros, y no se separó nunca de la multitud bulliciosa. Tenía que hacer un llamado urgente. Durante el vuelo, se le había ocurrido algo tan terrible, que en comparación con eso, el riesgo que ella corría era insignificante: *Kemal.* ¿Y si estaba en peligro por culpa de ella? No toleraba la idea de que pudiera pasarle algo malo. Tenía que conseguir que alguien lo protegiera. De inmediato pensó en Jack Stone. Trabajaba para una organización lo suficientemente poderosa como para brindarles a ella y a Kemal el tipo de protección que necesitaban, y estaba segura de que lo haría. Había sido muy atento desde el principio. "No puede ser uno de ellos".

"Estoy tratando de mantenerme fuera del asunto. Es mi mejor manera de ayudarte, no sé si me entiendes".

Dana fue a un sector de la terminal donde no había nadie y sacó de su cartera el número privado que le había dado Jack Stone. Lo llamó, y él atendió enseguida.

—¿Hola?

—Hola, Jack. Habla Dana Evans. Tengo un problema, y necesito que me ayude.

—¿Qué pasa?

Dana notó preocupación en su voz.

—Ahora no le puedo contar, pero hay gente que me persigue y quiere matarme.

—*¿Quiénes?*

—No sé, pero el que me preocupa es mi hijo Kemal. ¿Puede ayudarme a conseguir alguien que lo cuide?

—Yo me ocupo. ¿Está en su casa ahora?

—Sí.

—Ya mando a alguien. Pero... ¿y usted? ¿Dice que alguien está tratando de matarla?

—Sí, ya... lo han intentado dos veces.

Se produjo un pequeño silencio.

—Voy a investigarlo y veré qué puedo hacer. ¿Dónde está?

—En el mostrador de American Airlines del aeropuerto O'Hare. No sé cuándo podré irme de acá.

—Quédese donde está, que le mando a alguien para que la proteja. Mientras tanto, no se preocupe por Kemal.

Dana sintió un profundo alivio.

—Gracias, muchas gracias —dijo, y cortó.

En su oficina de la FRA, Jack Stone colgó el tubo y apretó el botón del intercomunicador.

—La persona acaba de llamar. Está en el mostrador de American Airlines del aeropuerto O'Hare. Agárrenla.

—Sí, señor.

Jack Stone le preguntó entonces a un asistente:

—¿Cuándo vuelve el general Booster del Lejano Oriente?

—Esta tarde.

—Bueno, vámonos ya mismo de acá antes de que se entere de lo que está pasando.

CAPÍTULO 24

Dana oyó que sonaba su teléfono celular.

—¡Jeff!

—Hola, querida. —Y el sonido de su voz fue como sentir-se envuelta en una manta protectora, que le daba calor.

—¡Oh, Jeff! —Se dio cuenta de que estaba temblando.

—¿Cómo estás?

"¿Que cómo estoy? Huyendo, por el peligro que corro". Pero no le podía decir eso. Él no podía ayudarla de ninguna manera, al menos en ese momento. Era demasiado tarde.

—Estee... bien, mi amor.

—¿Dónde estás, hormiguita viajera?

—En Chicago. Vuelvo a Washington mañana. —"¿Cuándo vamos a estar juntos?". —¿Cómo... cómo anda Rachel?

—Parece que bien.

—Te extraño.

En ese momento, Rachel salió de su cuarto y entró en el living. Estaba a punto de pronunciar el nombre de Jeff, pero se detuvo cuando vio que estaba hablando por teléfono.

—Y yo te extraño más de lo que te imaginas, Dana.

—Te quiero mucho. —Le pareció que un hombre que andaba cerca la estaba mirando, y el corazón comenzó a latirle con fuerza. —Querido, si... si llegara a pasarme algo... no te olvides nunca de que te...

Eso lo alarmó de inmediato.

—¿Qué quieres decir con eso?

—No, nada... ahora no puedo contarte, pero... seguramente todo va a andar bien.

—Dana, ¡no quiero que te pase nada! Te necesito, te amo como no he amado a nadie en mi vida. No podría soportar perderte.

Rachel escuchó unos instantes más; luego volvió silenciosamente a su dormitorio y cerró la puerta.

Dana y Jeff hablaron unos diez minutos más. Cuando al fin cortaron, Dana se sentía mejor. "Me alegra haber podido despedirme". Levantó la vista y vio que el hombre no había dejado de observarla. "No es posible que la gente de Jack Stone haya llegado tan rápido. Tengo que salir de acá", decidió, sintiendo que su pánico aumentaba.

El vecino de al lado golpeó a la puerta del departamento de Dana.

—Hola.

—No saque a Kemal, que lo vamos a necesitar.

—De acuerdo. —La señora Daley cerró la puerta y llamó al niño. —¡Kemal! Tu desayuno está listo, querido.

Fue a la cocina, sacó la leche del fuego y abrió un cajón lleno de medicamentos llamados *BuSpar*. En el fondo del cajón había decenas de cajitas vacías. Abrió dos envases nuevos, pero luego de titubear un instante agregó un tercero. Disolvió el polvo en la leche, le agregó azúcar y llevó la taza al comedor. En ese momento, Kemal salía de su cuarto.

—Acá tienes, querido, un rico tazón calentito de cereales.

—No tengo muchas ganas.

—Pero debes comer, Kemal. —Su voz se volvió cortante, y lo asustó. —No queremos decepcionar a la señorita Dana, ¿no?

—No.

—Bueno, entonces toma todo este tazón por ella.

El niño se sentó e hizo lo que le decían.

"Con esto seguro que duerme unas seis horas", calculó la mujer. "Después veo qué quieren que haga con él".

* * *

Dana atravesó el aeropuerto corriendo hasta llegar a una gran tienda de ropa. "Tengo que ocultar mi identidad", se dijo, así que entró y se puso a mirar a su alrededor. Todo parecía normal: había clientes comprando cosas, y vendedores que los atendían. Pero en ese momento miró hacia afuera y sintió que se le ponía la piel de gallina, pues vio a dos hombres de aspecto peligroso parados a ambos lados de la puerta, y uno de ellos tenía un transmisor en la mano.

"¿Cómo habían hecho para encontrarla en Chicago?" Tratando de dominar el pánico, se dirigió a una empleada:

—¿Hay alguna otra salida? —le preguntó.

La chica meneó la cabeza.

—Lamentablemente hay una, sí, pero es sólo para el personal.

A Dana se le había secado la garganta. Volvió a mirar a los hombres. "Tengo que escapar", pensó desesperada. "Tiene que haber alguna manera".

De repente, tomó un vestido colgado de un perchero y enfiló hacia la salida.

—¡Espere! —le gritó la empleada—. ¡No puede...!

Al ver que Dana se disponía a salir, los dos hombres hicieron ademán de atajarla, pero cuando ella pasó por la puerta, el sensor que tenía la etiqueta del vestido accionó la alarma, y un guardia del negocio apareció en el acto. Los hombres se miraron uno al otro y dieron un paso atrás.

—Un momento, señorita —dijo el guardia—. Va a tener que acompañarme al interior de la tienda.

—¿Por qué?

—¿Cómo que por qué? Porque robar es un delito. —La tomó del brazo y la empujó hacia adentro. Los hombres se quedaron afuera, sin poder hacer nada.

—Está bien, lo reconozco —dijo Dana, sonriéndole al guardia—. Estaba robando. Lléveme a la cárcel.

Algunos clientes comenzaron a acercarse para ver qué ocurría, y el gerente llegó corriendo.

—¿Qué está pasando acá?

—Pesqué a esta mujer cuando trataba de robarse un vestido.

—Bueno, lamentablemente vamos a tener que llamar a

la poli... —La miró a la cara y la reconoció. —¡Dios mío! Pero si es Dana Evans.

Se oyeron cuchicheos entre la multitud que comenzaba a agolparse.

—Es Dana Evans...

—Nosotros vemos su noticiario todas las noches...

—¿Recuerdas las notas que hacía desde la zona de guerra en...?

—Le pido mil disculpas, señorita Evans —suplicó el gerente—. Es obvio que se trata de un error.

—No, no —se apresuró a responder ella—. Me lo estaba robando. —Extendió las manos hacia adelante. —Puede arrestarme.

El gerente sonrió.

—Jamás se me ocurriría. Puede quedarse con el vestido, señorita Evans, junto con nuestros mejores deseos. Nos halaga que le haya gustado.

Dana lo miraba sin poder creerlo.

—¿No me va a detener?

La sonrisa del hombre se ensanchó aún más.

—Le diré qué vamos a hacer: le cambio el vestido por un autógrafo. Somos grandes admiradores suyos.

Una de las mujeres allí reunidas exclamó:

—¡Yo también!

—¿Me da su autógrafo?

Se acercó más gente.

—¡Miren! ¡Es Dana Evans!

—¿Me daría su autógrafo, señorita Evans?

—Mi esposo y yo la mirábamos todas las noches cuando transmitía desde Sarajevo.

—Usted sí que hizo que la guerra cobrara vida.

—Yo también quiero su autógrafo.

Dana se quedó ahí parada, sintiendo cada vez más desesperación. Echó un vistazo hacia afuera y vio que los dos hombres seguían en su lugar, esperando.

Su mente trabajaba a toda velocidad. Entonces se volvió hacia la multitud con una sonrisa.

—Bueno, ¿por qué no salimos a tomar un poco de aire fresco, y ahí les doy mi autógrafo a todos?

Se oyeron gritos de entusiasmo.

Dana le devolvió el vestido al gerente.

—Gracias, pero no lo llevo. —Se dirigió hacia la puerta, seguida por sus admiradores. Los dos hombres que la esperaban afuera retrocedieron confundidos al ver acercarse a la multitud.

—Bueno, ¿quién está primero? —preguntó a la gente que la rodeaba con lápiz y papel en mano.

Ambos hombres se quedaron donde estaban, sin saber qué hacer. A medida que firmaba los autógrafos, Dana iba avanzando hacia la salida del aeropuerto, y el público la siguió hasta afuera. En ese momento, estacionó allí un taxi para dejar a un pasajero.

Dana se volvió hacia la gente.

—Muchas gracias, pero me tengo que ir —explicó.

De un salto subió al taxi, y un minuto después había desaparecido entre el tránsito.

Jack Stone estaba hablando por teléfono con Roger Hudson.

—Señor Hudson, se nos escapó pero...

—¡Maldición! No quiero que me digan eso, quiero que la saquen de en medio *ya mismo*.

—No se preocupe, señor. Tenemos el número de licencia del taxi, así que no puede ir muy lejos.

—No me vuelvas a fallar. —Roger Hudson cortó violentamente la comunicación.

La tienda Carson Pirie Scott y compañía —ubicada en el corazón de Chicago— estaba atestada de gente. En el sector de las chalinas, la empleada estaba terminando de envolverle un paquete a Dana.

—¿Abona en efectivo o con tarjeta?

—En efectivo. —"No tengo que dejar rastros".

Tomó su paquete, y ya casi había llegado a la salida cuando se detuvo en seco, aterrada. Dos hombres —que no eran los mismos de antes— estaban parados del otro lado de la puerta con transmisores en la mano. Los miró y sintió que de pronto se le secaba la garganta. Volvió rápidamente al mostrador.

—¿Se olvidó de algo, señorita? —preguntó la empleada.

—No... —Dana miró a su alrededor con desesperación. —¿Hay alguna otra salida?

—Ah, sí, varias.

"Es inútil", pensó. "Las deben de tener todas vigiladas". Esta vez no tendría escapatoria.

En ese instante, vio a una mujer vestida con un abrigo verde viejo y ajado que estaba mirando una bufanda en una vitrina. La observó un momento y luego se le acercó.

—Lindas, ¿no?

—Sí, claro —replicó la mujer, sonriendo.

Los hombres las observaban conversar desde afuera. Se miraron e hicieron un gesto displicente, pues tenían todas las salidas cubiertas.

En el interior del local, Dana le decía en ese momento a la mujer:

—Me gusta el abrigo que tiene puesto usted. Es mi color preferido.

—Ah, pero está muy gastado. El suyo es muy lindo.

Los hombres las miraban conversar.

—Qué frío que hace —se quejó uno de ellos—. Ojalá salga de ahí de una buena vez y nos deje terminar con este asunto.

Su compañero asintió con la cabeza.

—No tiene forma de... —Se interrumpió cuando vio que ambas mujeres estaban intercambiando los abrigos, pero luego sonrió. —Dios mío, mira lo que hace. Están intercambiando los abrigos. Qué tonta es.

Las dos mujeres desaparecieron un momento detrás de un perchero con ropa. Uno de los hombres habló por su transmisor:

—La persona se está cambiando su abrigo rojo por uno verde... Un momento... Se dirige a la puerta cuatro. Deténganla ahí.

En esa salida había dos hombres esperando. Un momento después, uno de ellos habló por su teléfono celular:

—La tenemos, traigan el auto.

La vieron salir por la puerta, bien envuelta en su abrigo verde para protegerse del frío, y comenzar a caminar. Entonces procedieron a seguirla. Cuando llegó a la esquina e hizo ademán de parar un taxi, la tomaron de los brazos.

—No necesitas un taxi. Tenemos un lindo auto para ti.

Ella los miró azorada.

—¿Quiénes son ustedes? No sé de qué me hablan.

Uno de los hombres se quedó mirándola.

—¡No es Dana Evans!

—¡Por supuesto que no!

Los hombres se miraron, la dejaron ir y volvieron corriendo a la tienda. Uno de ellos se comunicó por su transmisor portátil.

—Persona equivocada, persona equivocada, ¿entendido?

Cuando los otros llegaron al local, Dana había desaparecido.

Estaba presa en una pesadilla viviente, un mundo hostil con enemigos desconocidos que trataban de matarla. Se sentía prisionera en una red de terror, casi paralizada por el miedo. Cuando bajó del taxi, comenzó a caminar rápido, aunque sin correr para no llamar la atención, y sin la más mínima idea de adónde ir. En eso, pasó frente a un negocio cuyo letrero decía: EL MUNDO DE LA FANTASÍA. DISFRACES PARA TODAS LAS OCASIONES, y sin pensarlo dos veces, entró. El lugar estaba lleno de disfraces, pelucas y maquillajes.

—¿Puedo ayudarla?

"Sí, llama a la policía y diles que alguien está tratando de matarme".

—¿Señorita?

—Ah... sí. Quiero probarme una peluca rubia.

—Por aquí, por favor.

Un minuto después, miraba en un espejo cómo quedaba convertida en rubia.

—Es increíble lo cambiada que está.

"Eso espero".

Cuando salió del local, paró un taxi.

—Al aeropuerto O'Hare. —"Tengo que buscar a Kemal".

* * *

Cuando sonó el teléfono, Rachel fue a atender.

—Hola... Ah, cómo le va, doctor Young... ¿Ya están los resultados del estudio?

Jeff vio cómo su rostro se llenaba de tensión.

—Me lo puede decir ya mismo. Espere un minuto. —Miró a Jeff, respiró profundamente y se llevó el teléfono al dormitorio.

A Jeff le llegaba su voz débilmente.

—Sí, dígame, doctor.

Se produjo un silencio que duró unos tres minutos, y Jeff, preocupado, estaba a punto de entrar en la habitación cuando Rachel salió con un resplandor en la cara que no le había visto nunca.

—¡Funcionó! —Estaba casi sin aliento de la emoción. —Jeff, estoy en etapa de remisión. ¡La nueva terapia dio resultado!

—¡Gracias al cielo! Es maravilloso, Rachel.

—El doctor quiere que me quede acá unas semanas más, pero lo peor ya pasó. —Su voz estaba cargada de júbilo.

—Salgamos a celebrar. Me quedo contigo hasta que...

—No.

—¿No, qué?

—Ya no te necesito.

—Lo sé, y me alegra que...

—No me entiendes. Quiero que te vayas.

La miró sorprendido.

—¿Por qué?

—Mi queridísimo Jeff, no quiero herir tus sentimientos, pero ahora que entré en etapa de remisión, puedo volver a trabajar. Ésa es mi vida, eso es lo que soy. Ya mismo llamo a ver qué puedo hacer. Me sentía encerrada acá contigo. Gracias por ayudarme. Te lo agradezco inmensamente, pero es hora de despedirse. Estoy segura de que Dana te extraña, así que por favor, ¿por qué no te vas, no más?

Él la miró un momento e hizo gestos de aceptar la propuesta.

—De acuerdo.

Fue a la habitación y comenzó a empacar. Veinte minutos después, cuando salió con su equipaje, Rachel estaba hablando por teléfono:

—...y acabo de volver al mundo real, Betty. Podré retomar el trabajo dentro de pocas semanas... Lo sé. ¿No es grandioso?

Jeff se detuvo un instante, esperando para despedirse. Ella le dijo adiós con la mano y siguió hablando por teléfono:

—Lo que quiero es que me consigas una sesión de fotos en una hermosa isla tropical...

Rachel lo vio salir y lentamente colgó el teléfono. Fue hasta la ventana y se quedó ahí, mirando cómo desaparecía de su vida el único hombre que había amado.

Las palabras del doctor Young aún resonaban en sus oídos: "Señorita Stevens, lo siento mucho pero tengo malas noticias. El tratamiento no dio buen resultado... El cáncer ha hecho metástasis... Se ha extendido demasiado, y lamentablemente es terminal... tal vez uno o dos meses más..."

Rachel se acordó de aquella vez en que Roderick Marshall, el director de Hollywood, le había dicho: "Me alegra que hayas venido. Te voy a convertir en una gran estrella". Y en el momento en que el dolor desesperante comenzó a desgarrarle el cuerpo una vez más, pensó: "Roderick Marshall habría estado orgulloso de mí".

Cuando su avión aterrizó, el aeropuerto Dulles de Washington se llenó de pasajeros que esperaban sus maletas. Dana pasó frente al sector de recolección de equipaje, salió a la calle y se subió a uno de los taxis que esperaban. No vio a ningún hombre de aspecto sospechoso, pero sus nervios no se calmaban. Sacó un espejito de la cartera y se miró. La peluca rubia le daba una apariencia totalmente distinta. "Por ahora voy a arreglarme con esto", pensó. "Tengo que ir a buscar a Kemal".

El sonido de voces que le llegaban desde el otro lado de la puerta lo despertó, y Kemal abrió los ojos lentamente. Se sentía mareado.

—El niño todavía duerme —oyó que decía la señora Daley—. Lo drogué.

—Tendremos que despertarlo —le respondió un hombre.

—Tal vez convendría que lo lleváramos dormido —sugirió un segundo hombre.

—Lo pueden hacer acá —dijo la señora Daley—, y después deshacerse de su cadáver.

De repente Kemal se despertó del todo.

—No lo podemos matar hasta dentro de un rato, porque lo quieren usar de señuelo para atrapar a esa mujer, Evans.

Con el corazón saltándole dentro del pecho, Kemal se sentó en la cama y prestó atención.

—¿Dónde está ella?

—No estamos seguros, pero sabemos que va a venir acá a buscar al niño.

Kemal se levantó de un salto y se quedó un momento sin poder moverse del miedo. La mujer en la que había confiado quería matarlo. "*Pizda*! No le será tan fácil", se juró. "Si no me pudieron matar en Sarajevo, tampoco me van a matar acá". Comenzó a vestirse a toda velocidad. Cuando quiso tomar su brazo ortopédico, que estaba sobre la silla, éste se le resbaló y cayó al piso, produciendo un ruido que le pareció ensordecedor. Se quedó petrificado, pero los hombres seguían hablando, o sea que no lo habían oído. Se calzó el brazo y terminó de vestirse con rapidez.

Al abrir la ventana, lo recibió una corriente de aire helado. El abrigo le había quedado en la otra habitación, así que se encaramó sobre el antepecho de la ventana vestido apenas con una campera fina. Los dientes le castañeteaban. Se subió a una escalera de incendios que bajaba hasta la calle, cuidando de agachar la cabeza para que no lo vieran por la ventana del living.

Cuando llegó abajo, miró la hora: las tres menos cuarto. No entendía cómo, pero había dormido medio día. Echó a correr.

—Atemos al niño, por si acaso.

Uno de los hombres abrió la puerta del escritorio y miró alrededor, sorprendido.

—¡Eh! ¡No está!

Los dos hombres y la mujer se abalanzaron hacia la ventana y alcanzaron a ver que Kemal corría por la calle.

—¡Aprésenlo!

Kemal corría a toda velocidad, pero como ocurre en las pesadillas, las piernas se le volvían más lentas y pesadas a cada paso, y cada vez que respiraba sentía como si le estuvieran clavando un cuchillo en el pecho. "Si logro llegar a la escuela antes de que cierren a las tres, estaré a salvo", pensó. "No se atreverán a hacerme daño con tantos chicos alrededor".

Más adelante vio un semáforo en rojo, pero no le prestó atención y cruzó corriendo la avenida, esquivando autos sin preocuparse por los furiosos bocinazos ni por el chirrido de las frenadas. Llegó a la otra acera y siguió corriendo.

La señorita Kelly va a llamar a la policía, y ellos protegerán a Dana.

Estaba quedándose sin aliento y comenzaba a sentir una opresión en el pecho. Volvió a echar un vistazo a su reloj: las tres menos cinco. Levantó la vista y vio la escuela ya muy cerca. "Dos cuadras más".

"Estoy a salvo", pensó. *Los chicos todavía no salieron.* Un minuto después llegó a la puerta de entrada y se quedó mirándola sin poder creerlo. *Cerrada.* De repente, sintió que una poderosa mano lo aferraba por atrás.

—Hoy es sábado, estúpido.

—Pare acá —le indicó Dana al taxista cuando estaban a dos cuadras de su departamento. Se bajó y esperó a que el taxi se fuera. Luego empezó a caminar lentamente, con el cuerpo tenso, todos los sentidos alerta, escudriñando las calles en busca de cualquier detalle fuera de lo común. Estaba segura de que Kemal se hallaba a salvo, de que Jack Stone lo protegía.

Cuando llegó a la esquina de su edificio, no utilizó la entrada principal sino que se metió por el callejón que conducía a la parte de atrás. Estaba desierto. Entró por la puerta de servicio y subió la escalera sigilosamente. Al llegar al primer piso, comenzó a recorrer el pasillo, pero de pronto se detuvo. La puerta de su departamento estaba abierta de par en par. En el acto la invadió el miedo. Corrió hacia la puerta y entró gritando: "¡Kemal!"

No había nadie. Corrió por el departamento como loca, preguntándose qué podría haber pasado. "¿Dónde estaba Jack Stone? ¿Dónde estaba Kemal?" En la cocina, se había caído un cajón y había un montón de cajitas de remedios esparcidas por el piso, algunas llenas y otras vacías. Con curiosidad, levantó una para mirarla. La etiqueta decía: *BuSpar 15 mg. Tabletas marcadas* NDC *D087 D822-32.*

¿Qué eran esas cajitas? ¿La señora Daley se drogaba, o le había estado dando eso a Kemal? ¿Tendría algo que ver con el cambio en su comportamiento? Se metió una de las cajas en el bolsillo del abrigo.

Llena de pavor, salió por la puerta del fondo al callejón y enfiló hacia la calle. Cuando dobló la esquina, vio un hombre escondido detrás de un árbol que hablaba por transmisor con su compañero parado en la otra esquina.

Unos metros más adelante estaba la farmacia Washington, y allí entró Dana.

—Ah, cómo le va, señorita Evans —la saludó la farmacéutica—. ¿En qué puedo servirla?

—Quería saber qué era esto, Coquina —respondió, sacando la cajita del bolsillo.

—Es BuSpar, un ansiolítico —informó la farmacéutica después de mirar el medicamento—. En forma de sales cristalinas, solubles en agua.

—¿Qué efecto produce?

—Es un relajante que tranquiliza a la persona. Por supuesto, si se lo ingiere en dosis mayores que las indicadas, puede producir mareos y fatiga.

"Está durmiendo. ¿Lo despierto?

Cuando volvió de la escuela, estaba tan cansado que le dije que se fuera a dormir un rato...".

Entonces era eso lo que había estado pasando. Y la que le había recomendado a la señora Daley era Pamela Hudson.

"Y yo fui quien puso a Kemal en manos de esa desgraciada", pensó, casi descompuesta.

—Gracias, Coquina.

—De nada, señorita Evans.

Dana salió de nuevo a la calle. Los dos hombres se aproximaban.

—Señorita Evans, ¿podemos hablar con usted un mi...?

Dio media vuelta y echó a correr, pero los hombres la siguieron pisándole los talones. Al llegar a una avenida, vio un policía que estaba parado en la intersección dirigiendo el tránsito —que era intenso—, y hacia él corrió.

—¡Eh! Retroceda, señorita. —Pero ella seguía avanzando. —¡El semáforo está en rojo! ¿No me oye? ¡Retroceda!

Los dos hombres se quedaron observando desde la esquina.

—¿Está sorda? —gritó el policía.

—¡Cállese! —exclamó Dana, dándole una bofetada en plena cara.

Furioso, el oficial la tomó del brazo.

—Queda detenida, señorita.

La arrastró hacia la vereda y no la soltó mientras hablaba por radio:

—Necesito que me manden un patrullero.

Los hombres se miraron sin saber qué hacer.

Al verlos, Dana sonrió. Se oyó el sonido de una sirena que se acercaba y segundos después, un patrullero se detenía frente a ellos.

Sin poder hacer nada, los individuos vieron cómo sentaban a Dana en el asiento de atrás del patrullero y se alejaban.

En el cuartel de policía, dijo Dana:

—Tengo derecho a hacer un llamado telefónico, ¿no?

—Sí —respondió el sargento, entregándole el aparato.

Entonces hizo su llamado.

A unas doce cuadras de allí, el hombre que había sujetado a Kemal por el cuello de la camisa lo estaba arrastrando hacia una limusina que esperaba con el motor encendido.

—¡Suélteme, suélteme por favor! —rogaba Kemal.

—Cállate, mocoso.

En ese momento pasaban por ahí cuatro infantes de marina.

—¡No quiero ir al callejón con usted! —gritó Kemal.

El hombre lo miró sin comprender.

—¿Qué?

—Por favor, no me obligue a ir al callejón. —Kemal se volvió hacia los infantes de marina. —Me quiere pagar cinco dólares para que lo acompañe al callejón, pero yo no quiero.

Los jóvenes se quedaron mirando al hombre.

—Pervertido asqueroso...

El hombre retrocedió.

—No, no, esperen. Ustedes no entienden...

—Sí que entendemos —replicó uno de ellos, muy serio—. Quítale las manos de encima al niño.

Comenzaron a rodearlo, y cuando el individuo levantó las manos para defenderse, Kemal aprovechó para escapar. En eso vio a un diariero que acababa de bajarse de su bicicleta e iba hacia la puerta de una casa; entonces aprovechó, se subió a la bicicleta de un salto y salió pedaleando con furia. Frustrado, el hombre vio que el niño doblaba la esquina y desaparecía, al tiempo que los infantes de marina se le venían encima.

En el cuartel de policía, se abrió la puerta del calabozo de Dana.

—Ya puede irse, señorita. Queda libre bajo fianza.

"¡Matt! La llamada dio buen resultado", pensó con alegría. "Mi amigo no perdió el tiempo".

Pero cuando se dirigía a la sala principal, se detuvo en seco: uno de los hombres estaba ahí parado, esperándola. Le sonrió y dijo:

—Estás libre, querida. Vamos. —La tomó del brazo con firmeza y la condujo hacia la calle. Pero cuando salieron, se detuvo azorado, pues tenía enfrente un equipo de televisión completo de WTE.

—Mira hacia acá, Dana...

—Dana, ¿es cierto que le diste una bofetada a un policía...?

—¿Puedes contarnos qué pasó...?

—¿El policía te acosó...?

—¿Vas a hacer la denuncia...?

El hombre retrocedió, tratando de ocultar su rostro.

—¿Qué pasa? —preguntó Dana—. ¿No te gusta que te saquen fotos?

El sujeto salió corriendo. En ese momento apareció Matt Baker a su lado.

—Vámonos ya mismo de acá.

En el edificio de WTE, Elliot Cromwell, Matt Baker y Abbe Lasmann se encontraban en la oficina de Matt. Habían estado escuchando a Dana durante la última media hora en silencio, estupefactos.

—...y la FRA también está metida. Es por eso que el general Booster trató de impedir que yo investigara.

—No sé qué decir —exclamó Elliot Cromwell—. ¿Cómo pudimos habernos equivocado tanto todos con Taylor Winthrop? Creo que habría que informar a la Casa Blanca lo que está pasando, y que ellos llamen al fiscal general y el FBI.

—Elliot —lo interrumpió Dana—, por ahora lo único que tenemos es mi palabra contra la de Roger Hudson. ¿A quién te parece que le van a creer?

—¿No tiene ninguna prueba? —se interesó Abbe Lasmann.

—El hermano de Sasha Shdanoff está vivo, y estoy segura de que va a declarar. Una vez que tiremos de un hilo, se va a resolver toda la maraña.

Matt Baker respiró profundamente y la miró con admiración.

—Cuando te propones conseguir una nota no hay nada que te lo impida.

—Matt, ¿qué vamos a hacer con Kemal? No sé dónde buscarlo.

—No te preocupes —respondió él, serio—. Ya lo vamos a encontrar. Mientras tanto, tenemos que buscar un lugar para que te escondas donde *nadie* te encuentre.

—Puede quedarse en mi departamento —le ofreció Abbe Lasmann—. A nadie se le va a ocurrir buscarla ahí.

—Gracias, pero... ¿y Kemal? —insistió Dana, dirigiéndose a Matt.

—Ya mismo llamamos al FBI. Un chofer te llevará a lo de Abbe. Ahora está en nuestras manos. Todo va a salir bien. Te llamo en cuanto averigüe algo.

Kemal pedaleaba por las calles heladas, mirando nerviosamente hacia atrás a cada instante, pero no había señales del hombre que lo perseguía. "Tengo que encontrar a Dana", pensó, desesperado. "No puedo permitir que le hagan daño". El problema era que el estudio de WTN quedaba en la otra punta del centro de Washington.

Llegó a una parada de ómnibus, se bajó de la bicicleta y la dejó en el pasto. Cuando llegó el ómnibus, se palpó los bolsillos y se dio cuenta de que no tenía dinero. Entonces se dirigió a una persona que pasaba.

—Disculpe, ¿me podría dar...?

—Fuera, niño.

Lo volvió a intentar con una mujer que se aproximaba.

—Disculpe, no tengo para el ómnibus y... —Pero la mujer se alejó de prisa.

Se quedó ahí, temblando de frío porque no tenía abrigo. No parecía importarle a nadie. "Tengo que conseguir dinero para el ómnibus", pensó.

Se sacó el brazo ortopédico y lo dejó en el pasto. Cuando pasó otra persona, extendió el muñón y dijo:

—Disculpe, señor. ¿No me daría para el ómnibus?

El hombre se detuvo.

—Claro, hijo. —Y le dio un dólar.

—Gracias.

Cuando el hombre se alejó, Kemal se volvió a calzar rápidamente la prótesis. Se acercaba un ómnibus, apenas a una cuadra de distancia. "Me salió bien", pensó contento. Pero en ese instante sintió un pinchazo en la nuca, y cuando hizo ademán de darse vuelta, todo se volvió borroso. En su interior, oía una voz que gritaba: "¡No! ¡No!" Cayó al suelo, inconsciente. Los transeúntes comenzaron a agolparse.

—¿Qué pasó?

—¿Se desmayó?

—¿Está bien?

—Sí, lo que pasa es que mi hijo es diabético —explicó un hombre—. Yo me ocupo. —Levantó a Kemal y lo metió en una limusina que lo estaba esperando.

El departamento de Abbe Lasmann quedaba en la parte noroeste de Washington. Era amplio y tenía unos cómodos muebles modernos y alfombras blancas. Dana estaba sola; caminaba de un lado a otro desesperada, esperando que sonara el teléfono. "Seguramente Kemal está bien. No tienen motivos para hacerle daño. No le pasará nada. Pero ¿dónde está? ¿Por qué no lo encuentran?".

Cuando sonó el teléfono, la sobresaltó. Atendió en el acto.

—¿Hola? —dijo, pero lo único que oyó fue el tono. Volvió a sonar, y se dio cuenta de que era su teléfono celular. Sintió una súbita oleada de alivio. Apretó el botón. —¿Jeff?

—La hemos estado buscando, Dana —dijo la voz de Roger Hudson—. Tengo aquí a Kemal.

Se quedó dura, sin poder pronunciar palabra. Al fin murmuró:

—Roger...

—Me temo que no podré controlar a los muchachos mucho más tiempo. Le quieren arrancar el otro brazo a Kemal. ¿Los dejo?

—¡No! —gritó ella—. ¿Qué... qué pretende?

—Charlar, no más. Quiero que venga a mi casa, y que venga sola. Si trae a alguien, no me hago responsable de lo que le pase al niño.

—Roger...

—La espero dentro de media hora. —La comunicación se cortó.

Dana quedó paralizada del miedo. "No voy a dejar que le pase nada a Kemal", se repitió varias veces. Con dedos temblorosos, marcó el número de teléfono de Matt Baker, pero atendió el contestador.

—Usted se ha comunicado con la oficina de Matt Baker. En este momento no puedo atenderlo, pero deje un mensaje y lo llamaré a la brevedad.

Luego oyó la señal. Respiró hondo y dijo:

—Matt... acabo de recibir un llamado de Roger Hudson. Tiene a Kemal en su casa. Yo voy para allá. Por favor, date prisa, que no quiero que le pase nada, y trae a la policía. *¡Rápido!*

Apagó el teléfono celular y se encaminó a la puerta.

Abbe Lasmann estaba dejando unas cartas sobre el escritorio de Matt Baker cuando vio que en el teléfono titilaba la señal de mensaje. Marcó la contraseña de Matt y escuchó la grabación que había dejado Dana. Luego, sonriendo, apretó el botón de borrado.

En cuanto su avión aterrizó en el aeropuerto Dulles, Jeff llamó a Dana. Durante todo el viaje había estado pensando en el extraño y preocupante tono de su voz cuando dijo "Si algo llegara a pasarme...". Intentó varias veces llamarla al celular, pero no contestaba nadie. Probó suerte en su departamento, pero tampoco recibió respuesta. Se subió a un taxi y se dirigió a WTN.

Cuando entró en la recepción de la oficina de Matt, Abbe lo saludó:

—¡Hola, Jeff! Qué alegría verlo.

—Lo mismo digo, Abbe —replicó él, entrando en el despacho.

—Así que volviste —exclamó Matt—. ¿Cómo está Rachel?

La pregunta lo descolocó por un momento.

—Está bien —respondió con voz sin matices—. ¿Dónde está Dana? No contesta el teléfono.

—Dios mío, no te enteraste de lo que ha estado pasando, ¿no?

—No, cuéntame.

En la recepción, Abbe escuchaba con la oreja pegada a la puerta. Alcanzó a oír frases sueltas de la conversación: "...es-

300

tán tratando de matarla... Sasha Shdanoff... Krasnoyarsk-26... Kemal... Roger Hudson...".

Abbe ya había oído suficiente. Sin perder un minuto, fue a su escritorio y levantó el teléfono. Un minuto después, hablaba con Roger Hudson.

Dentro del despacho de Matt, Jeff seguía azorado, interiorizándose de lo ocurrido.

—No puedo creerlo.

—Es la pura verdad. Dana está en lo de Abbe. Voy a pedirle a Abbe que la llame de nuevo. —Apretó el botón del intercomunicador, pero antes de que pudiera hablar, oyó la voz de Abbe que decía:

—...y Jeff Connors está acá, buscando a Dana. Creo que es mejor que la saque de ahí. Están por ir para allá... De acuerdo. Yo me ocupo, señor Hudson. Si...

Abbe oyó un ruido y se dio vuelta. Jeff Connors y Matt Baker estaban parados en el umbral de la puerta, mirándola.

—Hija de puta... —dijo Matt.

Jeff se volvió hacia él, desesperado.

—Tengo que ir a la casa de los Hudson. Necesito un auto.

Matt miró por la ventana.

—Nunca llegarás a tiempo. El tránsito está terrible.

En ese momento, oyeron el sonido del helicóptero de WTN que aterrizaba en el helipuerto de la terraza y se miraron.

CAPÍTULO 25

Dana logró tomarse un taxi frente al departamento de Abbe Lasmann, pero el viaje hasta la casa de los Hudson le pareció eterno. El tránsito que avanzaba por las resbalosas calles era muy denso, y tenía terror de llegar demasiado tarde.

—Apúrese —le rogó al taxista.

El hombre la miró por el espejo retrovisor.

—Señorita, es un taxi, no un avión.

Se hundió entonces en el asiento de atrás, muy angustiada, pensando en lo que se avecinaba. Matt seguramente había recibido ya el mensaje y llamado a la policía. "Cuando yo llegue estarán los policías, pero si todavía no llegaron, puedo esperarlos". Abrió la cartera y comprobó que aún tenía el aerosol. "Bien". No pensaba facilitarles las cosas a Roger y Pamela.

Cuando estaban por llegar a casa de los Hudson, miró por la ventanilla en busca de algún signo de actividad policial, pero no notó nada. Entraron por el sendero de acceso, pero al ver que estaba desierto sintió que el miedo la embargaba.

Recordó la primera vez que había visitado la casa, lo maravillosos que le parecieron Roger y Pamela. Pero eran como Judas, traidores y asesinos. Habían apresado a Kemal, y eso la llenaba de odio.

—¿Quiere que la espere? —le preguntaba en ese momento el taxista.

—No. —Le pagó, subió los escalones del porche y tocó el timbre con el corazón acelerado.

Cesar abrió la puerta. Al verla, se le encendió el rostro de alegría.

—¡Señorita Evans!

Con una súbita oleada de emoción, Dana se dio cuenta de que tenía un aliado, y le tendió la mano.

—Hola, Cesar.

Él se la estrechó entre las suyas, que eran enormes.

—Qué alegría de verla, señorita.

—Yo también —dijo Dana, con total sinceridad. Estaba segura de que Cesar la ayudaría. La única duda era cuándo podría abordarlo. Miró a su alrededor. —Cesar...

—El señor la está esperando en la biblioteca, señorita.

—Bueno. —Ése no era el momento.

Lo siguió por el largo pasillo, recordando las cosas increíbles que habían pasado desde que pisara ese lugar por primera vez. Llegaron a la biblioteca, donde Roger estaba sentado a su escritorio poniendo en orden unos documentos.

—La señorita Evans —anunció Cesar.

Roger levantó la vista. Dana vio que Cesar se iba y estuvo tentada de llamarlo.

—Bueno, Dana, pasa.

Ella así lo hizo, y al mirarlo sintió que la embargaba una ira enceguecedora.

—¿Dónde está Kemal?

—Ah, el simpático niño.

—La policía viene para acá, así que si nos hace algo a cualquiera de los dos...

—No creo que debamos preocuparnos por la policía. —Se le acercó, y antes de que ella se diera cuenta de lo que hacía, le arrebató la cartera y comenzó a revisar su contenido. —Pamela me dijo que tiene un aerosol de protección. No ha estado perdiendo el tiempo, ¿eh? —Sacó el aerosol y le roció la cara, arrancándole un grito de dolor. —Todavía no sabe lo que es el dolor, querida mía, pero le aseguro que lo va a saber.

Dana trató de secarse las lágrimas que le corrían por el rostro. Roger esperó amablemente a que terminara, y volvió a rociarla.

—Quiero ver a Kemal —pidió ella entre sollozos.

—No me cabe duda, y él también quiere verla a usted. Ese niño está muerto de miedo. Nunca vi a nadie tan aterrorizado. Sabe que va a morir, y le dije que usted también moriría. Usted se cree muy inteligente, ¿no? Pero la verdad es que es muy ingenua, y la hemos estado usando. Sabíamos que alguien del gobierno ruso se había enterado de lo que hacíamos y estaba por delatarnos, pero no podíamos descubrir quién era. Usted nos ahorró el trabajo.

A Dana se le cruzó como un relámpago la imagen de los cadáveres ensangrentados de Sasha Shdanoff y su amiga.

—Sasha Shdanoff y su hermano, Boris, eran muy inteligentes. Todavía no encontramos a Boris, pero lo haremos pronto.

—Kemal no tiene nada que ver con esto. Déjelo...

—Lamentablemente me será imposible. Comencé a preocuparme por usted cuando se reunió con la pobre y desafortunada Joan Sinisi. La pobre oyó de casualidad a Taylor Winthrop hablar del plan ruso, y él tuvo miedo de mandarla a matar porque podían llegar a vincularlo con el asesinato, así que la echó. Cuando ella le hizo juicio por haberla despedido sin causa, llegaron a un acuerdo, a condición de que ella nunca abriera la boca. —Suspiró. —Así que me temo que en realidad fue usted la causante de su "accidente".

—Jack Stone sabe...

Roger Hudson dijo que no con la cabeza.

—Jack Stone y sus hombres han estado siguiendo cada uno de sus pasos. Hubiéramos podido librarnos de usted en cualquier momento, pero esperamos a que nos consiguiera la información que necesitábamos. Ya no la precisamos más.

—Quiero ver a Kemal.

—Demasiado tarde. Lamentablemente el pobre chico tuvo un accidente.

Dana lo miró horrorizada.

—¿Qué le...?

—Con Pamela decidimos que un lindo incendio era la mejor manera de poner fin a la triste vida de Kemal, así que lo mandamos a la escuela. Qué travieso ese niño... mire que meterse un sábado en la escuela sin permiso... Es tan menudo que entró justo por la ventana del sótano.

Una inmensa furia se apoderó de ella.

—¡Asesino! No va a salirse con la suya.

—Me decepciona, Dana. ¿Ahora recurre a frases hechas? Lo que no entiende es que *ya nos hemos salido* con la nuestra. —Volvió a su escritorio, apretó un botón y al instante apareció Cesar.

—¿Sí, señor?

—Quiero que te lleves a la señorita Evans y te cerciores de que esté viva cuando tenga el accidente.

—Sí, señor; yo me ocupo.

"Conque era uno de ellos". Dana no podía creerlo.

—Roger, escúcheme...

Cesar la tomó del brazo y comenzó a arrastrarla hacia afuera.

—Roger...

—Adiós, Dana.

Cesar le apretó el brazo con más fuerza y la llevó por el pasillo. Atravesaron la cocina y salieron por un costado de la casa, donde los esperaba una limusina.

El helicóptero de WTN se estaba aproximando a la mansión de los Hudson. Jeff le decía a Norman Bronson:

—Puedes aterrizar en el jardín y... —Se interrumpió al ver que allá abajo Cesar metía a Dana en una limusina. —¡No! Espera un momento.

El coche se puso en marcha y salió a la calle.

—¿Qué quieres que haga?

—Síguelos.

En la limusina, Dana le decía a Cesar:

—Estoy segura de que no quieres hacer esto... Yo...

—Cállese, señorita.

—Cesar, escúchame. No conoces a esta gente, son asesinos. Tú eres una persona decente. No dejes que el señor Hudson te haga hacer cosas que...

—El señor Hudson no me está obligando a hacer nada. Yo lo hago por la *señora* de Hudson. —La miró por el espejo retrovisor y sonrió. —Ella me cuida bien.

Dana lo miró boquiabierta. "No puedo dejar que pase esto".

—¿Adónde me llevas?

—Al parque Rock Creek. —No fue necesario que agregara: "Donde la voy a matar".

Roger Hudson, Pamela, Jack Stone y la señora Daley viajaban en una camioneta rumbo al aeropuerto nacional de Washington.

—El avión está listo —anunció Jack Stone—. Tu piloto ya tiene el plan de vuelo a Moscú.

—Ay, cómo detesto el clima frío —comentó Pamela—. Espero que esa desgraciada se pudra en el infierno por obligarme a pasar por esto.

—¿Y Kemal? —preguntó Roger Hudson.

—Dentro de veinte minutos empieza el incendio en la escuela. El niño está en el sótano, bien sedado.

La desesperación de Dana aumentaba segundo a segundo. Se estaban acercando al parque Rock Creek, y el tránsito comenzaba a ralear.

"Kemal está muerto de miedo. Nunca vi a nadie tan aterrorizado. Sabe que va a morir, y le dije que tú también morirías".

El helicóptero iba siguiendo a la limusina.

—Está doblando, Jeff —anunció Norman Bronson—. Parece que se dirige al parque Rock Creek.

—No lo pierdas.

* * *

En la FRA, el general Booster entró en su oficina hecho una furia.

—¿Qué diablos ha estado pasando aquí? —le preguntó a uno de sus ayudantes.

—Como le dije, general. Mientras usted no estaba, el mayor Stone reclutó a varios de nuestros mejores hombres, y se metieron en no sé qué asunto muy importante con Roger Hudson. Están siguiendo a Dana Evans. Mire esto. —Le mostró la pantalla de su computadora, donde se veía una foto de Dana, que salía desnuda de la ducha del Hotel Breidenbacher Hof.

El rostro del general Booster se crispó.

—¡Dios mío! —Se volvió hacia su asistente: —¿Dónde está Stone?

—Se fue. Está saliendo del país con los Hudson.

—Consígame con el aeropuerto nacional, ya mismo.

En el helicóptero, Norman Bronson miró hacia abajo y dijo:

—Se dirigen al parque, Jeff. Cuando lleguen allí, no podremos aterrizar a causa de los árboles.

—Tenemos que detenerlos. ¿Puedes aterrizar en el camino, frente al auto?

—Claro.

—Entonces hazlo.

Bronson movió los controles hacia adelante, y el helicóptero pasó sobre la limusina y comenzó a descender hasta posarse suavemente en el camino, unos veinte metros más adelante. Vieron cómo éste se detenía haciendo chirriar los frenos.

—Apaga los motores —indicó Jeff.

—No podemos hacer eso. Quedaremos a merced de ese individuo si...

—Haz lo que te digo.

—¿Estás seguro de lo que haces?

—No.

Con un suspiro, Bronson apagó los motores. Las enormes aspas del helicóptero comenzaron a girar cada vez más lentamente hasta que finalmente se detuvieron. Jeff miró por la ventanilla.

Cesar había abierto la puerta de atrás de la limusina, y le habló a Dana.

—Su amigo está tratando de causarnos problemas —dijo, al tiempo que le asestaba un puñetazo en la mandíbula que la dejó inconsciente. Luego enfiló hacia el helicóptero.

—Ahí viene —dijo Norman Bronson, nervioso—. Ay, Dios, ¡mide más de dos metros!

Cesar se acercaba decididamente al helicóptero.

—Jeff, seguro que tiene un arma. ¡Nos va a matar!

—¡Tú y tus jefes van a ir a parar a la cárcel, hijo de puta! —le gritó Jeff por la ventanilla.

Cesar apuró el paso.

—No tienes escapatoria. Te conviene entregarte.

Cesar estaba a diez metros del helicóptero.

—Los muchachos te van a usar de cebo en la cárcel.

Diez metros.

—Eso te encantaría, ¿no, Cesar?

Ya llegaba corriendo. Cinco metros.

Entonces Jeff presionó el botón de encendido, y las enormes aspas del helicóptero empezaron a girar lentamente. Cesar no les prestó atención, pues tenía los ojos puestos en Jeff, y la cara transformada por el odio. Las aspas fueron adquiriendo velocidad. Cuando Cesar se lanzó hacia la puerta del helicóptero, se dio cuenta de pronto de lo que estaba pasando, pero ya era tarde. Se oyó un fuerte ruido, y Jeff cerró los ojos. El exterior y el interior del helicóptero quedaron en el acto cubiertos de sangre.

—Voy a vomitar —dijo Norman Bronson, apagando los motores.

Jeff echó un vistazo al cadáver decapitado que yacía en el suelo, se bajó del helicóptero de un salto y corrió hacia la limusina. Abrió la puerta y encontró a Dana desvanecida.

—Dana... mi amor...

Ella abrió lentamente los ojos, lo miró y murmuró:

—Kemal...

La limusina se encontraba casi a tres kilómetros de la Escuela Lincoln, cuando Jeff exclamó:

—¡Miren! —A lo lejos, se veía una columna de humo que empezaba a oscurecer el cielo.

—¡Le prendieron fuego a la escuela! —gritó Dana—. Y Kemal está ahí adentro, en el sótano.

—Ay, Dios mío. —Un minuto más tarde, el coche llegaba al colegio. Una densa nube de humo salía del edificio, y ya había una decena de bomberos tratando de sofocar las llamas.

Jeff se bajó de un salto y corrió hacia la escuela, pero un bombero le impidió el paso.

—No puede acercarse más, señor.

—¿Alguno de ustedes ya entró?

—No, acabamos de forzar la puerta principal.

—Hay un niño en el sótano. —Antes de que pudieran detenerlo, Jeff cruzó por la puerta astillada y entró por la puerta que los bomberos habían derribado. El lugar estaba lleno de humo. Trató llamar a Kemal, pero comenzó a toser, así que se cubrió la nariz con un pañuelo y atravesó corriendo el hall rumbo a la escalera que bajaba al subsuelo. El humo era denso, acre. Jeff avanzaba a tientas, sosteniéndose de la baranda.

—¡Kemal! —gritó, pero no obtuvo respuesta—. ¡Kemal! —Silencio. Luego distinguió una forma humana en la otra punta del sótano, y hacia allí se dirigió tratando de no respirar, pues le ardían los pulmones. Casi tropieza con Kemal. —Kemal —dijo, y lo sacudió. El niño estaba inconsciente. Con gran esfuerzo, lo alzó en brazos y emprendió el regreso hacia la escalera. El humo lo ahogaba y enceguecía. Caminaba como borracho en medio de la nube negra llevando alzado a Kemal. Al llegar a la escalera, subió medio llevándolo en sus brazos, medio arrastrándolo. Alcanzaba a oír voces lejanas, hasta que en determinado momento perdió el conocimiento.

El general Booster se hallaba al teléfono con Nathan Novero, jefe del aeropuerto nacional de Washington.

—¿Roger Hudson guarda ahí su avión?

—Sí, general. De hecho, está acá en este momento. Creo que acaban de recibir autorización para despegar.

—Aborte el despegue.

—*¿Qué?*

—Llame a la torre de control y dígales que suspendan el despegue.

—Sí, señor. —Nathan Novero llamó a la torre. —Llamando a torre de control. Abortar despegue de Gulfstream R3487.

—Pero ya están carreteando por la pista —respondió el controlador aéreo.

—Cancelen la autorización.

—Sí, señor. —El controlador aéreo tomó el micrófono. —Aquí torre de control llamando al Gulfstream R3487. Se ha cancelado su permiso de despegue. Vuelva a la terminal. Interrumpa el despegue. Repito: interrumpa el despegue.

Roger Hudson entró en la cabina.

—¿Qué diablos pasa?

—Debe de haber alguna demora —respondió el piloto—. Tenemos que volver a...

—¡No! —exclamó Pamela—. Siga adelante.

—Con el debido respeto, señora, pero perdería mi brevet de piloto si...

Jack Stone se puso al lado de Collins y le apuntó a la cabeza con una pistola.

—Despegue. Nos vamos a Rusia —ordenó.

Collins respiró hondo.

—Como usted diga, señor.

El avión carreteó por la pista, y veinte segundos más tarde estaba en el aire. El administrador de vuelos observó con desazón cómo el Gulfstream ascendía cada vez más en el cielo.

—¡Dios mío! Despegó sin...

Por teléfono, el general Booster estaba preguntando:

—¿Qué pasa? ¿Los detuvo?

—No, señor... Despegaron, no más. Imposible obligarlos...

Y en ese preciso instante se oyó una explosión en el cielo. A la vista consternada del personal de tierra, comenzaron a llover desde lo alto distintas partes del Gulfstream en llamas, y la lluvia parecía no tener fin.

En el extremo más lejano del aeropuerto, Boris Shdanoff se quedó un buen rato observando, hasta que por fin dio media vuelta y se alejó.

CAPÍTULO 26

La mamá de Dana comió otro bocado de torta de bodas.

—Tiene mucha azúcar, demasiada. Cuando yo era joven, hacía unas tortas que se derretían en la boca. —Se volvió hacia su hija. —¿No es cierto, querida?

A Dana no se le hubiera ocurrido nunca decir que "se derretían en la boca", pero no tenía importancia.

—Por supuesto, mamá —respondió con una cálida sonrisa.

Se habían casado en la intendencia de la ciudad, en una ceremonia presidida por un juez de paz. Dana había invitado a su madre a último momento, luego de hablar con ella por teléfono.

—Querida, al final no me casé con ese hombre tan desagradable. Tú y Kemal tenían razón, así que estoy de vuelta en Las Vegas.

—¿Qué pasó, mamá?

—Me enteré de que ya estaba casado, y su mujer tampoco lo quería.

—Qué pena.

—Así que acá estoy, otra vez sola.

Me *siento* sola era lo que la frase insinuaba; por eso, decidió invitarla a su casamiento. Sonrió al verla charlar con Kemal e incluso recordar su nombre. "Quizá hasta podamos convertirla en abuela". Su felicidad parecía tan inmensa que no lograba asimilarla. El solo hecho de haberse casado con Jeff ya era un milagro que la colmaba de dicha, pero había más.

Después del incendio, hubo que internar unos días a Jeff y Kemal porque habían inhalado mucho humo. Mientras estaban internados, una enfermera le contó a la prensa sobre las aventuras de Kemal, y los medios habían difundido la historia. Su foto apareció en los periódicos, y se contaron sus aventuras por televisión. Alguien estaba escribiendo un libro sobre sus experiencias, e incluso se hablaba de hacer una serie televisiva.

—Pero sólo si actúo yo —insistía Kemal, que se había convertido en el héroe de su escuela.

Cuando se llevó a cabo la ceremonia de adopción, asistieron la mitad de sus compañeros de clase, y lo aplaudieron.

—Ahora sí que estoy adoptado de verdad, ¿no? —dijo el niño.

—Sí, te adoptamos de verdad —confirmaron Dana y Jeff—. Ya formamos una familia.

—Alucinante. —"Me muero por contárselo a Ricky Underwood. ¡Ja!".

La terrible pesadilla del último mes iba olvidándose poco a poco. Ahora los tres constituían una familia, y su hogar era un refugio seguro. "No necesito más aventuras", pensaba Dana. "Ya he tenido suficiente para toda la vida".

Una mañana, Dana anunció:

—Encontré un hermoso departamento para los cuatro.

—Para los tres, querrás decir —la corrigió Jeff.

—No —insistió ella, con voz suave—. Para los cuatro.

Jeff se quedó mirándola.

—Quiere decir que va a tener un bebé —explicó Kemal—. Espero que sea varón, así podemos jugar juntos al básquet.

Y seguían llegando las buenas noticias. El primer programa de *Será Justicia* —titulado "La historia de Roger Hudson, una conspiración homicida"— obtuvo excelentes críticas y altos niveles de audiencia. Matt Baker y Elliot Cromwell estaban locos de contentos.

—Tendrías que ir pensando dónde vas a colocar tu premio Emmy —le aconsejó Elliot Cromwell a Dana.

*   *   *

Hubo una sola noticia triste: Rachel Stevens perdió la batalla contra el cáncer. Dana y Jeff se enteraron de lo que había pasado porque la noticia salió en los periódicos. Pero en medio del noticiario de televisión, cuando la noticia apareció en el apuntador electrónico, Dana la miró y sintió que se le cerraba la garganta.

—No puedo leerla —le susurró a Richard Melton, así que la leyó él.

Que en paz descanse.

Estaban haciendo el programa de las once de la noche.

—...En el ámbito nacional, se acusa a un guardia de Spokane (Washington) de asesinar a una prostituta de dieciséis años, y se sospecha que el sujeto podría ser el autor de la muerte de otras dieciséis... En Sicilia, se encontró el cadáver de Malcolm Beaumont, de setenta años, heredero de una enorme fortuna en la industria del acero, quien murió ahogado en una piscina. Beaumont estaba de luna de miel con su novia de veinticinco años, e iban acompañados por dos hermanos de ella. A continuación, el estado del tiempo presentado por Marvin Greer.

Cuando terminó la transmisión, Dana fue a ver a Matt Baker.

—Hay algo que me inquieta, Matt.

—¿Qué? Dímelo, y lo hago desaparecer.

—Me refiero a la noticia sobre el millonario de setenta años que se ahogó en la piscina cuando estaba de luna de miel con su novia de veinticinco. ¿No te parece terriblemente sospechoso?

NOTA DEL AUTOR

La presente es una obra de ficción, pero la ciudad subterránea secreta Krasnoyarsk-26 existe. Se trata de una de las trece ciudades cerradas que se dedican a la producción nuclear, y está ubicada en Siberia, a unos tres mil kilómetros de Moscú. Desde su creación, en 1958, ha producido más de cuarenta y cinco toneladas de plutonio especial para armamentos. Si bien sus reactores fueron clausurados en 1992, uno de ellos permanece activo, y actualmente produce media tonelada anual de plutonio, que puede usarse para fabricar bombas atómicas.

Se han denunciado robos de plutonio, lo cual ha llevado a que la Secretaría de Energía de los Estados Unidos trabaje juntamente con el gobierno ruso para aumentar las medidas de seguridad tendientes a proteger el material nuclear.